Henry Gréville

# ZOBY

L.E.M

Les Éditions Maison
167, rue de Grenelle
75007 Paris
contact@leseditionsmaison.com

# I

Sous les étoiles larges et brillantes de la neige rare qui tombait lentement, José Tarragone retournait chez lui après le travail de la maîtrise.

Les voix des enfants de chœur résonnaient encore dans sa tête, ces voix d'un timbre puissant et juvénile qui font sur l'oreille le même effet qu'une riche orange, acide et juteuse, produit dans une bouche altérée. Les petits drôles avaient bien exécuté le dernier motet ; quel malheur qu'ils fussent en général si peu maniables, et surtout qu'on ne pût les décider à chanter juste les soli !

La vieille ville de Gand nouait et dénouait l'écheveau de ses rues anciennes derrière la cathédrale ; la neige se posait sur les sombres corniches, les entablements, les moindres saillies des fenêtres à petits carreaux, blanche, blanche – et les pierres semblaient noires, noires – plus que de coutume ; le pavé était sec : il y a des jours où la neige disparaît en touchant le sol sans qu'on sache ce qu'elle devient.

Le maître de chapelle songea à sa demeure chaude et claire, située dans une rue spacieuse, où sa femme et ses cinq enfants l'attendaient pour le repas. Le carillon sonore du beffroi descendit sur la cité flamande, les notes joyeuses ou graves s'éparpillèrent au-dessus des toits pour retomber comme des perles égrenées dans un mortier d'argent, puis la grosse cloche sonna douze coups. Tarragone pressa le pas.

– Laisse-moi donc ! dit une voix enfantine, non en patois flamand, mais en français, avec un singulier accent étranger. Je veux regarder l'évêque en pain d'épice, moi !

Le maître de chapelle était très grand, l'enfant très petit, car il dut ramener son regard à un mètre du sol pour apercevoir, tout près de lui, un groupe bizarre, à la vitre d'un modeste marchand de gâteaux dont l'étalage, bariolé de couleurs gaies, exhibait les bonshommes de pain d'épice les plus divers et les plus magnifiques.

Une fillette, vêtue d'une robe de cotonnade rose, portant sur la tête un grand châle noir dont la pointe lui battait les talons, tiraillait avec humeur le bras d'un garçonnet qui résistait ; celui-ci, un peu plus convenablement vêtu pour la saison, disparaissait sous une grosse casquette de fourrure qui lui entrait jusqu'aux épaules, ne laissant rien voir au-dessus de ses yeux noirs et brillants.

– Si tu ne veux pas venir, je retourne seule, dit la fillette en lui lâchant le bras.

La voix qui sortait de ce frêle corps n'était pas celle d'une enfant : José Tarragone examina le visage non sans surprise, et reçut, comme un choc, le regard de deux yeux verts, inquisiteurs et froids, si froids que, malgré ses quarante-six ans, il se sentit troublé : jamais encore il n'avait vu semblable expression sur une figure humaine.

– Puisque c'est demain la Saint-Nicolas et que nous n'aurons pas d'évêque en pain d'épice, c'est bien le moins que je regarde, insista le garçon. Regarder, ça ne fait de mal à personne.

La fillette reprit la main de son frère, et tous deux collèrent le nez à la vitre, silencieusement.

Le maître de chapelle songea aux dons plantureux dont seraient comblés ses enfants le lendemain, car saint Nicolas est en pays flamand ce qu'est chez nous le petit Noël. C'était un homme généreux et de premier mouvement ; il entra dans la boutique, choisit le plus grand des évêques et le paya. De l'autre côté de la vitre ses mouvements étaient étroitement surveillés ; fallait-il être riche pour acheter un bonhomme d'une demi-aune de haut !

Lorsqu'il eut franchi le seuil, il rencontra le regard des deux paires d'yeux ; ceux du garçonnet exprimaient l'admiration et la convoitise ; dans ceux de sa sœur se glissait un éclair aigu de colère contenue... C'est dans les bras de la fillette que Tarragone déposa le saint.

Un autre éclair jaillit des prunelles couleur d'océan ; mais il n'eut pas le temps de l'analyser, car déjà la pointe du châle noir voltigeait à dix pas de lui, dans une course effrénée. Le petit garçon, interdit d'abord, avait aussi pris ses jambes à son cou et s'efforçait de rattraper la fuyarde.

– Eh ! les mioches, on dit : Merci ! au moins ! cria le musicien, moitié fâché, moitié amusé.

La fillette, s'arrêtant à l'angle de la première rue, jeta un regard en arrière ; son frère la rejoignit ; ils se prirent la main et tournèrent le coin au grand galop. Tarragone eut beau se hâter, il ne put que les voir disparaître dans le remous d'une large voie populeuse.

« Drôles de petits diables ! murmura-t-il en se dirigeant vers sa demeure. Je n'en ai pas eu pour mon argent ! J'espère qu'ils sont contents, tout de même. »

Il entra chez lui au moyen d'une petite clef qu'il portait à sa chaîne de montre, et ressentit aussitôt cette sensation du bien-être que seuls connaissent ceux qui sont faits pour la vie de famille. Le gros paletot de son fils aîné, le bachelik de laine de sa seconde fille, diverses paires de petites galoches soigneusement rangées, tous les menus objets qu'il reconnut pour appartenir aux siens, parlaient d'intimité et presque de tendresse à son cœur paternel. Plus tard, dans sa vie, le maître de chapelle devait se souvenir de ce retour au logis, en cette veille de Saint-Nicolas.

– Voici papa ! dit Urbain, le fils aîné dont l'honnête figure fraîche se montra sur le seuil de la salle à manger. Tu n'as pas eu froid, père, en sortant de Saint-Bavon ?

Tarragone rassura les siens et s'assit à sa place accoutumée ; sa femme fit de même ; la servante apporta un plat fumant, et le déjeuner commença.

C'était une scène banale, telle qu'on la voit tous les jours dans des millions de demeures, et pourtant elle revêtait un caractère presque sacré, tant elle représentait la vie dans son humble et patriarcale simplicité. Les enfants recevaient leur nourriture des mains de la mère attentive, le père distribuait le pain quotidien, la douce chaleur du poêle de faïence détendait les corps avec les esprits, et la famille constituée, cet élément du grand tout social, réparait ses forces pour apporter ensuite au monde un nouveau contingent de labeur.

– Où est Elsa ? demanda Tarragone s'apercevant de l'absence de sa fille aînée.

– On lui a demandé de rester à l'école ; elle aide à préparer les cadeaux de saint Nicolas pour les enfants pauvres.

– C'est bien, dit le père. A ce propos, il vient de m'arriver une singulière aventure...

Il narra l'histoire de son bonhomme de pain d'épice ; les enfants ouvraient de grands yeux scandalisés, sa femme l'écouta en souriant.

Si José Tarragone représentait, comme l'indiquait son nom, l'élément espagnol qui tient tant de place dans les Flandres, celle qu'il avait épousée était un admirable spécimen de la race territoriale. Le teint d'un blanc laiteux, avec une carnation éblouissante ; les cheveux blond doré, presque roux ; les yeux gris et profonds comme on en voit dans les tableaux anciens ; une expression placide et bonne sur des lèvres vermeilles, compensaient ce qui pouvait manquer à la noblesse des lignes ; rien ne rappelait moins le type grec, mais c'était une beauté savoureuse, dans sa fraîcheur de fruit mûr.

M^me^ Claudia, comme l'appelaient ses amis, avait alors trente-neuf ans, sept ans de moins que son mari. S'étant aimés dès l'adolescence, ils s'étaient mariés après de patientes fiançailles et n'avaient plus eu qu'une même vie.

Cependant, en ces temps derniers, l'éducation des enfants grandissants avait un peu absorbé la mère, pendant que Tarragone, s'étant mis en tête d'exhumer les chants religieux du seizième siècle, avait dû chercher des voix, perfectionner celles dont il disposait, et donner plus de son temps au dehors. Les époux ne s'aimaient pas moins ; mais leur tendresse était arrivée à ce point où elle cesse de monter.

– Quels curieux petits personnages ! dit M^me^ Claudia lorsque son mari eut terminé son récit.

– Les vilains ingrats ! fit Urbain plein d'indignation.

– Ingrats ? je ne crois pas, reprit le père ; ils étaient, au contraire, tellement heureux qu'ils n'y pouvaient croire et ils ont eu peur de me voir reprendre le bonhomme.

A cette idée, les enfants éclatèrent de rire : ils savaient, comme tout le monde d'ailleurs, que leur père ne reprenait jamais rien de ce qu'il avait donné.

L'arome du café se répandit dans la salle, augmentant l'impression de contentement joyeux ; tous les membres de la famille se réjouissaient de la bonne action de son chef, car ils étaient étroitement unis en toutes choses. Lorsque Tarragone se fut enquis des menus détails de la vie des siens, il retourna à ses travaux et les enfants allèrent à leurs classes, pendant que M^me^ Claudia rangeait le sucre et les provisions dans les armoires.

# II

La nuit d'hiver était tombée depuis longtemps ; il ne neigeait plus et la ville était très propre ; car un vent sec et froid avait balayé au loin toutes les poussières. Dans les maisons de Gand, riches ou pauvres, on songeait au souper ; Chez Tarragone, la table était mise et l'on n'attendait plus que la fille aînée encore retenue à l'école et qu'Urbain avait été chercher. C'était une sage personne, très semblable à sa mère ; lorsqu'elle avait seize ans, M^me^ Claudia n'avait pas dû montrer une autre figure, ni un autre caractère.

Dans la rue on entendait de temps à autre un groupe de jeunes chanteurs, désireux d'une aumône en nature, s'arrêter devant unc porte ; puis le silence se rétablissait.

La porte s'ouvrit, un bruit de pas pressés retentit sur les dalles du vestibule, avec des rires étouffés et les enfants entrèrent, précédant Elsa qui poussait devant elle deux petits êtres étrangement accoutrés. M^me^ Claudia déposa son ouvrage et Tarragone leva les yeux de la partition qu'il lisait silencieusement.

– Qu'est-ce ? demanda la mère sachant qu'en ce

jour de fête les parents et amis se permettent mainte plaisanterie.

– Des musiciens que j'ai rencontrés ; je vous les amène, car ils sont vraiment très drôles ! répondit Elsa.

Le châle noir qui recouvrait une des têtes tomba en arrière, une robe rose apparut, un bras maigre brandit un archet sur un violon de forme ancienne et bizarre...

– Ceux de ce matin ! s'écria Tarragone surpris au point de se lever de son siège.

Le regard glacial, qu'il connaissait déjà, se promena autour de la salle, sur la table mise et les dressoirs garnis, sans se poser sur lui, l'archet grinça et les enfants chantèrent.

Tout était singulier : la chanson, qui ne ressemblait en rien à la classique mélopée, l'accompagnement qui était en lui-même une mélodie insaisissable et troublante, et surtout les voix : celle du garçon perçante comme le cri d'un jeune coq, d'un timbre d'acier, incisif et brutal, mais juste et clair, et celle de la fille, riche contralto velouté aux notes profondes, inquiétantes, passionnées. Ils chantaient à l'octave, lui plus haut, elle plus bas, ces paroles françaises :

> Saint Nicolas vient par-dessus la mer,
> Il veut des cadeaux pour les misérables.
> Nobles et bourgeois, soyez secourables,
> Sinon votre pain deviendrait amer !

Ils terminèrent cette menace sur un cri qui semblait un défi.

– Très curieux ! murmura Tarragone. Recommencez.

– Mais on nous donnera quelque chose ? demanda

la fille aux yeux verts.

M^me Claudia prit sur le dressoir une couronne de pain non entamée, et l'offrit au garçon qui la passa tranquillement à son bras. Aussitôt ils répétèrent leur chant sauvage.

– Qui vous a appris cela ? demanda le maître de chapelle.

– Personne. C'est moi, répondit la fillette.

– La musique et les paroles ?

– Tout.

– Vous n'êtes pas d'ici ?

Elle fit un geste ambigu.

– De loin, dit-elle.

– Où sont vos parents ?

– Pas de mère. Le père est mort, la grand-mère, malade.

– Et ce violon ?

– Celui du père.

– De quoi vivez-vous ? demanda M^me Claudia après un silence.

Les yeux verts lancèrent une flamme hautaine ; mais la bouche resta close.

– Cet enfant va à l'école, insista M^me Claudia en indiquant le petit.

– Non, il chante.

– Où ?

– Où il peut.

– Tu sais donc la musique ? hasarda Tarragone. Il se sentait dans un état d'esprit bizarre, comme s'il vivait un conte d'Hoffmann.

L'enfant prit la partition ouverte sur la table et, de sa voix de fifre, en solfia quelques mesures, très juste, avec l'assurance d'un musicien consommé.

– Quel âge as-tu ? demanda le maître de chapelle ébahi.

– Il a douze ans, j'en ai quatorze, dit la sœur.

Tous les membres de la famille s'entre-regardèrent stupéfaits ; ils auraient supposé huit et dix, tout au plus.

– Parce que nous sommes petits ? fit la jeune indépendante avec un dédain suprême. On n'est pas plus spirituel parce qu'on est long comme un poteau télégraphique ! Et, puis, nous grandirons.

Tarragone était d'une taille fort au-dessus de la moyenne et ses enfants tenaient de lui ; il sourit avec indulgence. Mme Claudia pensa que, si cette fillette avait réellement quatorze ans, c'était à une femme de chercher à en obtenir des éclaircissements ; aidée d'Elsa, à qui les yeux verts semblaient marquer moins de méfiance, elle posa une série de questions et finit par savoir : premièrement, que ces enfants n'avaient personne de qui se réclamer, sauf une grand-mère âgée et presque aveugle ; ensuite, qu'ils venaient de très loin, quelque part dans le Sud ; leur dernière étape sérieuse avait été Münster. Ils s'étaient alors rendus à Gand où le père était mort après une courte maladie, il y avait un mois environ. Pourquoi Gand ? Leur idée était d'aller à Anvers, probablement parce que de là on s'embarque pour n'importe où. Le hasard avait dû souvent tracer leur itinéraire, parsemé sans doute de cruelles mésaventures.

– Qui vous a appris à chanter ? demanda Tarragone poussé par une idée mal définie.

– C'est à l'église. Nous avons été enfants de chœur à Münster, à la cathédrale. Le décor du *Prophète*, vous savez ? C'était beau !

– Nous ? répéta M^me^ Claudia surprise et même un peu gênée.

La fillette montra des dents très blanches entre ses lèvres très minces ; ce fut comme l'éclair d'un stylet.

– Parce que je suis une fille ? dit-elle ironiquement. Qu'est-ce que ça fait ? J'étais habillée en garçon. A présent, je ne peux plus, ajouta-t-elle avec un soupir, je n'ai plus une voix de garçon. C'est dommage.

– Alors, vous êtes catholiques ? demanda M^me^ Claudia.

La riposte partit comme le déclic d'une arme à feu.

– Et vous ?

– Nous sommes catholiques, puisque notre père est maître de chapelle à l'église Saint-Bavon, fit doucement Elsa, pour tâcher d'atténuer la brusquerie de l'interrogation.

– Nous sommes protestants, dit lentement la fillette en laissant tomber sur l'assistance un regard froidement hostile.

Tarragone la regarda dans les yeux ; il était sûr qu'elle mentait. Elle supporta cet examen sans la moindre émotion.

– Vous êtes protestants et vous avez chanté pour une église catholique ? demanda la bonne M^me^ Claudia absolument troublée dans toutes ses notions de décence, de morale et de décorum. Cette fillette protestante, habillée en enfant de chœur dans une église catholique, cela dépassait de beaucoup ce que peut imaginer le cerveau bien équilibré d'une mère de famille flamande.

– Qu'est-ce que ça fait ! répliqua la coupable. Nous avions l'argent.

– Comment vous nommez-vous ? demanda Tarragone.

– Lui : Liof... Lion, Léon Zorn.

– Liof, c'est un nom tchèque, ou slave, murmura le musicien. Et vous ?

– Moi, Zoby.

– Zoby ? que c'est drôle ! dit Elsa bouleversée.

– Zinovia, si vous aimez mieux ; Zinovia reine de Palmyre, ou Zénobie, expliqua la fillette. On m'a toujours nommée Zoby. Ça pouvait aussi passer pour un nom de garçon, ajouta-t-elle en coulant un de ses regards tranchants vers M^me^ Claudia. Zoby Zorn, c'est mon nom.

– Et vous ne parlez que le français ? demanda Tarragone.

Une de ces indéfinissables lueurs traversa les yeux énigmatiques de la reine Zinovia.

– Nous parlons toujours le français, parce qu'on le comprend chez toutes les personnes comme il faut, dit-elle.

On ne put rien en tirer de plus. Zoby refusa d'indiquer sa demeure ; mais elle promit de revenir, à condition qu'Elsa serait présente. On remplit un panier de provisions, et les petits chanteurs l'emportèrent avec un grave et bref : Merci.

Lorsqu'ils eurent disparu, Tarragone poussa un soupir et s'étira.

– Quelle singulière aventure ! dit-il. Ce garçon possède une voix rare et il est très musicien ; j'aimerais bien à l'avoir pour chanter les soli.

– Moi, avoua candidement M^me^ Claudia, la fille me fait peur ; elle est si mystérieuse, pauvre enfant... elle a pourtant l'air d'avoir reçu une sorte d'éducation... Elle est plus jeune qu'Elsa ; pense José, si notre Elsa était seule au monde avec un frère de douze ans et une grand-mère infirme ! Ne pourrais tu savoir qui ils sont, en consultant le registre mortuaire de la ville ?

Tarragone ne répondit pas ; il songeait que, si son Elsa était seule au monde, même dans ces conditions-là, elle n'aurait jamais dans ses doux yeux gris l'une ou l'autre des changeantes expressions qu'il avait vues aux yeux verts de Zoby. Mme Claudia ayant répété sa question, il se secoua, comme au sortir d'un songe et répondit :

– Je puis m'informer ; mais qui nous garantit qu'elle a dit la vérité et que son père s'appelait Zorn ?

## III

Le dimanche suivant, Tarragone qui dirigeait les répons des enfants de chœur pendant la grand-messe, crut distinguer à plus d'une reprise un timbre qui ne lui était pas familier ; il eut beau regarder autour de lui, rien ne lui parut anormal dans les rangs de son troupeau. L'image de Zoby et celle d'une autre tête, coiffée d'un énorme bonnet de fourrure, traversèrent sa mémoire ; mais il n'avait pas alors le loisir de suivre ses pensées.

A la sortie de Saint-Bavon, il avait coutume de retrouver sa famille qui l'attendait pour rentrer avec lui : retardé d'abord par quelques rencontres d'amis, lorsqu'il se vit enfin près de la porte, deux groupes sollicitèrent son regard, l'un composé de sa femme et de ses enfants ; l'autre un peu en arrière, surgit de l'ombre à sa venue.

Zoby, vêtue de noir, un petit chapeau de paille noire sur la tête, et son frère, Léon, habillé comme tout autre enfant de condition modeste, tenaient entre eux par la main une dame âgée dont la démarche hésitait.

– Vous ? fit Tarragone, ne sachant s'il était content

ou fâché de retrouver sous cet aspect décent les musiciens dont l'apparition avait un instant troublé la régularité de sa paisible existence.

– Père ! avait murmuré Elsa en le voyant passer devant eux sans s'arrêter.

Elle le suivit des yeux et aperçut les survenants. La famille fut alors toute à la joie de retrouver « les amusants petits sauvages », et le maître de chapelle se vit entouré des siens.

Un gai soleil brillait sur la place, la fantasmagorie de saint Nicolas avait disparu : restaient par un beau dimanche d'hiver une vieille femme à moitié aveugle et deux orphelins, sans moyens d'existence, désireux de s'assurer le pain quotidien. M^me^ Claudia, coutumière de bonnes œuvres, savait interroger aussi bien que consoler ; mais, ici, ses interrogatoires n'obtinrent que peu de lumière et ses consolations se trouvèrent sans objet.

M^me^ Zorn, car elle l'avait ainsi nommée, sans rencontrer d'objection, ne voulait pas se découvrir et le plus ferme diamant se fût usé sans l'entamer ; on apprit cependant que la famille avait des parents « là-bas » et que si quelqu'un se chargeait de surveiller l'éducation des enfants, on ferait probablement quelque chose pour eux. Retourner dans leur pays, « là-bas » ? Oh ! grand Dieu, non ! La petite bouche de Zoby se ferma sur ce « non » avec une telle énergie qu'elle sembla disparue à ne jamais se rouvrir. Une des particularités de ce singulier visage était qu'à de certains moments les lèvres pâles et minces se serraient l'une contre l'autre si bien que Zoby paraissait ne plus avoir de bouche du tout. Ce n'était pas très joli mais c'était fort impressionnant.

José Tarragone reçut l'autorisation d'écrire à

Münster, pour avoir des renseignements au sujet du passage des deux enfants à la maîtrise de la cathédrale, à la condition de ne pas dévoiler toutefois que Zoby n'était point un garçon.

– Mais, dit Mme Claudia, cette jeune fille ne peut pas entrer à la maîtrise ici ; que va-t-elle devenir ?

– Elle doit finir ses classes, dit la grand-mère et continuer à travailler le violon. Elle en joue déjà très bien ; du piano aussi. Elle pourrait donner des leçons à des enfants, dès qu'elle aura un peu grandi.

Tous les regards se portèrent vers la petite personne ; elle était vraiment exiguë, bien qu'aux yeux de Tarragone elle semblât, dans sa robe noire, plus grande déjà que lors de leur premier entretien.

– Peut-on aller vous voir ? demanda Mme Claudia.

C'était un principe chez elle de ne jamais rien faire pour ses pauvres avant d'avoir vu leur logis.

La permission fut gracieusement accordée et l'on se sépara.

– Qu'est-ce que tu penses de ces gens-là ? demanda José à sa femme pendant qu'ils revenaient patriarcalement chez eux en suivant leurs enfants qui marchaient très dignes et bien alignés.

– Je pense que la grand-mère est peut-être de bonne famille, répondit en hésitant la sage Claudia. Il y a beaucoup de mystère là-dedans et je ne n'aime pas les mystères ; mais si l'on suppose que le père était peu de chose, que la mère se serait mariée malgré les siens, et que pourtant ceux-ci sentiraient nécessaire de soutenir les enfants, tout en les tenant à distance...

– Comme tu sais faire les romans, Claudia ! dit Tarragone émerveillé.

Elle rit un peu ; la douce lumière du soleil d'hiver, du soleil flamand, baignait son visage empreint de bonté, revêtu par l'air vif d'un éclat surprenant : elle aimait les louanges de son mari ; elle aimait son mari. De lui, tout lui semblait doux et naturel, même les brusques accès d'humeur morose, même les vivacités intempestives. « C'est un homme » disait-elle avec résignation. D'un homme, on devait savoir supporter ce qu'on n'admettrait jamais chez une femme ; car les hommes étaient, pensait Claudia, d'une essence différente, supérieure en science et en développement intellectuel ; ils étaient seuls habiles dans la conduite extérieure de la vie, seuls capable de diriger une famille. Les femmes étaient plus pratiques dans l'existence journalière, plus patientes, faites pour obéir, même quand elles auraient eut toutes les raisons de souhaiter le contraire, faites aussi pour dorloter fêter, gâter, leurs seigneurs et maîtres. Cet humble évangile avait été celui de la mère de Claudia, et serait celui d'Elsa, quand la jeune fille se verrait en âge d'être mariée. Là était le secret de leur bonheur de femmes.

La visite annoncée se fit chez la famille Zorn ; Claudia pénétra sans émotion dans un quartier peu brillant, passablement mal habité ; mais des étrangers n'étaient pas tenus de savoir où l'on peut et où l'on ne peut pas demeurer.

La maison meublée était pauvre, suffisamment propre ; l'escalier ne sentait pas mauvais ; la chambre, assez bien rangée, était décente. Ces gens avaient gardé le respect d'eux-mêmes ; mais pourquoi les enfants couraient-ils les rues dans un costume fait pour les dégrader.

A cette question, comme à plusieurs autres, la grand-mère ne répondit pas ; elle avait une façon de n'avoir pas entendu qui décourageait toute enquête.

Quand elle sortit de là, M^me^ Claudia ne se trouvait pas beaucoup plus avancée, lorsqu'elle rencontra dans l'escalier Zoby, qui rentrait avec son frère. La petite portait la même robe rose et ce même châle noir effrangé qui effarouchait la mère de famille ; mais son regard était plein de caresses glauques, comme l'eau de mer traversée par un rayon de soleil.

– Madame, dit-elle d'une voix douce et câline, n'est-ce pas que vous m'écouterez quand j'irai jouer du violon chez vous ? Vous voulez bien, que j'aille jouer du violon ? Et du piano aussi ? Le piano, je l'ai un peu oublié, mes doigts sont rouillés ; mais le violon ?

M^me^ Claudia eut grande envie de s'assurer, séance tenante, que cette fillette n'avait aucun talent et que le mieux serait de ne pas s'en occuper. De toute la personne de Zoby émanait quelque chose de différent au point d'être hostile ; ces deux êtres, l'adolescente inconnue et la ménagère flamande, se trouvaient séparés par une antipathie de race dont elles n'avaient pas la conscience, mais seulement une sorte d'avertissement mystérieux.

– Si vous voulez me jouer quelque chose maintenant ? dit Claudia.

– Maintenant ? Oh ! je suis bien fâchée, fit Zoby avec une mine effarée. Mon archet s'est abîmé, à cause du froid, je pense ; je l'ai porté chez le luthier pour y remettre des crins...

M^me^ Tarragone regarda au fond des yeux verts. Qu'ils mentaient bien, ces yeux de sirène ! Ils mentait avec une profondeur insondable ; ils avaient l'air si honnête, si véridique, si loyal ! et en même temps ils disaient si haut : « Je mens ! » Ils auraient juré sur la tombe du père mort, sur le salut de la mère morte, sur la vie de la grand-mère vivante que l'archet était chez le luthier, dans la troisième rue à droite, en montant, au coin du boulevard ; et M^me^ Claudia savait à n'en pas douter, quoiqu'elle ne l'eût pas vu, qu'il était là-haut dans sa boîte, l'archet diabolique de cette fille menteuse.

Elle eut un grand dégoût et fit un mouvement pour s'écarter. Zoby avait lu les pensées sur le clair visage.

Il faut que M. le maître de chapelle entende chanter mon frère, reprit-elle ; il ne sait pas, M. le maître de chapelle, quelle voix magnifique possède ce petit ; une voix comme on en entend une en cent ans. Ils l'ont dit à Münster. Ce sera une occasion d'exécuter de la musique difficile, car Léon chante de la musique très difficile, n'est-ce pas, Léon ?

– Tout ce qu'on veut ! répondit l'enfant avec assurance.

– Nous avons chanté et joué dans les concerts reprit Zoby sentant que le système du silence absolu ne réussirait pas dans cette maison-là ; nous avons été de petits prodiges...

– Il y a longtemps ? demanda M^me^ Claudia comprenant soudain, grâce à sa bonté, que cette existence de prodiges excusait dans une certaine mesure bien des défauts d'éducation.

– Du vivant de papa.

– Et votre maman ?

– Maman chantait. Elle avait une voix... une voix !...

Elle est morte quand Léon est né.

– Votre père jouait du violon ?

Zoby se redressa.

– C'était un artiste ! dit-elle avec orgueil. Pardonnez-nous, Madame de vous avoir retenue.

Ayant prononcé cette phrase, elle fit une révérence du plus grand air, et, poussant son frère devant elle, elle disparut dans l'escalier.

Le lendemain soir, Zoby et Léon se présentèrent chez Tarragone. Convenablement vêtus tous les deux, ils apportaient le violon dans sa boite. La fillette fit remarquer à Claudia les crins neufs de l'archet, et la bonne créature se reprocha d'avoir douté ; cependant les crins avaient été changés le matin même par la main experte d'une gamine qui connaissait une foule de métiers plus au moins relatifs à la musique.

– Chante, Léon ! dit-elle, lorsqu'ils eurent été introduits dans la salle où la famille se réunissait le soir.

Debout, les mains dans ses manches, comme s'il eût été à l'église, l'enfant ferma les yeux et commença une « prose » ancienne, vieux chant liturgique, de ceux qu'on n'exécute guère que dans les communautés. Son chant d'alouette montait, montait pendant qu'immobile, sans ouvrir les yeux, la tête un peu rejetée en arrière, il semblait perdu dans l'espace. On écoutait saisi de stupeur, avec une bizarre impression de chose extraterrestre, cette voix en même temps riche et aiguë, pleine et perçante, dont le timbre devait se graver dans le cerveau d'une façon inoubliable.

Quand il eut terminé, il rouvrit les yeux et poussa un profond soupir.

– C'est merveilleux, murmura Tarragone. C'est ton

père qui t'a enseigné cela ?

Léon fit un signe négatif. Il ne parlait guère, en général. Sa sœur avait saisi le violon, elle appuya l'archet sur une corde, sans préliminaires, presque au hasard et une vibration large, puissante, généreuse, comme celle d'un violoncelle se communiqua aux nerfs des auditeurs. Soudain, Zoby attaqua une mélodie lente, rythmée sous son apparente irrégularité, et le cœur de Tarragone battit comme si l'Amour ou la Patrie l'eussent effleuré de la main. Cela ressemblait à la musique Tzigane, et c'était autre chose : Beethoven et Wagner avaient passé par là tous deux, versant au compositeur l'enseignement de leur génie.

Elle ne fermait pas les yeux, l'ensorceleuse ; elle regardait devant elle sans s'occuper des autres ; dans ces yeux clairs, qui parfois devenaient noirs, passaient le frisson des douleurs, l'ivresse des joies, la caresse des voluptés ; on y lisait ce que l'oreille entendait de mélodies, et tout était également insaisissable ; rien ne se fixait, si bien qu'on voulait entendre et regarder encore, encore... Elle s'arrêta.

– Oh ! maman ! dit tout bas Elsa, elle a du génie !

Urbain s'était avancé, tout près, comme si le contact de l'instrument eût dû ajouter quelque chose à son extase ; le père ne disait rien. Zoby déposa le violon sur une chaise, regarda Claudia avec infiniment de douceur et dit :

– Eh bien ?

José fit le mouvement d'un dormeur qui se réveille, et s'adressant à sa femme :

– Il faut, dit-il, que ces enfants puissent continuer leur éducation musicale ; ils ont en eux le germe d'un grand avenir.

– N'est-ce pas ? fit simplement Zoby. C'est ce que tout le monde a toujours répété. Léon sera un chanteur de premier ordre.

– Et vous ? demanda Tarragone en regardant les yeux verts qui cherchèrent M$^{me}$ Claudia.

– Moi ! Nous verrons, répondit la fillette. Je veux travailler d'abord. Je n'ai pas eu beaucoup de bonheur : j'ai élevé mon frère avec ma grand-mère ; je n'ai jamais pu avoir une éducation sérieuse, et, pourtant, ce que j'aurais aimé, c'eût été la vie de famille...

Elle avait débité cela tout d'une haleine en regardant Elsa, cette fois.

– J'aurais tant aimé une sœur, reprit-elle, une sœur plus grande, plus sage que moi, une sœur qui m'aurait appris une infinité de choses que je ne sais pas... et j'aurais pu lui enseigner un peu de musique.

– Qui vous a appris à chanter ? demanda Urbain.

– J'ai appris avec Léon, puisque nous avons chanté ensemble à Münster.

Une sorte d'ironie froide passa dans ses yeux en prononçant le nom de cette ville ; elle sentait que ce serait désagréable plus tard, déjà même à présent peut-être, aux hommes de cette maison, de se rappeler qu'elle avait passé pour un garçon, à cette période récente de sa jeune existence. En effet, il y eut un silence.

– Puis-je jouer du piano ? demanda-t-elle à M$^{me}$ Claudia du ton soumis et câlin qu'elle prenait pour lui parler.

Sans attendre de réponse elle s'assit devant l'instrument et joua. C'était de la musique de Chopin, non de la plus difficile comme mécanisme, mais de celle que les virtuoses patentés n'exécuteront jamais bien s'ils ne possèdent encore autre chose que la virtuosité. Une grande âme, pas celle de Zoby, semblait diriger ses doigts : elle savait comment on fait rendre à un piano des sonorités de contrebasse, de violon ou de flûte, en prenant ou en tenant une note d'une façon particulière. Elle savait jouer les chants d'amertume et de bataille, d'aspiration douloureuse et de rage impuissante : saurait-elle exprimer la tendresse ? Elle n'essaya pas ce jour-là ; mais que n'avait-elle pas dit déjà avec son violon ?

Elle se leva, modeste et digne, comme une petite pensionnaire après son morceau de concours ; on ne disait rien, tous les yeux interrogeaient le maître de chapelle.

– Êtes-vous sûre de n'avoir que quatorze ans ? demanda celui-ci.

– Regardez-moi. Puis-je avoir davantage ? répondit Zoby avec un rire coquet qui l'illumina d'un jour nouveau.

Les enfants rirent aussi : la petite bouche devint imperceptible, le front se ferma, pareil à une porte verrouillée ; le regard, noir comme un fleuve entre ses quais dans une nuit sans étoiles, se buta contre le mur. Tarragone comprit que ses enfants l'avaient blessée, et il en prit de l'humeur.

– Vous jouez très bien, dit la bonne Claudia, ce n'est pas le jeu classique, mais c'est bien tout de même.

– Oh ! le classique, j'en joue quand je veux ! répliqua Zoby.

Elle ouvrit un cahier de Bach qu'elle avait aperçu du coin de l'œil et joua un prélude suivi de sa fugue, sans hésiter, avec une sûreté, une possession d'elle-même et du vieux maître tout à fait surprenantes.

– Il faut qu'elle entre au Conservatoire, décida Tarragone. J'intéresserai à ces enfants quelques sommités de la ville ; pouvez-vous vivre en attendant ? ajouta-t-il.

– On nous a envoyé un peu d'argent, répondit Zoby sans se dérider. Et puis Léon entre à la maîtrise, n'est-ce pas ?

– Certainement. Mais vous...

– Je puis travailler le violon chez nous ; seulement, je n'ai pas de piano...

– Papa, dit tout bas Elsa, permets qu'elle vienne étudier ici : ce sera une grande leçon que de l'entendre !

Dans la famille Tarragone, M^me^ Claudia décidait des choses intérieures ; mais le père était le maître absolu en tout ce qui touchait à la musique ; il dit à sa fille aînée :

– J'y consens.

Zoby fit une révérence de cour à José et une autre de prima donna à la famille ; Léon salua à sa façon, avec un mélange de gaucherie et de reconnaissance qui n'était pas sans grâce ; on fixa des jours et des heures, et les protégés allaient se retirer lorsque M^me^ Claudia, toujours hospitalière, même quand elle n'était pas contente, leur fit servir du lait chaud avec des tartines. C'est ainsi que, pour la première fois, ils partagèrent le pain et le sel de leurs bienfaiteurs.

Après leur départ, quand les enfants, ayant épuisé leurs diverses réflexions, furent allés se coucher, M^me^ Claudia dit à son mari :

– Nous avons peut-être été un peu imprudents en

permettant à ces musiciens de venir étudier ici : Elsa est si jeune et cette personne est tellement développée... pour son âge...

– Elle doit avoir seize ans, répondit Tarragone, seulement elle ne veut pas en convenir, à cause de sa petite taille.

– Cela se peut ; mais, si elle ment avec une telle aisance, ne crains-tu pas le danger...

Tarragone éclata de rire.

– Le danger ? Elsa est une colombe sans tache, elle purifierait l'Achéron. Ne crains rien pour nos enfants, ma chère : ils sont hors d'atteinte.

Jamais sa femme n'oublia cette réponse.

## IV

Un joli mois d'avril chassait dans le ciel les nuages floconneux qui venaient de la mer du Nord. On sentait que tous les moulins à vent des Pays-Bas devaient tourner rapidement, pendant que la brise chantait dans leurs toiles. On sentait aussi que plus loin, pas très loin, la mer déferlait sur la plage d'Ostende et jetait, au large, des paquets d'écume sur le faux pont des barques de pêche. D'un bout à l'autre de la terre flamande régnait l'activité joyeuse du printemps ; les bateaux montaient et descendaient le cours des fleuves délivrés des glaces de l'hiver, les moissons sortaient du sol et, près des fenêtres à petits carreaux, les dentellières faisaient voleter les minces fuseaux sous leurs doigts agiles.

Assise au *bow-window* de la salle, le plus près possible du ciel bleu, M^me^ Claudia participait à l'animation générale en raccommodant paire après paire de bas. Elle eût pu se dispenser de ce travail en le confiant à une servante ; mais elle aimait à remplir cet humble office ; sans qu'elle s'en rendit bien compte, il lui semblait qu'un peu de sa maternelle sollicitude restait avec les fils de laine dans les mailles serrées qui tiendraient chaud l'hiver aux pieds de ses enfants.

Près d'elle, les deux mains appuyées à la pomme de sa canne, l'organiste Jan Bockaërt la regardait travailler avec un visible plaisir. Ayant dépassé la cinquantaine, c'était un célibataire impénitent. Nanti d'une gouvernante hors ligne, il mangeait la meilleure cuisine de Gand ; mais cette perle des cordons bleus n'aimait pas les ravaudages, et Bockaërt se plaignait volontiers de devoir renouveler trop souvent les pièces de sa garde-robe. Comme il est dans la nature humaine de préférer ce qu'on n'a pas, il aimait à voir l'aiguille de M^me^ Claudia aller et venir dans la laine avec des petits éclairs rapides et brillants comme ceux d'une ablette dans la rivière.

– Alors, dit-il après un de ces longs silences si reposants entre de vieux amis, vous vous êtes embâtés de ces mioches ?

– Embâté est le mot ; car parfois...

M^me^ Claudia s'interrompit : la porte de la rue venait de se refermer avec un bruit sec ; le bouton de la salle tourna très lentement et Zoby parut.

A la vue de l'organiste assis auprès de M^me^ Tarragone, une expression vicieuse, cynique, frissonna sur le visage de la jeune fille : il fut seul à la remarquer ; mais il en éprouva une si violente émotion que sa canne, lui échappant, tomba sur le parquet. Il la releva sans se hâter, pendant que Zoby venait faire sa révérence.

– L'heure du piano, déjà ? demanda M^me^ Claudia en déposant ses ciseaux.

– Je suis un peu en avance, répondit la musicienne d'un air très doux. Si cela ne vous dérange pas, chère Madame, j'aimerais bien à répéter sur l'harmonium les accompagnements pour mon frère.

– Allez, fit placidement la maîtresse du logis.

Zoby exécuta une nouvelle révérence et se dirigea vers la porte du salon.

– Il faudra faire allonger votre robe, Mademoiselle, dit Jan Bockaërt, non sans rudesse. Vous avez prodigieusement grandi depuis la Saint-Nicolas.

Elle jeta un coup d'œil dédaigneux sur ses chevilles que laissait voir sa jupe noire, très courte en effet.

– Après le concert, dit-elle, et la porte sembla l'avoir escamotée.

L'organiste attendit pour reprendre la conversation que les sons de l'harmonium se fussent fait entendre. Il était encore tout bouleversé de ce qu'il avait lu dans les yeux de cette fille.

De tout être humain, c'eût été abominable : le respect qu'il portait à M^me^ Claudia, l'affection qui le liait à Tarragone, dont il avait été le professeur, quoique plus âgé de quelques années à peine, n'avaient jamais été mis en question par personne, mais de cette enfant recueillie par la charité de ses bienfaiteurs, c'était monstrueux. Et si jeune, comment pouvait-elle seulement avoir la notion du doute injurieux, de la protection tacite plus insultante encore qui avaient souillé ces yeux de jeune fille ?

C'était une secousse à laquelle rien ne l'avait préparé ; il ne pouvait s'en remettre ; espérant fermement avoir été seul à surprendre l'odieux regard, il jeta un coup d'œil sur la physionomie tranquille de M^me^ Claudia, si bien faite pour le rassurer : alors, il respira ; mais, malgré lui, ne cessa de songer à l'intruse qui venait de lui causer une si violente commotion.

– C'est une vilaine petite fille, dit-il, résumant ainsi sa pensée.

M^me^ Claudia l'examina de ses beaux yeux tranquilles où flottait une sorte de mélancolie.

– Je ne sais ce qu'il faut penser d'elle, dit sa voix harmonieuse, modérée à dessein. Elle a des qualités : elle aime beaucoup son frère ; elle est travailleuse à sa façon, elle apporte une certaine conscience à l'accomplissement de quelques-uns de ses devoirs...

– C'est une mauvaise petite nature, insista l'organiste avec force.

– Vous la connaissez donc bien ? fit Mme Claudia surprise.

– Pas particulièrement ; je la juge d'après ses façons.

– Elle est braque, c'est un fait positif. Après une courte hésitation elle ajouta : – Elle ne m'est pas sympathique.

– Méfiez-vous d'elle, répliqua l'organiste.

– Vous savez donc quelque chose ? demanda Mme Tarragone en devenant toute pâle.

– Quelque chose ? Absolument rien, chère Madame. C'est une... une intuition. J'ai parfois, comme cela, des intuitions.

Enchanté d'avoir trouvé cette explication, Jan Bockaërt raffermit sa canne et recroisa ses mains sur la pomme, dans son attitude favorite.

– Je me suis souvent demandée... fit Mme Claudia.

Elle s'arrêta ; jamais encore Mme Tarragone n'avait discuté une action ou une simple opinion de son mari : pouvait-elle commencer aujourd'hui, et avec un homme, et cet homme fût-il, depuis vingt-cinq ans, l'ami de la famille ? Bockaërt vint à son aide.

– Vous vous êtes demandé par quel moyen elle s'était faufilée dans votre maison ? Moi aussi... et, pourtant, je crois que j'aurais agi comme vous ; elle est si diaboliquement bien douée ! Écoutez-la... Elle joue cet *O salutaris* comme moi, mieux que moi... et, j'en donnerais ma tête à couper, elle ne croit ni à Dieu ni au diable !

– Comment le savez-vous ? murmura la mère de famille en laissant tomber son ouvrage dans un geste d'horreur.

– Cela se voit. Elle ne croit pas à la vertu ! murmura le brave homme entre ses dents. Eh bien ! ce concert que José a organisé, ça marche ? Ça leur donnera les moyens de vous débarrasser de leur présence pendant les mois d'été. On va louer un piano, prendre une chambre de plus dans un quartier convenable ; ils reçoivent de l'argent de chez eux ? Pas beaucoup ? Enfin, ils ne sont pas entièrement à votre charge ?

Stupéfaite d'un tel flux de paroles chez un homme ordinairement peu loquace, Mme Claudia avait approuvé par des signes de la tête ; elle répondit à la dernière question par un « non » de soulagement.

– Mon mari a pensé, dit-elle en hésitant un peu, qu'il fallait les accoutumer à compter sur eux seuls, à vivre de leur travail, au moins autant que possible. Ce concert leur en fournira les moyens, pour quelque temps, nous l'espérons. Elle n'est pas mûre pour le Conservatoire, elle le dit elle-même.

– Allons, tant mieux. C'est demain soir. J'irai, j'ai payé ma place.

– Vous avez l'air de le regretter ! fit Mme Claudia

avec un demi-sourire.

– Eh ! eh ! peut-être un peu ! Enfin, ce qui est fait est fait. Tâchez de les tenir à distance. Au revoir.

Il s'en alla, pendant que les sons de l'harmonium emplissaient la petite maison flamande de leur voix grandiose.

Le concert eut lieu ; on y vint surtout par curiosité et beaucoup moins que Tarragone ne l'avait espéré. Défalcation faite de tous les frais, la somme qui restait n'était pas brillante ; le maître de chapelle n'était pas né impresario...

Zoby, qui avait reçu un bouquet blanc, se présenta le lendemain chez son protecteur, à l'heure où M^me^ Claudia, suivie de sa servante, se rendait d'ordinaire au marché ; ainsi qu'elle l'avait annoncé, Zoby avait allongé sa robe. Tarragone fut saisi de la voir si différente d'elle-même ; elle avait réellement beaucoup grandi et, ce jour-là, ses cheveux rebelles étaient noués et assagis en chignon sur sa tête, sous son modeste chapeau rond. Elle n'avait presque plus rien de commun avec son ancienne personnalité.

– Je suis venue, Monsieur, dit-elle, pour savoir sur quelles ressources nous pouvons compter. Bientôt votre famille va partir pour la campagne...

– Pas encore, fit José presque involontairement. D'ailleurs, je serai ici du samedi au lundi soir.

Zoby exprima par un petit geste très précis et très menu que cette décision ne la touchait en rien.

– Avons-nous gagné beaucoup d'argent ? demanda-t-elle en s'approchant du fauteuil de son protecteur.

Elle lui parut soudain ce qu'elle était en réalité : une jeune fille sans fortune, livrée à toutes les chances de la vie, bonnes ou mauvaises. Ce n'était plus la gamine en robe rose, avec un châle noir sur la tête, qu'il avait connue pendant les rigueurs de l'hiver ; elle devenait soudain très touchante dans son humilité. Il se sentit honteux à la pensée de la petite somme qu'il avait à lui remettre. Son sang espagnol, généreux jusqu'à la prodigalité, se réveillait parfois : ce matin-là, il lui monta brusquement au visage. Ouvrant le tiroir de son bureau, il chercha, non la feuille où il avait inscrit les dépenses en face de la recette, mais celle qui portait le chiffre de la recette brute. Un billet de cent francs avec quelques louis s'ajoutèrent à ce qu'il avait déjà préparé, et il poussa le tout ensemble vers la modeste Zoby.

Elle examina le papier d'un coup d'œil rapide.

– Et les frais ? dit-elle sans lever les yeux sur José.

– Cela me regarde, répondit-il brièvement.

Elle plia le papier, le glissa dans un petit, sac qu'elle tenait à la main ; l'argent l'y suivit silencieusement et le sac se referma en faisant *clac !*

Le maître de chapelle se sentit profondément vexé. Il n'avait pas entrepris l'ennuyeuse affaire de mener à bien un concert comme celui-là dans l'espoir d'en être récompensé ; mais un remerciement lui paraissait le moins qu'il pût attendre. Contrarié, humilié de l'être, il dit avec une certaine rudesse :

– Et maintenant que vous avez ce qu'il vous faut, laissez-moi travailler.

Avec une souple ondulation de couleuvre, Zoby se glissa contre sa manche, petit sac, robe noire et tout ; il sentit sur sa main nerveuse le baiser de deux lèvres chaudes, passionnées, enivrantes.

Il retira sa main et recula son fauteuil. Zoby se tenait

toute droite, très humble, la bouche rentrée à n'être plus qu'un fil, les yeux baissés.

– Nous vous remercions, Monsieur le maître de chapelle, dit-elle. Le bouquet, c'était vous ?

Tarragone se sentit soudain horriblement gêné.

– Non ; c'était ma fille aînée, dit-il à contre-cœur.

– Je viendrai la remercier tantôt avec mon frère, et Mme Claudia aussi. Au revoir, Monsieur le maître de chapelle.

Il inclina silencieusement la tête ; elle était déjà près de la porte :

– Je croyais que le bouquet, c'était vous, dit-elle.

Il la regarda ; les yeux verts nageaient dans l'extase.

– J'aurais mieux aimé, continua-t-elle ; mais c'est beaucoup plus touchant ainsi... Elsa est une fille délicieuse, si bonne... comme vous tous...

Sa voix était devenue un insaisissable murmure ; la porte se referma : Zoby était partie.

## V

Tarragone garda pour lui le secret de sa munificence ; il sut, en outre, se procurer à très bon compte pour Zoby la location d'un excellent piano, possession d'une dame veuve qui n'en faisait rien et dont il encombrait le salon. La jeune fille ne se montra plus guère à la petite maison familiale que le dimanche, après le repas de midi, avec son frère ; c'était une sorte de visite de cérémonie, une façon de rendre ses devoirs que les petits Tarragone appréciaient fort. Ils avaient gardé de leur première rencontre avec ces enfants de bohème un certain goût de mystère que le taciturne Léon n'était pas pour détruire, pas plus que l'énigmatique Zoby.

Ceux-ci étaient toujours convenablement vêtus ; maintenant, ils ressemblaient à tout le monde, sauf que Léon restait vraiment très petit pour son âge ; sa voix, en revanche, se développait d'une manière surprenante. Haute, claire, pleine, elle n'avait plus les sons de fifre qui s'impriment dans la mémoire auditive, mais elle devenait de jour en jour plus riche, mieux timbrée, plus puissante, et Tarragone en était ravi. Léon chantait tout ce qu'on voulait, et toujours bien, parfois admirablement. Le chant semblait d'ailleurs être sa façon favorite de s'exprimer ; car il parlait très peu, sauf avec sa sœur, et alors le plus souvent dans un idiome inconnu.

Zoby grandissait à vue d'œil ; elle ne dépasserait jamais une stature très modeste. Mais José avait eu raison : elle avait au moins seize ans lors de la Saint-Nicolas ; car elle en paraissait bien dix-huit à présent. La grand-maman devait aussi avoir éprouvé une amélioration considérable dans l'état de ses yeux ; car on n'en parlait plus du tout et on ne la voyait jamais.

L'été vint ; la famille de Tarragone s'en alla passer les vacances, comme de coutume, dans une petite maison rustique, sur le bord d'un canal, à l'abri de grands peupliers que le vent faisait frissonner tout le jour et toute la nuit. Claudia aimait cette musique qui avait bercé son enfance et, ensuite, celle de ses petits.

Ce fut une époque heureuse, une de ces accalmies de l'existence dont on se souvient plus tard avec des larmes de regret et, beaucoup plus tard encore, dans l'extrême vieillesse, avec un sourire attendri.

José venait là du lundi au samedi matin, ne retournant à Gand que pour préparer les chants du dimanche et ensuite mettre à l'étude le travail de la semaine ; entre sa femme et ses enfants, il éprouva cette année une détente délicieuse. Jamais il n'avait senti, depuis sa première jeunesse, le vin doré de la vie lui monter au cerveau avec une telle puissance.

Cette demeure où il avait passé sa lune de miel, l'ayant reçue comme part de la dot de sa femme, avait été pour lui une sorte de refuge dans tous ses ennuis ; maintenant, il y retrouvait non le reflet, mais la flamme même des plus beaux jours de sa vie antérieure : adoucie, idéalisée, glorifiée par la présence des enfants dont les âges divers marquaient, pour ainsi dire, les échelons de son ascension vers les plus hauts sommets du bonheur.

Elsa était vraiment une fille adorable. De sa mère, elle avait la secourable bonté, l'instinctive réserve, la délicatesse en toutes choses, qui rendaient sa voix musicale et son contact léger ; de son père, elle avait une chaleur généreuse, un prompt élan vers le bien à faire, le beau à admirer : ses deux natures se pondéraient l'une par l'autre et, la timidité de la jeunesse aidant, jamais vierge des Primitifs flamands n'eut plus de grâce décente dans l'attitude, plus de chaste douceur sur le visage.

Urbain, le fils aîné, se développait dans la plénitude de sa force. Ses vingt ans allaient sonner. Blond et vigoureux, il ressemblait à son père, dont les traits étaient espagnols, mais dont la carnation et la barbe attestaient le mélange des races. Il était déjà presque aussi grand que José, et sa mère n'avait qu'un regret, c'était de voir ses cheveux rester d'un blond de lin, au lieu de prendre la teinte fauve de lion qui encadrait le visage de Tarragone d'une toison un peu rude, mais de si noble et artistique apparence, sans qu'un fil d'argent s'y fût encore mêlé.

Les trois autres enfants couraient et se roulaient dans l'herbe comme de jeunes animaux en liberté, ne rentrant au logis, le garçonnet et les deux fillettes, que lorsqu'ils y étaient contraints par la nuit ou par la pluie. Au milieu de cette gaieté saine et robuste, leur père se sentait l'égal des plus heureux.

Au commencement de septembre, une fête spéciale,

la Nativité de la Vierge, l'obligea de se rendre à Saint-Bavon, un jour de la semaine. La veille au soir, après avoir fait répéter les chants du lendemain, il vit la cathédrale se remplir pour un office ; les femmes étaient en majorité et l'autel de Marie servait de centre d'attraction. Une vieille connaissance à lui vint s'asseoir devant le petit harmonium qui accompagne le chant des cantiques ; José, prêt à sortir, s'arrêta involontairement, l'esprit plein de pensées flottantes.

Elle avait le même âge que sa femme, cette personne flétrie, vieillie dans le célibat, usée à de mesquines besognes. Il la revoyait encore telle qu'il l'avait admirée le jour de leur mariage, dans sa fraîche toilette de demoiselle d'honneur... Pourtant, Claudia n'avait que trente-neuf ans, elle était belle encore, et cette malheureuse épave de l'existence, échouée sur le tabouret, ne pouvait avoir davantage...

Une impression désagréable passa sur son âme et sur son corps. Il ne s'était pas senti vieillir, Claudia n'avait pas changé à ses yeux, et ce fantôme du passé, ce témoin vivant de leur âge réel évoquait soudain la vision d'une époque où ils ne seraient plus jeunes...

« Jamais semblables à cela ! se dit-il avec un mouvement de révolte. Celle-ci est un fruit flétri tombé de l'arbre de la vie ; nous autres, nous jouirons d'une longue et savoureuse maturité. »

Les vêpres de la Vierge commencèrent ; la confrérie des Enfants de Marie s'était groupée autour de l'harmonium, dans une petite enceinte réservée, et l'office s'accomplissait simplement, sans prétention. Tarragone était resté adossé à un piller, n'ayant rien à faire qu'à rentrer dans sa maison vide et déserte, ému un peu par des souvenirs anciens... oui, vraiment, déjà très anciens.

A cette même place, jadis, du temps de leurs longues fiançailles, il venait voir Claudia ; elle était là, près de l'harmonium, et c'est une autre vieille demoiselle qui accompagnait les chants religieux. Qu'elle était jolie, alors, sa promise, dans sa fraîcheur miraculeuse !

Un petit mouvement se fit dans l'enceinte réservée à la confrérie. Une jeune fille s'approcha de l'instrument. Il la voyait de dos et ne la regardait pas. L'accompagnatrice préluda ; puis dans le silence profond, une voix s'éleva, douce, humble, et pourtant sûre d'elle-même.

C'était l'hymne à la Vierge, *Inviolata*, dont les premières paroles semblent le balbutiement d'une âme perdue dans l'extase, pour s'élever ensuite comme des mains jointes vers la céleste protectrice. La voix veloutée, profonde, persuasive, chantait les louanges de la Reine des cieux comme si elle lui eût révélé le secret d'une adoration brûlante... Un grand frisson secoua les épaules de José Tarragone.

Il l'avait entendue chez lui, cette voix incomparable, elle lui avait lancé au visage une prière et un défi ; Zoby chantait l'*Inviotala* à la Confrérie des Enfants de Marie ? Mais elle était protestante !

« Bah ! ils l'auront payée pour sa belle voix », se dit-il, non sans un peu d'humeur.

Le maître de chapelle ne professait pas une dévotion exagérée ; mais ce trafic de voix lui semblait pourtant passablement désagréable.

Zoby chantait lentement, avec une étrange ferveur, la tête un peu levée ; elle rejeta le cou tout à fait en arrière, et répéta comme un soupir la triple invocation qui termine cette étonnante mélopée. Sa voix mourut sous la voûte et il y eut un moment de silence absolu ; si un ange avait plané, on aurait entendu la palpitation de ses ailes.

L'office reprit son cours ; José, respirant comme un homme oppressé, se dirigea lentement vers la sortie. Que venait-elle faire là, cette fille bizarre dont il croyait bien s'être débarrassé ? Et lui, quelle idée avait-il eue de rester, ce soir, pour entendre piailler les Enfants de Marie ? Ce n'était pas un régal dont il fût friand, surtout après les chants de son incomparable maîtrise. Dehors, il allait secouer ce demi-cauchemar. Mais il ne sortit pas, l'office s'acheva, pendant qu'il regardait au fond de la nef obscure le scintillement des cierges reflétés dans le miroitement des feuillages dorés, des ex-voto de métal, de tous les rehauts brillant d'or qui parent un autel favori. La foule s'écoulait assez vite, les femmes étant pressées de retourner à leur ménage ; soudain il vit deux doigts qui lui tendaient l'eau bénite, et Zoby lui fit une révérence.

Machinalement il avança la main et rencontra les doigts glacés, mouillés d'eau lustrale, de sa protégée. Ce fut parfaitement odieux, et, sans savoir pourquoi, il songea à Mélusine. Cette pensée réveilla sa colère ; il se dirigea vers le parvis, Zoby à son côté.

Sur la place, il n'y avait plus ni Mélusine, ni voix troublante, mais seulement une de ces impitoyables petites pluies des pays exposés au vent de la mer, qui ne font pas grand bruit, et qui vous percent jusqu'aux os.

José n'avait pas de parapluie ; il prit celui que Zoby lui tendait tout ouvert.

– Qu'est-ce que vous faites là-dedans ? demanda-t-il d'un ton sévère en se dirigeant vers son logis, pendant qu'elle se rangeait près de lui, sous son coude.

– J'ai chanté l'*Inviolata*, répondit-elle tranquillement.

– Je l'ai, parbleu ! bien entendu. Vous chantez dans les églises catholiques, à présent ? Pourvu qu'on vous paye, n'est-ce pas ?

– Mais certainement ! répliqua Zoby très calme.

– Vous ne chantez pas aussi, par hasard, dans une église protestante ?

Elle secoua négativement la tête sans répondre et les gouttes qui perlaient au bord de son chapeau mouillèrent la main dégantée du maître de chapelle ; il s'en aperçut et avança le parapluie pour la protéger ; car il était fort en colère, mais hidalgo tout de même.

– Vous trouvez cela drôle, probablement ? reprit-il du même ton irrité.

– Pas si drôle que lorsque j'étais enfant de chœur à Münster, dit-elle paisiblement.

José se sentit cinglé d'un coup de fouet si vif qu'il en sursauta : il eut abominablement envie de lui donner une claque, comme à un gamin mal élevé ; mais ce sentiment complexe qui l'avait blessé lui cria très haut que Zoby était une femme. « On ne frappe pas les femmes, même avec une fleur », a dit un poète oriental. José trouva une autre vengeance ; refermant le parapluie, il le tendit dédaigneusement à sa compagne en lui disant : – Rentrez chez vous.

Elle rouvrit sur-le-champ l'objet protecteur, en ce moment indispensable ; car la pluie redoublait de violence, et, allongeant le bras tant qu'elle put, le tint au-dessus de la tête de son bienfaiteur.

– Ne vous faites pas mouiller, Monsieur le maître de chapelle, vous me gronderez tant qu'il vous plaira, quand vous serez au sec, dit-elle d'une voix suppliante.

Si une voiture avait passé, José eût sauté dedans ; mais la rue était déserte. Il reprit le parapluie et ils continuèrent de marcher côte à côte sans se parler, s'effleurant parfois involontairement et s'écartant bien vite l'un de l'autre.

– Ce qui était encore beaucoup plus drôle, reprit Zoby d'une voix aussi indifférente que si elle eût poursuivi une conversation agréable, dans un lieu bien clos, c'était de chanter dans la cathédrale de Münster pour de bon, après avoir chanté le chœur des Enfants dans un décor qui la représentait.

– Où donc ? demanda brusquement le maître de chapelle. L'obsession du mauvais rêve semblait l'avoir repris : cette forme mince et mouillée à son côté, serait-ce vraiment Mélusine ?

– A l'Opéra de Francfort, dans *le Prophète*, répondit Mélusine en sautillant pour éviter une flaque d'eau.

– Vous avez chanté l'opéra ?

– Avec Léon : *le Prophète*, le chœur des Enfants seulement, dit-elle d'un air modeste, comme si elle s'excusait de ne pouvoir offrir davantage.

– Toujours en enfant de chœur ! fit Tarragone en éclatant de rire, un rire amer, mauvais, où se glissait à son insu une pointe de perversité...

Un monsieur bien couvert, le col de son pardessus relevé sur les oreilles, se montra sur le trottoir luisant, à l'angle de la rue qu'ils devaient prendre, sous un large parapluie, dans l'auréole lumineuse d'un réverbère.

– C'est M. l'organiste, fit Zoby à demi-voix.

– Je vais lui demander de me reconduire chez moi, dit soudain José en faisant un brusque mouvement pour la quitter.

– Croyez-vous ? demanda simplement Mélusine.

Tarragone entrevit soudain une foule de complications : il faudrait expliquer comment il était resté à Saint-Bavon après sa besogne faite et par quel singulier concours de circonstances il se trouvait à huit heures du soir, n'ayant pas soupé, dans une des rues proches de sa demeure, le parapluie de M^elle^ Zorn à la main et celle-ci à son côté.

Bockaërt avait traversé la rue et venait à leur rencontre sur l'autre trottoir.

– Il ne vous reconnaîtra pas, murmura Zoby ; pensez donc, avec moi ! qui songerait à cela ?

José éprouva un prodigieux besoin de courir à son ami, et de lui proposer de l'emmener n'importe où ; la ridicule question du parapluie et la nécessité de l'explication le retinrent. Il baissa la tête et continua de marcher. L'organiste passa sans paraître les avoir reconnus. Tarragone doubla le pas, si bien que Zoby dut presque courir pour ne pas rester en arrière ; en peu d'instants, ils furent devant la maison. La pluie tombait comme d'un crible ; le maître de chapelle tira sa petite clef et ouvrit la porte ; le vestibule était noir comme de l'encre ; la maison vide était muette, quoique sonore.

– Rendez-moi mon parapluie, Monsieur, s'il vous plaît, dit Zoby.

Une rafale leur souffla au visage l'eau d'une gouttière voisine.

– J'ai un bon bout de chemin à faire, continua la jeune fille du même ton imperturbable, et je n'ai rien mangé depuis midi.

Un carillon étouffé par la pluie, emporté par le vent,

fit tinter quelques notes hachées.

– Huit heures, dit Zoby ; mon parapluie, s'il vous plaît, Monsieur.

– Entrez un instant, dit Tarragone : cette averse ne peut pas durer.

Elle se glissa derrière lui et referma la porte ; il alluma le gaz, et elle apparut ruisselante dans son petit manteau mince.

– Vous êtes terriblement mouillée, dit-il avec commisération.

– Ce n'est pas la première fois, firent les lèvres étroites, qui prirent un pli amer.

Il poussa la porte de la salle ; son souper l'attendait sur un plateau préparé par la femme de ménage qui le servait quand il venait.

– Mangez un peu, dit-il, en lui offrant une chaise.

Elle s'assit tout au bord, se coupa une tranche de pain et mordit dedans. Les petites dents pointues faisaient des trous dans la croûte qui se brisait ; elle avait l'air d'un jeune loup.

Il ne put lui faire accepter autre chose que ce croûton et un verre d'eau.

– Mais vous ? dit-elle en le regardant.

– Plus tard, répondit-il.

Le gaz brûlait en chantonnant, une impression de torpeur maladive se dégageait de la chaleur subite, des vêtements mouillés, de l'obscurité, du silence et de la solitude qu'on sentait tout près, derrière la porte... Tarragone était troublé et mécontent. Pourquoi troublé ? Mécontent pourquoi ? Il chercha et trouva une occasion de l'être.

– Voyons, fit-il rudement, je veux savoir la vérité.

Êtes-vous protestante ou catholique ?

– Puisque je chante à Saint-Bavon ! répondit-elle avec un petit rire écourté.

– Catholique, alors ?

– Oui.

La bouche s'était hermétiquement fermée, les yeux noirs dans la face blanche regardaient fixement José.

– Pourquoi m'avoir dit le contraire ?

Elle le regarda plus fixement encore et ne répondit pas.

– Vous mentez quelquefois, alors ? fit-il outré.

– Et vous, cela ne vous est jamais arrivé ? dit-elle sans changer de couleur.

Il fit un mouvement comme s'il voulait la saisir et la broyer ; elle demeura immobile ; il se contint.

– Pourquoi m'avez-vous menti ? demanda-t-il en essayant de calmer la fureur subite, inexplicable, qui l'avait envahi.

– Cela, je ne vous le dirai jamais, Monsieur, répondit Zoby avec une fermeté qu'il sentit inexorable.

– Alors, très bien ! dit Tarragone en se levant.

Elle se leva de même et resta debout devant lui.

– Vous êtes fâché ? fit-elle avec un petit rire mélodieux, ironique, moqueur et caressant comme le bruissement d'une source. M. le maître de chapelle est fâché parce qu'une pauvre petite musicienne des rues ne lui a pas dit tout à fait la vérité ? Mais la vérité, c'est fait pour les personnes riches, qui n'ont rien à redouter d'autrui, dont le pain est assuré ; la vérité, c'est fait pour les pères de famille qui ont des enfants, à qui l'on enseigne toutes les vertus, et, pourtant, même ceux-là ne peuvent pas tout dire, même lorsqu'ils n'ont rien fait de mal, rien absolument... Ainsi, pourrait-on raconter que M. le maître de chapelle a eu la bonté de me proposer d'entrer dans sa maison, parce qu'il pleuvait fort et que j'étais très mouillée, et qu'il a bien voulu m'offrir aussi un morceau de pain parce que j'avais grand-faim ? C'est dans l'Évangile, cela, de recueillir ceux qui ont froid et de nourrir ceux qui sont affamés, et, pourtant, si M. l'organiste...

José fit un pas vers elle ; il n'eût su dire si c'était pour une menace ou pour autre chose ; elle recula un peu vers la porte.

– Il pleut moins fort, dit-elle d'une voix caressante et mesurée où ne perçait plus la moindre ironie. Vous avez été très bon, Monsieur, et je vous en remercie. Je suis heureuse à mon tour d'avoir pu être de quelque service en vous reconduisant ici. Même le plus humble, le plus pauvre, peut quelquefois prouver sa reconnaissance.

Elle était dans le vestibule, son parapluie à la main ; du seuil de la salle, il la regardait, interdit. Elle ouvrit la porte de la rue, un rayon de lumière éclaira le trottoir, et la forme emmitouflée de Bockaërt qui rentrait chez lui passa dans le jet lumineux ; sa bonne figure ébahie apparut à José comme celle de l'Ange exterminateur.

– C'est M. l'organiste, dit placidement Zoby. On n'aura pas besoin de lui raconter l'action charitable de M. le maître de chapelle envers une pauvre fille qui avait froid et faim. C'est un homme juste, il en sera touché. Bonsoir, maître.

Elle ferma la porte, et Tarragone se trouva seul, sous son bec de gaz, devant un petit filet d'eau qui coulait sur le dallage et qui provenait du parapluie de Zoby.

Le lendemain, à la grand-messe, Bockaërt rencontra José, qui ne lui parla pas de la veille. L'organiste ne fit aucune allusion, et ce fut comme si ce n'était pas arrivé.

# VI

L'hiver revint et s'écoula paisiblement. Les robes de Zoby étaient tout à fait longues, et elle avait pris l'air d'une personne comme il faut. Les yeux toujours inquiétants, les cheveux noirs crespelés où flottaient de vagues lueurs rousses ne composaient pas un ensemble conforme à ce qu'eût souhaité M^me^ Claudia pour une jeune demoiselle qui donne des leçons, et cependant elle en avait trouvé quelques-unes. Elle avait sans doute d'autres relations que celle qu'elle entretenait avec la famille Tarragone, d'autres protectrices qu'Elsa et sa mère ; mais elle ne fit pas de confidences, et il ne lui fut rien demandé. Léon chantait de mieux en mieux mais il devenait de plus en plus pâle ; sa voix semblait être tout ce qui vivait en lui, avec ses yeux noirs et brillants.

Plus d'une fois Tarragone s'était inquiété de le voir si maigre et si chétif ; mais l'enfant n'avait mal nulle part, à ce qu'il assurait, et ne consentit jamais à se laisser approcher par un médecin. Le maître de chapelle ne voulut plus accepter la responsabilité de le faire travailler comme d'ordinaire tant qu'un peu de couleur ne serait pas revenue à ses joues ; après les offices de

Pâques, qui avaient été pour toute la maîtrise une occasion de surmenage, il lui octroya un mois de congé, avec l'ordre de se reposer complètement.

Léon accepta avec philosophie, ce mois de paresse devant lui être payé. De même que sa sœur, il attachait un grand prix à toutes choses et particulièrement à l'argent. Pendant ces trente jours de printemps, il se promena dans la ville et hors de la ville, les mains dans ses poches, s'arrêtant pour regarder jouer les garçons partout où il en rencontrait, mais sans prendre part à leurs jeux : on eût dit qu'il se sentait fragile et qu'il avait peur de se briser.

Son congé expirait un vendredi ; le lendemain à sept heures du soir, il devait reprendre sa place de coryphée dans les rangs de ses compagnons. Roulé dans un fauteuil où il disparaissait, comme un petit animal pelotonné sur lui-même, il regardait tricoter la grand-mère pendant que sa sœur piquait des plumes noires sur un chapeau de paille.

Zoby affectionnait le noir ; elle aimait, depuis qu'elle n'était plus sans ressources, les grands chapeaux qui jettent une ombre sur le front ; dans ce noir son teint pâle et ses yeux changeants prenaient une intensité surprenante.

– Viendras-tu m'écouter demain, Zoby, dit-il, avec ton chapeau neuf ?

– Si tu veux, mon Léon, répondit-elle en lui jetant un regard gai à travers les plumes qu'elle faisait tourner entre ses doigts.

– J'aimerais cela, ajouta-t-il en croisant les mains sur sa maigre poitrine.

Elle ne pouvait lui sourire, car elle tenait des

épingles entre ses lèvres. Elle retira ces objets dangereux, les piqua dans la paille, assujettit les plumes, regarda son ouvrage d'un air satisfait et répondit :

– Tout ce qui te fera plaisir.

– Je t'aime bien, reprit le jeune garçon lentement. Au fond, je n'aime que toi.

La grand-mère tourna vers lui ses yeux ternes, mais sans proférer de protestation ; elle savait à quoi s'en tenir sur l'affection des enfants.

– Et moi, dit Zoby après avoir réfléchi un instant, je n'aime aussi que toi.

– Mais Elsa ? insista le jeune garçon avec une sorte de rancune jalouse.

– Pft ! fit sa sœur en soufflant dans l'air un duvet imaginaire ; pas d'Elsa.

– Et Urbain ?

Elle se mit à rire tout doucement, et s'appuya les coudes sur la table pour le regarder ; le chapeau empanaché se dressait entre eux comme une pièce montée, toute noire ; on eût dit la réduction d'un corbillard à plumes.

– Urbain ? tu parles d'Urbain ? dit Zoby.

– Il est amoureux de toi, fit l'enfant très grave.

Dans cette jeune bouche ces mots résonnaient étrangement ; mais, si la bouche était jeune, le front avait l'air vieillot.

– Pas encore, répliqua gaiement Zoby ; cela viendra, sois tranquille ; mais il est trop jeune, il ne sait pas seulement quelle figure on fait quand on est amoureux.

– Tu ne l'épouseras pas ?

– Oh non ! je ne pense pas... Non, décidément. Et puis, qu'est-ce que ça te ferait ?

– Je ne veux pas qu'on t'épouse, répondit Léon d'un ton calme qui était un ordre.

Zoby ne rit pas, cette fois ; elle regarda avec un mélange de tendresse et de pitié l'expression concentrée du pâle visage qui l'examinait.

– Nous avons le temps d'y songer, dit-elle. A présent, Léon, ce n'est pas la peine, nous perdrions nos paroles. J'irai t'écouter demain.

– Il y a un nouveau motet, très beau : c'est moi qui commence ; le chœur ensuite.

Après un instant, il ajouta :

– Je suis fatigué, je vais me coucher.

La grand-mère tourna vers lui son visage surpris. Depuis qu'il savait parler, c'était la première fois que Léon se disait fatigué. Aucune marche forcée, aucun travail enragé n'avait pu, jusque-là, lui arracher cet aveu. Il se leva et se dirigea vers son lit, laissant la porte ouverte. Pendant quelques minutes on l'entendit soupirer et se retourner, puis il s'endormit.

Un peu après, sa sœur alla le voir ; penchée sur lui très prudemment, car il avait le sommeil léger, elle écouta les battements du jeune cœur qui résonnaient dans le silence, un peu forts, très irréguliers... Elle ne l'embrassa pas ; mais debout, les mains jointes, elle le contempla longtemps dans la pénombre, puis elle revint s'asseoir et termina son chapeau.

Le lendemain soir, comme elle l'avait promis, Zoby accompagna son frère jusqu'au pied de l'escalier en dentelle de pierre qui conduit au jubé de la cathédrale.

Dehors, il faisait grand jour encore ; mais l'intérieur de l'église était sombre. La maîtrise au grand complet se trouvait à son poste : de petites lampes fixées aux pupitres jetaient leur vive clarté sur les feuillets de musique ; une lampe plus haute, très puissante, éclairait la partition sur l'estrade de Tarragone, dont le visage, au-dessus, se trouvait dans l'ombre. C'était un spectacle singulier que cette pléiade de faibles lumières à cette hauteur, dans la nef obscure, piquée ça et là de cierges votifs. Personne d'ailleurs, dans l'immense édifice, sauf des prêtres dans les confessionnaux et quelques dévotes avec leurs chapelets.

– Te voilà, Léon ? fit le maître de chapelle, qui tutoyait tous ses garçons. Es-tu bien ? Peux-tu chanter ?

Sept heures sonnèrent à l'horloge. Au dehors, les hirondelles tournoyaient avec des cris joyeux qu'on entendait lorsqu'une femme ouvrait ou fermait la porte.

– Je suis prêt, Monsieur, dit Léon en regardant José ; il tenait à la main son feuillet de musique.

Trois ou quatre petits coups d'avertissement sur le pupitre, puis Tarragone leva le bâton de mesure... La voix de Léon partit comme une fusée dans l'immense vaisseau qu'elle remplit de sa sonorité singulière. Elle se pliait avec une incomparable souplesse aux fantaisies du compositeur, embrassant, contournant la mélodie pour ainsi dire, de façon à donner une certaine angoisse délicieuse, comme si l'on avait un peu peur d'être étouffé.

Le chœur suivit et développa le motif. Léon s'était tu ; le morceau s'acheva sans qu'il eût chanté le finale avec les autres.

– Reprenons, dit Tarragone après un court repos. Léon, tu chanteras la fin, cette fois, n'est-ce pas ?

L'enfant recommença ; sa voix était encore plus fluide, plus pénétrante que tout à l'heure ; soudain, elle s'arrêta comme cassée ; un mouvement dans les rangs, le bruit d'une chute... Zoby était déjà dans l'escalier de pierre.

Les jeunes garçons avaient relevé leur camarade ; mais ils ne devaient plus jamais l'entendre. Un mince filet de sang coulait du coin de sa bouche ; quand on voulut le redresser, le sang jaillit, éclaboussant sa sœur, qui le tenait serré contre elle.

– Léon, Liof,... disait-elle tout bas en le secouant très doucement.

Tout à coup, elle regarda Tarragone qui soutenait le corps sous les bras.

– Comme maman, dit-elle. Il s'est rompu une veine. Ces voix divines, cela doit finir ainsi.

Les yeux de Zoby exprimaient une profonde angoisse, une pitié sans bornes, plus qu'une douleur ordinaire.

– Il n'a pas souffert, Monsieur, n'est-ce pas ? dit-elle en implorant du regard le maître de chapelle consterné.

– Mais il n'est pas mort ! dit celui-ci s'avisant tout à coup de l'ennui que causerait cette catastrophe dans un lieu consacré. Il n'est qu'évanoui. Nous allons le transporter chez le pharmacien de la place ; il y a un médecin dans la maison...

Le cortège descendait déjà l'escalier. La frêle Zoby soutenait sur son épaule la lourde tête qui se laissait aller sans résistance. Le pharmacien ouvrit son salon particulier, et, devinant l'accident, annonça que le cœur battait encore. Zoby le regarda d'un air incrédule, mais ne dit rien. Lorsque le jeune médecin se présenta, il constata la mort. La fille poussa un soupir, et se redressa.

– Je savais qu'il mourrait en chantant, dit-elle. Maman aussi. On va l'emmener chez nous, n'est-ce pas ?

– Mais votre grand-mère ? demanda José. Ne craignez-vous pas le choc pour elle ?

Zoby haussa les épaules.

– Envoyez-la prévenir, si vous voulez, dit-elle. Je reste avec Liof.

Le funèbre cortège s'achemina vers la demeure des enfants Zorn, pendant que Tarragone réunissait sa maîtrise éparpillée et la ramenait au jubé.

La répétition continua ; mais on ne chanta plus le motet. Il faut bien que la vie suive son cours sur les corps de ceux qui se sont laissés tomber.

Léon fut enterré un matin de mai, sous une neige de pétales blancs qu'une brise fantasque arrachait aux cerisiers en fleurs, dans tous les vergers des Flandres. Sa soeur vit retomber la terre sur le petit cercueil, sans que ses yeux foncés ni ses lèvres minces eussent fait un mouvement ; mais son teint était semblable à de l'ivoire mat. Quand ce fut fini, elle prit le bras d'Elsa, et le serra avec force.

– Je n'ai plus personne ! dit-elle.

Une détresse réelle convulsionna le visage impassible. La fille de Tarragone entoura de ses tendres bras, de ses belles mains compatissantes, les épaules maigres de Zoby Zorn.

– Vous nous avez, dit-elle avec une bonté infinie.

Zoby la regarda au fond des yeux, lut dans cette âme candide, et se détourna avec une sorte de honte.

– Si vous le voulez, murmura-t-elle, les yeux baissés.

Elsa la conduisit à sa mère, qui, devant cette douleur, prit sur son sein l'orpheline esseulée.

– Et sa grand-mère ? demanda tout bas Urbain à son

père.

– Elle est à peu près privée de raison, à ce que je suppose, répondit celui-ci. Pourquoi s'était-il fait cette idée de M^me^ Zorn ; il eût été bien embarrassé de le dire ; mais c'était une explication : pour l'heure, il n'en fallait pas davantage.

Pendant la semaine suivante, la robe noire de Zoby et un petit chapeau de crêpe, qui avait remplacé le grand Gainsborough à plumes, se montrèrent souvent sur le seuil de la maison flamande. Elsa s'efforçait de rasséréner l'âme, évidemment troublée, de sa nouvelle amie, et voyait avec chagrin ses consolations demeurer sans effet.

– Je savais que cela arriverait, répétait Zoby, les mains ouvertes sur les genoux.

Elsa lui parla de la vie éternelle, d'un revoir dans un monde meilleur : ses douces paroles furent écoutées en silence, et elle dut s'avouer à elle-même que toute tentative en ce sens serait inutile ; Zoby ne s'intéressait pas à la vie éternelle.

Ce fut un gros crève-cœur pour l'aimable, enfant ; sa jeune âme chrétienne ne pouvait comprendre un cerveau où l'idée d'immortalité ne primerait pas toutes les autres ; sentant que M^me^ Claudia serait horriblement choquée si elle venait à l'apprendre, elle évita rigoureusement toute confidence à ce sujet ; pour la première fois, depuis qu'elle avait ouvert les yeux de son corps à la notion des choses, elle eut un secret pour sa mère.

Cette créature de bonté n'éprouva point de répulsion ni même de détachement en découvrant en M^lle^ Zorn ce qui pour elle était néanmoins une tare ; elle eut tellement pitié de la détresse morale, qui, croyait-elle, devait accompagner cet état d'esprit, qu'elle en aima davantage la pauvre déshéritée, et lui prodigua toutes les délicatesses de son tendre cœur. M^me^ Tarragone n'éleva pas d'objections ; c'était là un cas en dehors de toute les règles qu'elle s'imposait dans la vie ; sympathique ou non, une jeune fille se trouvait seule au monde : pourquoi son enfant n'apporterait-elle pas quelque soulagement à cette affreuse situation ? L'en empêcher, même par les meilleures raisons de sagesse, eût été une sorte de cruauté, un mauvais exemple pour toutes les deux.

Mai s'achevait ; les lilas avaient passé fleur, les cytises perdaient leurs longues grappes d'or qui s'envolaient en poussière ailée par-dessus les murs des jardins : le remue-ménage annuel était commencé chez M^me^ Claudia ; les meubles, couverts de leurs housses blanches, semblaient des fantômes, dont les plus jeunes enfants avaient un peu peur à la nuit tombante : des malles, descendues des greniers, restaient béantes tout le jour et même parfois toute la nuit, en attendant qu'on les remplit de choses claires et délicates, mousselines et linons d'été pour les filles, coutil rayé pour les garçons ; Elsa passait des heures, patiemment agenouillée auprès des grands coffres, rangeant les vêtements d'hiver dans des draps qui sentaient la bonne lessive.

Un jour, vers cinq heures, Zoby vint, comme elle le faisait souvent, et sans être annoncée monta au premier étage, sûre d'y trouver son amie ; celle-ci empilait, en effet, dans un placard des paquets de linge frais repassé.

– Grand-mère est partie, dit Zoby sans préambule. Cette fois, c'est pour de bon que me voilà seule.

Elsa descendit de l'escabeau, et vint baiser la joue

pâle, qui frissonna légèrement.

– Partie ? demanda-t-elle ; pour aujourd'hui seulement ?

– Pour longtemps. Elle est allée « là-bas ». Liof était l'homme de la famille ; sa mort va peut-être changer bien des choses.

Zoby s'assit sur une chaise, et laissa tomber ses mains ouvertes, ce qui chez elle était l'expression du découragement.

– Là-bas, fit en hésitant Elsa, c'est très loin ?

– Très loin ! répondit laconiquement l'abandonnée.

– Quand reviendra-telle ?

– *Chi lo sa ?* répliqua la musicienne en se détournant. Elle a donné congé de sa chambre, vous comprenez. J'ai gardé la mienne.

M^lle^ Tarragone restait interdite : qu'une jeune fille comme Zoby vécût seule dans une chambre meublée, c'était une idée qui ne pouvait arriver jusqu'à son entendement. Elle hasarda une nouvelle question :

– Et qu'est-ce que vous allez faire pendant l'été ?

– Je vais chanter comme la cigale ; et puis, j'ai mon piano à travailler, et le violon... Je n'aurai pas le temps de m'ennuyer.

– Pauvre Zoby, murmura lentement l'heureuse enfant. Toute seule pendant si longtemps !

– Il faut bien que je m'y accoutume, répliqua l'orpheline avec rudesse en fronçant ses sourcils fins et noirs qui formaient ainsi une barre sur son petit front têtu. Ce sera ma vie d'être seule. J'étais venue pour vous dire cela ; je m'en vais.

Elle tourna, sans se lever, sa fine tête crespelée vers la fenêtre entrouverte ; l'odeur d'un rosier, qui grimpait le long de la muraille du jardin, pénétra dans la chambre, avec une bouffée d'air qui fit palpiter les rideaux.

– Attendez, dit Elsa en disparaissant.

Zoby était seule ; elle jeta un coup d'œil dans le placard bien rangé, sur la table où se dressait un amas de linge soigneusement plié, sur le poêle de faïence blanche qui chaufferait si bien l'hiver, sur un petit lit très blanc aussi, qui semblait attendre un hôte...

« Oui, pensa-t-elle, mais j'y serais prisonnière. C'est bon pour l'été seulement. »

En entrant dans la salle, Elsa fut agréablement surprise de voir José qui lisait le journal ; un instinct mal défini l'avait avertie depuis longtemps que celui-ci était le plus disposé des deux époux à l'indulgence envers la jeune musicienne. Elle s'approcha de lui et mit sa belle main douce sur l'épaule du père qui était si fier d'elle.

– Zoby est là-haut, dit-elle en modérant sa voix bien que la porte fût fermée. Sa grand-mère est allée faire un voyage dans son pays et l'a laissée ici toute seule. Est-ce que ce n'est pas horrible ?

José se retourna et vit le charmant visage pâli par l'émotion. Elsa regardait sa mère, les yeux débordants de larmes.

– Elle est seule au monde, maman ; elle va rester toute seule à Gand pendant l'été, elle n'aura personne à qui parler, le soir dans sa chambre, pensez donc !

Mme Claudia avait détourné la tête, après un premier regard sur sa fille.

– Si vous vouliez, papa et maman, vous avez donné une chambre à Lili pour sa première communion ; je serai seule à présent dans la mienne, à la campagne ; je pourrais la prendre avec moi, elle ne gênerait personne...

Sa voix s'était faite humble comme une prière, elle se tut.

Tarragone prit la main de son enfant chérie dans la sienne.

– Tu as bon cœur, dit-il.

M^me^ Claudia se retourna vers eux.

– Tu nous demandes, fit-elle, d'emmener M^lle^ Zorn avec nous pour l'été ?

– Oui, maman, s'il te plaît.

– Es-tu sûre que cela lui fasse plaisir ?

José lâcha brusquement la main de sa fille.

– Je vais lui demander, fit Elsa qui sortit en courant.

– Elle n'a pas compris ! dit M^me^ Claudia, très mécontente.

– Et nous voilà engagés, quoi qu'il arrive, répliqua son mari.

– Y consentirais-tu, toi ? demanda la mère de famille.

– Moi ?... Pourquoi pas ? Les enfants feraient de fameux progrès avec elle ! Ses élèves disent qu'elle les fait travailler, bon gré mal gré. D'ailleurs tu sais qu'au fond son frère est mort à mon service, et que je lui dois bien une sorte de compensation...

Elsa était devant eux, un peu essoufflée.

– Elle dit que ce serait trop beau, que j'ai eu tort de vous en parler, parce que vous ne voudrez pas et qu'elle en aura le regret toute sa vie, à présent. Elle est fière, maman : elle voulait s'en aller tout de suite ; je l'ai enfermée là-haut.

Avec un petit rire mouillé, elle montra la clé qu'elle tenait à la main.

– Travaillerais-tu le piano, au moins ? demanda José à sa fille. Tu es si paresseuse !

– C’est parce que cela m’ennuie, avoua ingénument la jeune ménagère ; mais, avec elle, cela ne m’ennuierait pas.

– Eh bien ! Claudia ? demanda le père sur un ton encourageant.

Elsa les regardait alternativement, avec des yeux pleins de souhaits inexprimés ; la mère sentit qu’elle était incapable d’expliquer, ou même de formuler le refus qui était dans son cœur. Après tout, trois mois sont bientôt passés, et avec un peu de surveillance... Son mari le désirait, c’était évident ; pourquoi ne pas lui donner cette satisfaction ? Elle comprenait fort bien que la mort de Léon, dans les circonstances où elle s’était produite, justifiât quelques complaisances à l’égard de sa sœur.

– Il en sera ce que tu voudras, répondit-elle d’un ton qu’elle s’efforça de rendre agréable.

Ayant obtenu l’autorisation d’aller chercher Zoby, Elsa fut vite au haut de l’escalier. La descente fut plus longue ; car la jeune musicienne ne témoignait guère d’empressement. Aussitôt en présence des arbitres de son sort, elle prit la parole, ce qui lui conféra sur-le-champ une supériorité.

– Vous voulez bien m’offrir l’hospitalité pendant les vacances, Monsieur et Madame, dit-elle, parfaitement maîtresse d’elle-même. C’est très généreux de votre part et je ne saurais assez vous en remercier. Je m’appliquerai à n’être pas gênante, et, si vous le permettez, pour ne pas vous être trop à charge, je donnerai des leçons de musique à vos enfants. Si vous le désirez, je pourrai aussi leur enseigner l’allemand.

– C’est une excellente idée, fit Tarragone ; nous en

sommes enchantés. C'est entendu ; vous partirez avec nous mardi.

Zoby fit une révérence, moins profonde qu'autrefois.

– Voulez-vous souper avec nous ? dit M^me^ Claudia qui se sentait tenue de prononcer au moins une parole.

– Vous êtes trop bonne, Madame, je vous remercie, répliqua Zoby ; mais il faut que je rentre. Je vous souhaite le bonsoir. Ma chère Elsa, merci.

Elle sortit, reconduite par son amie.

– Eh mais ! fit Claudia, c'est nous qui avons l'air d'être ses obligés !

– Elle est drôle ! murmura Tarragone ; au bout d'une seconde, il éclata de rire à la grande stupéfaction de sa femme. Elle est très drôle, reprit-il, mais avoue que notre Elsa est un ange !

– Les anges n'ont pas toujours la main heureuse, grommela la mère de famille en rangeant son ouvrage.

## VII

Zoby possédait une merveilleuse faculté d'assimilation : en quarante-huit heures, elle avait appris tout ce qu'il fallait ou ne fallait pas faire chez M^me^ Claudia : comment on rompait son pain, pliait sa serviette, rangeait sa chambre, montait l'escalier sans faire de bruit ; comment et quand on pouvait jouer du piano ou du violon, non seulement sans déranger personne, mais en faisant plaisir à tout le monde. Elle demanda des leçons de couture à la maîtresse du logis, profita d'un jour pluvieux pour enseigner aux enfants à construire des quantités de choses avec des allumettes et des morceaux de papier ; bref, elle se rendit agréable, utile, et bientôt indispensable.

Tarragone la voyait très peu et jamais seule ; elle se montrait presque toujours avec les plus jeunes de la famille, réservant ses entretiens avec Elsa pour leur chambre où elles causaient librement, jamais trop avant dans la nuit, M^me^ Claudia n'aimant pas cela. Une institutrice engagée pour la saison n'eût pu mieux faire, et n'eût pas rendu autant de services ; M^me^ Tarragone le reconnut sans difficulté.

Un soir, il pleuvait ; la maison des Peupliers, close aux rafales, frissonnait sous les averses qui venaient battre les vitres ; il n'était pas tard, et déjà la série des occupations ordinaires en ces jours de mauvais temps se trouvait épuisée.

– Un peu de violon, Zoby ? demanda Elsa.

Depuis le concert de l'année précédente, elle n'avait plus entendu son amie jouer de cet instrument, sauf pour exécuter d'interminables exercices. La musicienne jeta un regard circulaire ; ne rencontrant que de l'approbation sur les visages, elle alla chercher la boîte, la singulière boîte de ses débuts.

C'était aussi un singulier violon qui s'y trouvait enfermé ; plus large que ne le sont les violons ordinaires, plus pansu, moins élégant ; très vieux, cela se voyait, et d'une fabrication inconnue. Zoby l'appuya à son épaule, ferma les yeux et joua.

C'était pour Elsa, tous le comprirent à l'instant : une prière tendre, délicate, infiniment chaste, montait vers le ciel, comme l'odeur des roses, sans secousse, sans élan, mais avec une ferveur toujours croissante... Elle s'arrêta sur le dernier son de la chanterelle, si pur, si juste, si prolongé, que l'oreille l'écoutait encore alors qu'il avait cessé.

– Oh ! merci ! murmura la jeune fille. Que c'est beau ! C'est votre père qui a composé cela ?

– Non, fit Zoby avec un éclair de triomphe aussitôt réprimé dans ses yeux clairs ; c'est moi.

Tarragone la regarda : elle ne mentait pas, cette fois.

– Recommencez, dit-il.

– Je ne pourrais pas, répliqua Zoby en secouant la tête ; je ne puis jamais jouer deux fois ces choses là ; je ne puis pas non plus les écrire.

– Vous improvisez, alors ?

– Oui, comme les oiseaux.

– Jouez quelque chose pour moi, dit-il après un silence qui avait caché son hésitation.

Elle sourit un peu, brandit l'archet, et attaqua une fantasque chanson espagnole. Le thème se développa, grandit, coupé de temps en temps par des rappels de castagnettes, qu'elle exécutait avec ses doigts sur les cordes, d'une façon surprenante, et finit en une marche triomphale d'un caractère à demi religieux.

– Étonnant ! fit le maître de chapelle, pendant que les enfants, ravis, battaient des mains. Et pour M^me^ Claudia ?

Très doucement, Zoby commença une berceuse, d'un mouvement lent et mesuré, avec des accents de sage tendresse, des murmures d'apaisement ; en terminant, elle se pencha sur l'épaule de l'excellente femme et baisa sa robe.

– Très bien, Zoby ! s'écria Urbain ; vous me jouerez aussi quelque chose ? Je suis l'aîné !

– Quand vous aurez un caractère, riposta la jeune artiste. A présent, je ne sais pas ce que vous êtes ; – vous non plus, je crois.

Le jeune homme rougit de déplaisir, pendant qu'on riait ; au fond, sa mère n'était pas mécontente de cette réponse. En regardant son beau garçon, maintenant âgé de vingt et un ans, elle avait depuis quelques jours éprouvé vaguement la crainte qu'il ne s'éprît de cette bizarre Zoby ; celle-ci ne l'encourageait pas : les choses étaient bien ainsi.

Tarragone interrogea l'improvisatrice ; depuis sa

plus tendre enfance, elle avait toujours chanté ou joué ce qui lui passait par la tête, sous l'empire de ses émotions : une fois exécuté, c'était pour elle une chose morte, perdue, dont elle ne pouvait rien faire, dont pas une note ne restait dans sa mémoire.

– Dans une cour princière, dit le maître de chapelle qui pensait tout haut, ce serait une faculté inestimable ; un souverain ami de la musique payerait cher ces auditions uniques, qu'il pourrait se donner selon son bon plaisir.

Les yeux de Zoby lancèrent une flamme : elle avait entrevu sa destinée. La flamme s'éteignit, les yeux redevinrent doux et soumis.

– Je ne puis pas jouer selon le bon plaisir des autres, fit-elle observer ; il faut que ce soit aussi le mien. Mais pour vous, dans cette maison, il me semble que je serai toujours prête.

On ne pouvait que remercier ; elle accepta royalement l'expression de cette gratitude.

– Et chanter, Zoby ? demanda encore Elsa.

Un regard furtif dans la direction de José, rencontré par celui-ci, lui fit monter au visage une rougeur ardente ; la jeune artiste resta impassible : tous deux avaient songé à la pluvieuse soirée de septembre.

– Pas aujourd'hui, dit-elle posément ; je vous jouerai des classiques, si vous voulez m'accompagner, Elsa. Une sonate de Beethoven, voulez-vous ? Vous déchiffrez très bien quand vous vous appliquez.

– Oh ! non... murmura la pauvrette interdite et connaissant sa misère.

– Ce sera moi, dit José qui avait repris son sang-froid.

Il s'assit au piano, après avoir tiré d'une armoire toute une bibliothèque musicale, et, pendant deux heures, la maison des Peupliers résonna de chants merveilleux.

Seul avec sa femme, José lui communiqua certaines de ses réflexions. Zoby avait fait des progrès étonnants sur le violon : elle pouvait maintenant se présenter au Conservatoire de Liège : elle obtiendrait sûrement son entrée.

– Mais, objecta M^me^ Claudia, comment et de quoi vivra-t-elle à Liège ? Pas de leçons, abandonnée par sa grand-mère...

– Cela n'est pas certain, dit le maître de chapelle. Je lui en parlerai sérieusement. Cette jeune fille a du génie, ce n'est pas douteux ; il faut l'aider à se faire une carrière.

M^me^ Claudia, au fond, aimerait mieux Zoby à Liège qu'à Gand ; les kilomètres de rails qui séparent les deux villes lui semblaient le chemin de la paix. Elle approuva, sous la réserve que cela ne les engagerait pas dans de nouvelles dépenses.

– Bien entendu, répondit brièvement Tarragone.

# VIII

Un matin, de très bonne heure, Zoby fut réveillée par un souffle d'air frais qui sentait le foin coupé. On faisait les regains dans les prairies, car août tirait à sa fin, et bientôt les jours deviendraient trop courts pour les promenades du soir. La fenêtre était ouverte : Elsa, toute vêtue de blanc, en costume du matin, peignait ses longs cheveux dorés dans le cadre étroit que les jolis mouvements de ses bras élégants remplissaient tout entier.

– De si grand matin, Elsa ? demanda paresseusement Zoby.

Elle était capable de passer toute une nuit debout, et même de se lever avec le soleil, ce qui est plus difficile ; mais elle aimait infiniment mieux dormir le plus longtemps possible.

Elsa tourna vers elle son aimable visage tout rose de confusion.

– J'espérais ne pas vous réveiller, dit-elle en hésitant : j'en suis fâchée : il est à peine cinq heures.

– Je le vois bien ! répondit sa compagne. Bah ! pour une fois ! Pourtant, si matin...

Elle s'accota paresseusement dans son lit, et promena son regard autour de la chambre pendant que la jeune Flamande roulait avec précaution ses cheveux dorés en torsades, qu'elle s'efforçait de fixer sur sa tête.

– Pas de tresses ? A cinq heures du matin ? Une nouvelle coiffure ? murmura Zoby tout en continuant l'inspection des murailles. Ah ! oui, c'est vrai : nous attendons la visite de M. l'organiste, et puis une dame... avec son fils.

Elle se releva encore un peu, posa sa tête ébouriffée sur ses deux bras écartés en anses d'amphore, et concentra toute son attention sur un dessin à la mine de plomb, pas remarquable du tout, attaché par quatre épingles sur le papier de tenture, au-dessus du lit d'Elsa.

Ce méchant crayon représentait, à travers un rideau de peupliers, une maisonnette insignifiante, près d'une écluse ; l'écluse n'était pas loin, à quelques centaines de mètres en suivant le canal, la maisonnette aussi ; plusieurs fois en passant Mlle Zorn avait remarqué les portes closes de cette demeure banale. Le dessin était l'œuvre d'Elsa ; Zoby reconnaissait la facture maladroite et gauche ; la pauvre enfant avait l'âme, mais non les doigts d'une artiste.

– Elle demeure dans cette maison-là, dites, la dame qui vient aujourd'hui ? demanda la musicienne, laissant filtrer seulement une lamelle de regard entre ses paupières presque fermées. Vous la connaissez depuis longtemps ?

– Toujours, je crois, murmura la jeune fille sous le voile de sa chevelure mal assujettie, dont les ondes venaient de s'écrouler sur son visage. Cela ne veut pas tenir, ajouta-t-elle découragée.

– Elle vous aime beaucoup, cette dame ? continua l'imperturbable Zoby. Non. Je m'en doutais ; vous ne parlez guère d'elle.

– C'est une amie de la famille, répondit bravement Elsa en ramassant à deux mains la masse de fils d'or dont elle se trouvait si fort embarrassée.

– Monsieur son fils, Léopold, je crois ? M. Léopold Verboom venait souvent les autres années pendant les vacances, à ce que m'ont dit les enfants ?

Elsa ne répliqua pas. Une expression de souffrance ingénue tirait ses traits ; elle semblait prête à fondre en larmes. Bravement, elle sépara en trois mèches les beaux cheveux rebelles, et, comme à l'ordinaire, en fit une lourde tresse qu'elle noua d'un ruban et rejeta derrière elle. Son essai de coiffure n'ayant pas réussi, elle reprenait la natte qui lui donnait un air presque enfantin.

« Toi, pensait Zoby, tu t'es levée avant cinq heures pour te coiffer en demoiselle ; tu fais des frais pour Léopold Verboom, que tu as toujours connu : tu en es amoureuse, ma belle mignonne ; reste à savoir s'il est amoureux de toi. Il ne s'est guère pressé de venir cette année ; jadis, il se montrait plus impatient, dit-on. »

– Vous renoncez au chignon ? demanda-t-elle tout haut.

– Je ne peux pas, répondit la pauvre Elsa, abattue, les bras lassés, les larmes aux yeux.

– Attendez, je vais vous coiffer.

D'un bond, Zoby fut à terre, les pieds passés dans ses mules ; sa longue chemise de nuit faisait autour d'elle des plis menus et chiffonnés ; sa tête, auréolée de cheveux noirs et mousseux, formait un contraste singulier avec ce vêtement classiquement angélique. En un tour de main, elle eut tourné, noué, retourné, croisé les ondes dorées, et, avec quatre épingles, assuré l'édifice sur la tête honteuse et reconnaissante de sa compagne.

– Cela ne vous va pas mal, dit-elle en contemplant son ouvrage.

– Je ne suis plus la même ! fit Elsa non sans un vague regret, lorsqu'elle se vit dans le miroir.

– Qui veut la fin veut les moyens, répondit énigmatiquement Zoby en relevant son nez déjà plongé dans une éponge ruisselante.

Léopold Verboom vint de bonne heure avec sa mère : c'était un garçon quelconque, ni beau, ni laid, ni particulièrement bon, ni remarquablement égoïste, une de ces cires molles que la vie peut pétrir au hasard dans divers moules sans en faire un bonhomme réellement disgracieux ou incapable. Sa mère le voyait superbe et le rêvait grand ; elle souhaitait pour lui les distinctions les plus honorifiques et la fortune la plus considérable.

Léopold avait témoigné vers l'âge de douze ans une admiration assez prononcée pour les eaux-fortes ; sa maman, veuve et libre d'agir à sa guise, assez fortunée pour pouvoir lui laisser choisir sa carrière, pas assez pour ne pas désirer qu'il gagnât bientôt des sommes considérables, l'avait encouragé ; elle l'eût approuvé de même s'il avait voulu être ingénieur ou avocat.

Il avait appris tout ce qui se rapporte à l'art de la gravure, il avait fréquenté un atelier en renom ; maintenant, à l'aurore de sa vingt-deuxième année, elle brûlait de le voir débuter dans les Expositions ; lui, n'avait d'autre idée que d'aller à l'École des Beaux-Arts, à

Paris, – moins pour étudier que pour échapper à la vie étroite et régulière du foyer maternel.

Zoby ne l'avait pas vu depuis une heure qu'elle savait tout cela, aussi sûrement que si le notaire de la famille le lui eût révélé. Sous le regard investigateur et sévère de l'organiste, invité pour ce jour, elle pratiquait des fouilles au fond des âmes, et, sans dire mot, se renseignait exactement. Jan Bockaërt ne savait trop que penser d'elle, la voyant tranquille, modeste, effacée, et se demandait si cette attitude couvrait des abîmes de perversité ou bien s'il s'était jadis trompé du tout au tout, s'il avait rêvé certain regard dont le souvenir lui brûlait encore parfois la face comme un soufflet.

Zoby se montrait prévenante avec lui comme avec les autres, sans obséquiosité pourtant ; son désir évident de se rendre agréable cédait le pas à la réserve obligatoire chez une jeune personne dans sa situation modeste. Parfois, l'organiste était bien embarrassé ; il se reprochait avec humeur de n'avoir pas parlé sur-le-champ à Tarragone de la pluvieuse soirée de septembre, déjà ancienne. Sans nul doute, la chose était toute simple et n'avait pas besoin d'explication ; le silence du maître de chapelle en était la preuve,... et pourtant Bockaërt n'était pas satisfait.

A force de promener ses yeux autour de lui, il finit par s'apercevoir qu'Elsa n'était pas aussi jolie qu'à l'ordinaire.

– Tu as changé ta coiffure ? lui demanda-t-il avec un reproche amical.

– Maman me l'a permis, répondit la jeune fille en l'interrogeant du regard. Je ne suis plus une enfant, vous savez.

– C'est toi qui t'es coiffée de cette façon ?

– Oh ! non. J'ai essayé, je n'ai pas pu. C'est Zoby. Vous aimez cela ?

Bockaërt regarda la coiffeuse, qui, de l'autre bout de la salle, suivait l'entretien, l'air content, les lèvres très minces.

– Non : tu étais mieux auparavant ; il faudra trouver autre chose, dit-il en caressant la joue veloutée de sa petite amie.

– Vous n'approuvez pas mes talents ? fit la voix de Zoby tout près.

Jamais on ne l'entendait s'approcher.

– Pas tous, Mademoiselle, répliqua l'organiste ; je vous admire, mais non sans restriction.

Elle ferma légèrement les yeux, comme pour recueillir et savourer cette réponse ; puis elle les rouvrit, et sourit.

– Même avec des restrictions, dit-elle, il est beau d'être admirée, surtout par un artiste tel que M. Bockaërt.

Avant qu'il eût su ce qu'il voulait lui répondre, elle était loin.

Il la regarda bien des fois pendant le cours de cette journée parler avec Léopold, qui l'écoutait bouche bée ; avec M^me^ Verboom, qu'elle avait conquise, et qui s'était immédiatement entichée d'elle, – non sans un à-propos étourdissant ; – avec Urbain, qui la dévorait des yeux, et recherchait ses moindres paroles ; avec Claudia, qui lui témoignait dorénavant une réelle bienveillance, – récompensée par la plus déférente soumission, – et enfin avec Tarragone qui, gagné par ses manières libres de toute contrainte, de tout sous-entendu, était parfaitement à son aise avec elle ce jour-là.

« C'est une fille étonnante, pensa le vieux célibataire, elle doit tromper tout le monde ici ; elle me tromperait moi-même, si je n'avais vu... Et puis, enfin, pourquoi José ne m'a-t-il jamais parlé de cette aventure ? »

Le cœur d'Elsa battait fort depuis le matin. Sans que des paroles positives eussent été échangées, depuis trois ans, elle savait que Léopold la préférait à toute autre, et elle s'en était fait un dieu.

Il y a des cœurs de jeunes filles qui se donnent pour la vie, que rien ne rebute, qui ne peuvent concevoir le doute, et qui suivent le chemin qu'ils se sont tracé, sans se permettre de regarder à droite ou à gauche. Elsa aimait Léopold, elle se croyait aimée, l'avenir viendrait pour elle comme il était venu pour sa mère, sous la forme de l'amant-époux : un jour, quand il croirait le temps propice, Léopold viendrait lui dire qu'il l'emmenait, et leurs parents n'y mettraient pas d'obstacle ; peut-être, M^me^ Verboom... Mais celle-là aimait assez son fils, bien sûr ! pour lui sacrifier ses préférences.

Elle avait espéré que ce serait cette année-là, non qu'ils se marieraient, étant encore si jeunes, mais que leur amour serait proclamé, leurs paroles échangées, et qu'ils entreraient dans la période glorieuse des fiançailles, ces longues fiançailles du Nord, si douces, si respectées, qui aident puissamment une jeune fille à supporter les ennuis et les difficultés de la vie.

M^me^ Verboom, bourgeoise mondaine, ne se décidait pas aussi facilement qu'autrefois à quitter Bruxelles ; quand son fils était enfant, le séjour de la campagne était bon pour sa santé, et trois mois de villégiature n'étaient pas trop. Mais n'est-ce pas un fait acquis que les jeunes gens n'ont plus besoin de l'air des champs dès qu'ils ont terminé leurs classes ? L'air des champs est mis de côté avec le manuel du baccalauréat et les dictionnaires ; du moins, cela semble une chose établie ; car nul ne parait jamais avoir protesté.

Par habitude, cependant, la mère de Léopold venait encore passer la fin d'août et la moitié de septembre dans sa maisonnette près de l'écluse ; jusqu'alors, son fils s'était échappé deux ou trois fois pendant l'été pour donner une journée à son camarade Urbain. Cette année, il n'était pas venu ; des travaux très intéressants, l'étude de procédés nouveaux l'avaient retenu ; c'est ce qu'il expliquait à Elsa un peu désappointée, pendant qu'ils tournaient lentement autour du jardinet.

– Il y a encore tant à apprendre ! soupira-t-il enfin. Tout le monde s'est mis à faire de l'eau-forte. Ce sera bientôt comme la photographie.

Elsa, n'y connaissant rien, ne pouvait le contredire ; mais était-ce pour de tels discours qu'ils avaient quitté la grande salle après le repas de midi ? On entendait le violon de Zoby, accompagné au piano par des mains sûres, celles de José ou de l'organiste ; les enfants s'étaient envolés ailleurs, ils étaient seuls... Autrefois, Léopold savait lui dire des choses qui la laissaient émue, attendrie pendant de longs jours... Avait-il oublié le secret de ces paroles divines ?

– Je voudrais devenir très riche, déclara-t-il soudain ; très riche et très célèbre, les deux ensemble. Au fond, voyez-vous, il n'y a que cela.

Elsa ressentit une commotion qui la cloua au sol, les lèvres pâlies, les yeux agrandis par la crainte.

– Et la famille ? demanda-t-elle.

Ils n'avaient jamais prononcé le mot amour ; mais jadis ils parlaient si tendrement de la famille, la famille de l'avenir !

Il sourit, et lui prit la main ; ils recommencèrent à cheminer côte à côte.

– Cela n'empêche pas la famille, dit-il, au contraire. Mais ma mère veut que je me fasse un nom ; elle ne me permettra pas de m'établir avant que j'aie gagné de l'argent et qu'on ait parlé de moi dans les journaux.

Dans les journaux ! Elsa savait ce que c'est que la gloire, c'est-à-dire qu'elle appréciait hautement les petites notes consacrées de temps en temps dans les feuilles locales au talent de son père, à la voix ou au jeu de tel artiste venu pour un concert ; elle se rendait un compte fantaisiste, mais approximatif, de ce qu'un entrefilet imprimé contient de gloire, suivant le format ou l'importance du journal. Redevenue confiante et même un peu fière de son futur époux, elle serra légèrement les doigts qui la retenaient, puis retira sa main par pudeur instinctive.

– Il faut alors vous dépêcher, dit-elle avec un mélange exquis de malice et de tendresse ; la vie est courte, on devient vieux tout de suite, on a à peine le temps d'être heureux.

– Se dépêcher ? Cela ne dépend pas de moi, reprit-il assombri. Ma mère est ambitieuse : je ne sais si cela lui est venu ou si je n'y avais pas pris garde autrefois. Mais maintenant elle veut pour moi la renommée et l'argent.

Elle ne songea pas, un instant, que, sœur de quatre autres enfants, elle ne serait jamais riche ; la pensée que sa médiocrité pourrait être un obstacle aux yeux de celui qu'elle aimait n'effleura pas son esprit. C'était une âme si noble, si haute, qu'elle eût traité de lâche calomniateur tout être qui lui en eût suggéré la possibilité.

– De l'argent ? Vous en gagnerez tant que vous voudrez ! De la renommée ? Vous serez le plus célèbre de tous ! fit-elle avec élan.

Il l'attira contre lui et baisa légèrement le front immaculé. C'était la première voix qui lui eût prédit un si bel avenir ; il remerciait la pythonisse.

Il n'avait pas effleuré ce front de ses lèvres depuis bien longtemps, depuis que deux ans auparavant ils s'étaient quittés à cet endroit même, après avoir longtemps parlé d'un avenir vague qu'ils espéraient être le leur.

Elsa se sentit fiancée ; une grande joie, grave et profonde, l'envahit, pareille au recueillement qu'on trouve dans le silence des cathédrales désertes. Elle ne souhaitait pas de paroles ; à quoi bon ? Ce baiser volontairement donné par celui qu'elle aimait, n'était-il pas une promesse ? Lentement, elle s'écarta de lui et resta debout devant son futur maître.

– Je travaillerai, j'espère arriver, dit Léopold, non sans une légère ombre de remords, car il devinait ce qui se passait en elle, et il n'avait pas eu l'intention de s'engager si loin, ce jour-là, avec Paris et l'École des Beaux-Arts en perspective. Rentrons, voulez-vous, ajouta-t-il ; nous sommes ici depuis longtemps. Dites-moi, cette jeune musicienne, M^lle^ Zorn, est-elle bien ? Est-elle sûre ?

Les yeux d'Elsa l'interrogèrent ; elle ne comprenait pas.

– Ne lui dites rien, cela vaudra mieux, conclut-il à

la hâte. Il y a des choses dont il ne faut pas parler. Urbain semble très occupé d'elle ?

Elsa ne répondit rien ; elle n'avait pas pris garde aux manières de son frère ; mais pourquoi son fiancé lui recommandait-il le silence ? Pouvait-il croire qu'elle confierait à une étrangère, même amie, ce qu'elle n'oserait dire encore à sa mère ?

– Que veut faire Urbain ? demanda Léopold en se rapprochant de la maison. S'est-il choisi une carrière ? Il est très bon musicien, mais sans enthousiasme pour le côté pratique, à ce que je crois.

– Mon père voudrait qu'il le remplaçât à Saint-Bavon, dit lentement Elsa ; mais Urbain n'a pas de goût pour la maîtrise ; il dit que tous ces garçons l'assomment avec leurs caprices et leur mauvaises manières. Maman a peur qu'il ne soit pris de l'idée de voyager.

– M^lle^ Zorn le retiendra, n'en doutez pas ! fit Léopold du ton supérieur d'un homme qui connaît la vie.

Ils rentrèrent dans la grande salle. En les voyant, Jean Bockaërt secoua la tête : il avait espéré voir sur le visage d'Elsa une autre expression plus heureuse et moins troublée.

## IX

Le voisinage de M^me^ Verboom et de son fils apportait de la vivacité dans la vie de la famille Tarragone ; Léopold accaparait Urbain et l'emmenait faire de grandes promenades, parfois des excursions lointaines dans les villes ; sa maman s'installait alors au foyer de M^me^ Claudia, avec un élégant ouvrage à l'aiguille et parlait à peu près toute la journée.

La mère d'Elsa se demandait parfois comment elle avait pu ignorer si longtemps les véritables goûts, les véritables facultés de sa voisine de vacances ; ou bien celle-ci avait-elle changé au point d'être méconnaissable ?

– Elle a tout simplement exagéré ses défauts : à rouler sur la même pente, ils ont fait comme les boules de neige, ils sont devenus énormes, expliqua José.

– Si elle avait été comme cela autrefois, nous ne nous serions pas liées, répondit la soigneuse ménagère : je n'aime pas les personnes uniquement mondaines.

– Elles peuvent être utiles, fit remarquer Tarragone. Celle-ci va nous être d'un grand secours pour l'entrée au Conservatoire de Zoby.

– Dieu merci ! soupira M$^{me}$ Claudia.

Quoiqu'elle eût appris à supporter sa commensale, et même dans une grande mesure à l'apprécier, elle trouvait une certaine consolation à songer que ces deux femmes la débarrasseraient l'une de l'autre, M$^{me}$ Verboom ayant annoncé qu'elle se chargeait de conduire Zoby et de l'installer à Liège.

L'installer, où ? avec quoi ? L'enthousiaste personne ne se l'était pas demandé.

Tarragone, qui se sentait, au sujet de sa protégée, une étrange et incompréhensible responsabilité, voulut tirer la question au clair. Pour cela, un entretien particulier avec elle était nécessaire ; car il la connaissait assez pour savoir qu'il n'en obtiendrait aucune lumière en présence d'un tiers ; il n'était même pas certain de rien obtenir du tout en tête-à-tête. Elle ne paraissait pas préoccupée de l'avenir, semblable aux rouges-gorges qui venaient picorer dans le jardin, assurés du vivre et du couvert.

Après bien des hésitations, non sans avoir remis de jour en jour, sous des prétextes futiles, ce qu'il regardait comme une insupportable corvée, José se décida un matin à appeler Zoby dans son cabinet de travail. M$^{me}$ Claudia était allée à Gand avec Elsa, en vue d'un retour à la ville désormais peu éloigné, Urbain courait les champs avec son jeune frère et Léopold ; pareille occasion ne se retrouverait pas.

– Vous me mandez, maître ? fit Zoby en paraissant sur le seuil.

– J'ai dit à la domestique de vous avertir... Entrez.

Elle obéit ; une très légère hésitation, visible cependant, lui fit avancer la main vers le bouton de la porte ouverte ; mais la figure de Tarragone n'exprimait pas le désir de voir cette porte fermée ; Zoby s'avança jusqu'au bureau et se tint debout.

Un souvenir léger comme le vol d'une mouche traversa le cerveau de Tarragone. Il l'avait vue ainsi, debout près d'un autre bureau, dans une autre maison, le jour où il lui avait remis le produit du concert... Il passa la main sur ses yeux pour chasser cette image.

– Asseyez-vous, dit-il : nous avons à parler.

Elle attira une chaise auprès de lui et obéit docilement. Elle avait l'air d'une enfant, comme alors, avec ses mains jointes devant elle, ses pieds rentrés sous l'ourlet de sa robe noire... Il chassa une seconde fois la mouche importune.

– Vous allez à Liège, c'est très bien, fit-il non sans quelque rudesse, vous êtes admise, M^me^ Verboom vous y conduit : de quoi y vivrez-vous, et chez qui ?

Zoby le regarda très tranquillement, sans froideur ni tendresse ; c'était un regard neutre, celui d'une personne qui s'occupe de ses affaires. Elle tira de sa poche une enveloppe assez grande qui en contenait plusieurs autres, plus petites.

– J'ai reçu la réponse de la grand-mère, dit-elle. Le 1^er^ octobre, elle sera à Liège.

– C'est très bien, grommela José ; elle vous servira de chaperon. Mais de quoi vivrez-vous toutes les deux ?

– Mon oncle le chanoine...

Tarragone releva la tête brusquement ; les yeux de Zoby attendaient son regard, très paisiblement.

– Vous avez un oncle chanoine ? fit-il.

– Et un autre prieur dans un monastère, continua M^lle^ Zorn sans s'émouvoir. C'est celui-là qui avait enseigné à Léon de si belle musique ancienne. Mais il ne m'a pas écrit ; c'est l'autre.

– Eh bien ? dit José en regardant par la fenêtre. Il avait besoin de réagir contre une vague sensation d'absurde et d'irréel qui l'envahissait souvent en présence de Zoby.

– Mon oncle le chanoine a dit à la grand-mère qu'il ferait une petite pension pour qu'elle puisse vivre à Liège avec moi ; c'est très juste de quoi vivre ; mais enfin...

– Combien ? demanda le maître de chapelle.

– Juste de quoi vivre, nous deux, répondit la jeune fille.

Ses lèvres rentrées étaient invisibles, ses yeux avaient un éclat froid et blessant ; il vit qu'il n'obtiendrait aucun chiffre.

– Et alors vous vivrez tout juste à Liège, vous deux ? dit-il non sans ironie.

– Je donnerai des leçons, comme ici, riposta Zoby. M^me^ Verboom en a déjà trouvé.

– Ah ! M^me^ Verboom est très aimable pour vous.

Tarragone était mécontent : en général, quand on s'est donné beaucoup de mal pour sortir quelqu'un d'une situation déplorable, on ne ressent pas une grande bienveillance pour ceux qui viennent l'accaparer plus tard en lui prêtant un appui désormais facile. Le sentiment n'est peut-être pas très élevé ; mais il est très humain. José se le reprocha.

– Oh ! maître ! fit Zoby d'une voix douce, étouffée, tendre, qui sembla au musicien celle de sa propre conscience.

Le souvenir harcelant de l'autre entrevue revint voleter autour de Tarragone ; heureusement, cette fois, l'air vif de l'automne entrait par toutes les ouvertures de la maison.

– Qui est votre oncle le chanoine ? demanda-t-il sans regarder la jeune artiste.

– Un grand personnage, *là-bas*, un homme considérable...

– Là-bas, où ? fit José en frappant la table du plat de la main. Finira-t-on par savoir qui vous êtes, et d'où vous venez, fille de mystère ?

Elle s'était levée ; les yeux presque noirs, l'air dur, sans bouche, elle lui tendait le paquet de lettres ; il fit un mouvement violent pour les lui arracher ; mais sa main s'arrêta au vol ; il lisait dans les yeux sombres que, s'il touchait à ces papiers si promptement offerts, jamais elle ne lui pardonnerait l'outrage, et que jamais, peut-être, il ne la reverrait.

– Parlez vous-même, dit-il soudain calmé. Pourquoi voulez-vous que je lise cette correspondance, qui ne m'est pas adressée ?

– Vous n'auriez pas tout lu, riposta Zoby en se rasseyant ; la plupart de ces lettres sont écrites dans une langue que vous ne connaissez pas. Mais vous auriez vu les adresses et le nom des pays.

Elle raillait sa faiblesse, quoique avec douceur ; elle lui parlait comme à un enfant qui n'a pas été sage et qu'on ne voudrait pas, cependant, voir recommencer une scène de colère. Il se sentit très faible, très désemparé dans ces mains qui étaient tour à tour pleines de caresses ou de coups de griffe. Le sentiment de son impuissance dans cette lutte inégale le remplit d'une inconcevable tristesse en même temps que d'une étrange douceur.

– Mes aïeux sont de très grande maison, dit-elle

d'un ton bas et mesuré, comme si elle entamait une longue histoire ; ma mère appartenait à une famille qui a régné...

José la regardait d'un air résigné ; elle pouvait lui raconter tout ce qu'elle voudrait ; comment saurait-il qu'elle disait la vérité ? N'était-elle pas menteuse, menteuse !...

– Qui a régné *là-bas* ? demanda-t-il avec un faible sourire.

– Oui, là-bas, en Hongrie. Voici le sceau de la famille, il appartient maintenant au chanoine.

Elle mit sur la main inerte du maître de chapelle une enveloppe jaune, cachetée d'un large sceau armorié.

– Et voici une loupe, ajouta-t-elle en lui mettant dans l'autre main le verre grossissant.

– Vous pensez à tout, fit-il avec ironie, mais sans amertume.

– Regardez, dit-elle sèchement.

Il regarda : c'était un cachet magnifique, avec une couronne royale ou présumée telle. Il lui rendit la loupe et le cachet, sans parler.

– Ma mère, reprit-elle, a fait une mésalliance.

Cette fois, il sursauta et la regarda bien en face.

– Oui, reprit l'imperturbable Zoby, elle a épousé un homme qui n'était pas noble, ou du moins qui ne pouvait pas prouver sa noblesse. Sa famille l'a reniée, ses frères sont entrés en religion et toute la fortune est allée avec eux.

José se rappela comment un beau dimanche d'hiver, – il y avait longtemps de cela, – M^me^ Claudia, revenant de la messe, lui avait suggéré la possibilité d'une semblable aventure, et comment il l'avait complimentée de son talent à inventer des romans. Zoby continuait :

– Mon père et ma mère ont donné des concerts, pas en Hongrie, pas même en Autriche. Pensez ! Elle avait été si belle, si célèbre par sa beauté ! On vendait sa photographie de jeune fille à Budapest comme une des beautés du royaume. Alors, ils furent tantôt riches, tantôt pauvres ; et puis ma mère mourut. Ce fut la ruine. La famille ne veut pas de nous ; mais pourtant, je vis.

Elle prononça ce mot avec une énergie cruelle, comme si l'affirmation de son existence enfonçait un poignard dans le cœur de son oncle le chanoine et dans celui de son autre oncle le prieur, au fond de la Hongrie.

– Puisque je vis, ils me jettent une aumône : pas par pitié, mais par crainte que je ne parle ; vous comprenez ? Ils ont beau être détachés de la terre, ils n'aimeraient pas un esclandre, là-bas ! Mais quand je serai une grande artiste, ils verront un peu ! Seulement, j'ai fait une bêtise...

Il la regarda, moins surpris qu'elle eût fait ce qu'elle appelait une bêtise que de l'entendre l'avouer.

– Oui, j'ai juré de ne pas parler tant qu'ils nous donneraient à manger. Ils nous ont donné à manger... avec du retard souvent, avec des reproches toujours ; mais c'était à manger tout de même... du pain sec ! Les gâteaux, c'est vous qui nous les avez donnés, mon maître, ô mon bon maître !

Elle s'abattit soudain sur Tarragone, les mains à ses épaules, son corps fluet ployé sur lui ; puis elle se laissa glisser à terre, les coudes sur ses genoux, les deux mains nouées, appuyées à la poitrine du musicien, la tête cachée sous la masse de ses cheveux en désordre. Par la fenêtre ouverte, on entendait la cuisinière chantonner dans la basse-cour.

– Mon bon maître, murmura Zoby, secouée par des sanglots, vous avez été pour nous le soleil et la vie : le bonheur est entré chez nous avec le saint Nicolas de pain d'épice... J'ai été une autre fille de ce jour-là, mon bon maître ! Et vous me grondez, et vous êtes sévère, et vous me croyez menteuse, et, moi, je n'aime rien plus au monde que vous...

Tarragone se leva, tout droit, ses yeux espagnols flamboyant dans sa face pâle.

– Relevez-vous, dit-il, vous perdez l'esprit.

Elle restait à genoux, la tête baissée ; il voulut la prendre sous les coudes, pour l'aider à se mettre debout ; mais ses doigts s'emmêlèrent dans les cheveux bizarres, vivants qui s'entortillaient d'eux-mêmes autour de sa peau frissonnante. Ses mains tremblèrent comme s'il se brûlait, il les retira, mais trop tard : la tunique de Nessus venait de s'attacher à lui.

– Vous êtes une enfant, dit-il d'une voix brève. N'en parlons plus ; allez vous recoiffer ; c'est bien, allez.

Il lui tourna le dos et regarda les peupliers par la fenêtre ouverte ; mais il ne les voyait pas. Le calme paysage belge, la douceur paisible de ce nid de sa lune de miel, toute cette beauté harmonieuse et simple des choses, mariée à la beauté d'une noble existence d'homme et d'artiste, avait cessé d'exister pour lui. Une vie de troubles, de hontes, de joies brûlantes étouffées par le remords, de même que la lourde fumée étouffe de ses noires volutes la flamme sans cesse renaissante, une autre vie d'enfer et de paradis venait de naître pour José Tarragone.

Quand il se retourna, Zoby était partie.

# X

Il ne put jamais se rappeler exactement comment s'était écoulé cet après-midi de songe ; il demeura sans doute dans son cabinet de travail, dont il avait fermé la porte, pour s'enclore avec ses pensées – ou pour se défendre d'une nouvelle agression ? Les deux peut-être.

Un mondain chercheur de plaisir s'imaginerait difficilement ce qui se passait dans le cerveau de cet homme honnête, d'éducation sévère, de mœurs chastes, d'aspirations élevées ; le trouble que la charmeuse avait versé dans ses veines lui paraissait un crime, ou alors, une monstrueuse aberration. Au moment où José mettait le pied sur le dernier barreau ascendant de l'échelle qu'on gravit depuis le berceau, lorsqu'il atteignait le faîte où il espérait se maintenir quelques radieuses années avant de commencer à redescendre vers la vieillesse et la mort, son cerveau se détraquait, ses nerfs fouettés devenaient ses maîtres ! Ce n'était pas possible. Il pressa ses tempes brûlantes entre ses deux mains et voulut se ressaisir.

Il était pourtant bien, José Tarragone, le maître de chapelle de Saint-Bavon, honoré pour ses vertus autant qu'estimé pour son talent, le père de cinq beaux enfants dont il était fier, le mari de la meilleure, la plus aimée des femmes... La plus aimée !...

Avec une cruelle ironie, il se rappela combien ils avaient été heureux ici même, l'année précédente, lorsqu'ils sentaient leur seconde jeunesse fleurir dans leurs âmes. Oui ; mais c'était avant la pluvieuse soirée de septembre ; depuis, José n'avait plus jamais goûté le même bonheur. Le mal venait de là, force lui était de se l'avouer à présent. S'il avait gardé vis-à-vis de tous le silence sur l'étrange aventure, si facile à expliquer, c'est qu'au fond de son être il était troublé par des impressions qu'il n'eût osé s'avouer. Et même, en remontant plus haut...

Il secoua la tête comme un homme désespéré. Il était donc bien malade, pour que cette obsession se fût emparée de lui... quand ? Il n'eût su le dire ; car il ne pouvait se rappeler un seul jour où la présence de la tentatrice ne l'eût pas irrité, embarrassé ou charmé, même alors qu'il croyait être le plus indifférent. Curiosité, colère, plaisir d'artiste, peu importe, elle l'avait toujours occupé d'elle ; elle le possédait, comme les démons du temps passé possédaient leurs victimes.

Le crépuscule assombrissait lentement le paysage, tirant un rideau très léger de mousseline grise sur les détails familiers... José poussa un grand soupir de découragement.

Que pouvait-il contre cet envahissement de tout son être par une force supérieure ? Résister ? Certes, il résisterait. Né honnête homme, il serait honnête homme toujours. Mais la pensée dont il n'était pas maître reviendrait, la tentation qu'il avait vaincue se présenterait, encore même s'il ne s'y laissait pas prendre.

D'ailleurs, cette ensorcelleuse, pouvait-on seulement la croire ? Quand était-elle sincère ? Dans ses élans de passion mystérieuse, ou dans ses hautaines, insolentes répliques ? Se moquait-elle de lui, voulait-elle s'en faire un jouet, ou bien était-elle méchante, parce que, dans son âme étrange et tourmentée, elle souffrait d'une tendresse impossible ?

Tarragone n'était pas un fat ; mais au fond de tout homme sommeille une singulière vanité que l'amour d'une femme éveille et flatte toujours un peu. Zoby avait fait tout ce qui était nécessaire, et depuis longtemps, pour qu'il se crût aimé ; il s'apercevait aujourd'hui, en regardant en arrière, que, s'il ne s'en était pas convaincu plus tôt, c'est qu'il s'était obstinément refusé à envisager cette pensée. Maintenant il ne pouvait douter qu'elle n'eût voulu le lui apprendre, et sa tâche d'honnête homme en devenait plus difficile. Eh bien ! il garderait son attitude de maître sévère ; il n'aurait pas compris, il ne voulait pas avoir compris. Elle s'en irait bientôt à Liège, il serait délivré de sa présence, il pourrait s'occuper d'autre chose, il redeviendrait maître de lui-même.

Maître de lui-même, soit ; mais triste, triste à mourir. Ce qu'il venait d'entrevoir était un paradis merveilleux dont il verrouillait la porte ; cette créature de passion, cette artiste extraordinaire recélait des trésors... Non, il n'y songerait pas, il ne voulait pas ; mais renoncer à ce bonheur offert, que c'était triste, triste !...

Le découragement l'avait calmé. Il se leva et se promena de long en large. Qu'était-ce, après tout ? Une impression désagréable, un mauvais rêve, une tentation pernicieuse, tout au plus... non, pas même cela : un mauvais rêve était le mot juste.

Au loin, sur la route sonore, il entendit le trot du cheval qui ramenait sa femme et ses enfants ; le pas alerte et ferme de son fils aîné résonna sur le gravier du parterre, le rire musical du jeune homme répondit à une plaisanterie de Léopold Verboom. Tout à l'heure, la famille rassemblée serait sous la lampe pour le repas du soir : rien n'était arrivé, rien n'était changé : pourquoi s'était-il fait tant de souci ?

La voiture s'arrêta devant la porte ; Claudia entrait ; il se leva pour aller vers elle, sa compagne, son amie, sa confidente en toutes choses. L'escalier, mal éclairé, retentissait de voix joyeuses.

– Papa, oh ! papa, tu ne sais pas ? Le cheval... Comment, tu es sans lumière ?

– J'ai sommeillé, dit-il, mentant, mentant aussi comme celle qui se tenait debout sur le palier, à quelques pas de lui, forme noire indistincte dans l'ombre, et dont il devinait avec un frisson le corps de couleuvre, tel qu'il l'avait senti couler le long de lui.

– Pas malade ? demanda anxieusement Claudia, passant sa main fraîche sur le visage brusquement enflammé par la honte du mensonge.

– Non, non, je n'ai rien du tout, répliqua-t-il en se reculant pour éviter la caresse familière.

– Nous avons grand-faim ! nous avons grand-soif ! chantaient les enfants tout en dépouillant leurs manteaux de voyage. Maman, n'allons-nous pas souper ?

Zoby se glissa le long de l'escalier, et entra la première dans la salle où se trouvaient les deux jeunes hommes, assis sur le rebord d'une fenêtre. L'air était doux comme en été ; une lueur ambrée à l'Est annonçait le prochain lever de la lune.

– Tu auras de la lumière pour retourner à la maisonnette, dit Urbain à son ami.

– Ce soir, répondit Léopold, je ne suis pas pressé. Ma mère reviendra par le dernier train ; j'ai promis d'aller la chercher ; je me rendrai directement d'ici à la station ; cela nous permettra de passer une bonne soirée ensemble.

La famille était réunie, la salle éclairée, on se mit à table. Malgré les éclats de voix des enfants, comme il arrive souvent les soirs de grande promenade, la famille fatiguée était silencieuse ; Urbain se taisait ; M^me^ Claudia, préoccupée des affaires de la maison, communiquait à son mari de brèves remarques pratiques. Seul, Léopold avait entrepris de faire parler Zoby, ordinairement muette, et, ce soir, elle répondait avec une promptitude exceptionnelle.

Le mystère qui entourait l'étrangère amusait et intéressait le jeune Verboom ; il aurait voulu savoir d'elle plus qu'elle n'en laissait connaître, plus qu'on ne lui en disait dans cette famille où chacun semblait avoir sur elle une opinion et la garder pour soi. Urbain surtout était, suivant l'expression de son camarade, fermé comme un coffre ; autrefois chez les Tarragone, tout le monde pensait tout haut ; à présent, personne ne disait plus rien. En s'adressant au mystère lui-même, obtiendrait-il quelque chose ?

Le souper fut bientôt terminé ; Elsa disparut avec les plus jeunes enfants qui voulaient l'avoir près d'eux pour s'endormir tous les soirs ; M^me^ Claudia s'en alla dans les régions accessibles aux seules ménagères ;

Tarragone monta à sa chambre, sa belle chambre nuptiale, que la lune emplissait d'une lueur nacrée pénétrante et douce. Involontairement, il songea à la tendresse de sa femme qui ressemblait à cette lumière, et une amertume profonde emplit son âme désemparée.

Il s'était jeté dans un fauteuil près d'une des deux fenêtres et, baigné dans la clarté laiteuse, il regardait, sans les voir, tantôt les peupliers voilés d'une vapeur légère, tantôt la lune elle-même, dont les reliefs semblaient ciselés dans de l'argent pur.

Une voix grave et veloutée résonna sous la fenêtre, il se redressa, prêt à fuir. N'éviterait-il donc pas la tentatrice, même dans cet asile qui eût dû lui demeurer inviolable ? Au lieu de fuir, il se rapprocha de la fenêtre et écouta.

Sur un banc adossé à la muraille, Zoby s'était assise, Léopold auprès d'elle, Urbain en face ; les jeunes gens causaient d'avenir ; l'avenir et l'amour, n'est-ce pas là ce qui inquiète la jeunesse ? Zoby parlait, la silencieuse ; elle avait pris, ce soir-là, pour ces deux jeunes hommes, le timbre profond qu'elle employait pour chanter, cette voix de passion contenue, qui faisait vibrer, en réponse, les cordes secrètes des âmes troublées.

– Jeune ? disait Zoby, la tête un peu renversée en arrière, appuyée au mur, sous les rayons éclatants de la lune, sa servante ou sa complice en sorcellerie ; jeune, on ne sait rien. On croit tout et on ignore tout. On croit qu'on sait, c'est là ce qui est le pire ; c'est plus tard qu'on s'aperçoit qu'on ne savait pas.

– Comment, rien ? rétorqua Léopold dont la vanité se rebiffait. Vous êtes donc bien âgée, Mademoiselle, pour dédaigner ainsi la science des jeunes ?

Un petit rire très doux, qui faisait penser aux dents blanches et menues de la rieuse, fut la première réponse. Tarragone pensa que les dents blanches avaient dû luire comme des diamants dans cette lumière intense.

– Je suis très vieille, dit-elle ensuite, très vieille en vérité. J'existais au temps des fées ; on m'a brûlée à Prague comme sorcière, lors d'un fameux procès, vous ne savez pas ? Ce n'est pas intéressant pour vous autres, ces histoires-là, mais pour ceux qui ont été brûlés...

– Zoby, dit la voix grave d'Urbain, ne plaisantez pas ainsi, vous me faites mal.

La jeune sorcière fit un mouvement qui dut remettre son visage d'aplomb, comme celui de tout le monde, car sa voix arriva moins directement à José.

– Vous ne voulez pas croire que j'aie eu plusieurs existences ? Mais nous avons tous eu plusieurs existences ; seulement, nous ne le savons pas. Moi, je le sais : c'est pour cela que je suis beaucoup plus âgée que vous, mes jeunes amis. C'est pour cela aussi que j'ai une médiocre confiance dans la jeunesse.

– C'est pourtant si beau ! fit Urbain. Voir une longue vie devant soi, se la préparer belle et honnête, brillante si l'on peut, faire enfin ce qu'a fait mon père...

– Se marier jeune ? interrompit vivement Zoby. Non ; ce n'est pas mon avis.

– Pourquoi ? demanda Verboom, tout à coup plein d'intérêt.

– Parce qu'on ne se connaît pas. Le sage grec a dit : « Connais-toi toi-même. » Il aurait pu ajouter : « Tâche de connaître l'être humain que tu associes à ta destinée » ; mais dans ce beau temps passé on ne se souciait peut-être pas assez de sa femme, pourvu qu'elle fût bonne ménagère... Comment voulez-vous connaître votre fiancée, alors que vous n'êtes pas capable de discerner ce qui se passe dans votre propre individu ?

– Est-ce que vous le discernez, vous, Mademoiselle, ce qui se passe dans votre propre individu ? fit Léopold pour la taquiner.

– Cela dépend des jours, répondit Zoby. Aujourd'hui, je le sais très bien.

Un frisson passa sur José, qui ferma les yeux. Était-il possible qu'elle eût agi volontairement ce matin ? Mais elle ne pouvait pas savoir maintenant qu'il l'entendait. Comment l'eût-elle deviné ? Elle parlait pour ces jeunes gens, non pour lui, pensa-t-il. Le maître de chapelle avait encore beaucoup à apprendre.

– Pourtant, dit Urbain d'une voix singulièrement hésitante, ce serait si bon de commencer une existence de travail avec celle qui sera la compagne de vos jours de fortune et de gloire ! On s'encourage mutuellement ; après avoir partagé les mêmes difficultés, on arrive aux mêmes joies. Ce doit être le ciel sur la terre.

– Ce n'est pas mon avis, répéta Zoby d'un ton posé. Je crois que, pour bien travailler dans la jeunesse, un homme doit être libre et seul, ne se sentir entravé par aucun besoin matériel, aucun lien pesant. Ne voyez-vous pas que, parvenu à l'éclat d'une situation supérieure, à la fortune, à la renommée, il peut et doit être aimé, qu'il sera sûrement aimé d'une façon autrement riche et complète qu'au temps où il n'était qu'un jeune inconnu ?

La porte s'ouvrit derrière José qui se retourna ; d'un geste hâtif il recommanda le silence à sa femme qui venait à lui.

– Ne parle pas, dit-il brièvement quand elle fut tout près.

Bien souvent, assis à cette place, ils s'étaient intéressés aux conversations de leurs enfants ; elle voulait s'appuyer sur son épaule ; mais ces fenêtres flamandes à guillotine ne s'ouvrent qu'à demi : lui cédant son fauteuil, il prit une chaise à l'autre croisée. La fine oreille de Zoby avait entendu et compris : elle continua autant pour Léopold que pour son auditoire invisible.

– Vous m'avez parlé de l'École des Beaux-Arts de Paris, dit-elle. Si j'étais vous, je n'hésiterais pas un instant ; j'irais passer là-bas trois années, les plus fructueuses de ma vie. J'amasserais un trésor de recherches, de connaissances pratiques, de relations et d'impressions qui me servirait ensuite pour me faire une belle et grande existence artistique. Je reviendrais alors dans ma patrie ; j'y serais plus considéré, mieux apprécié. Vous savez le proverbe : « Nul n'est prophète dans son pays » ; j'ajoute : « à moins qu'il n'ait voyagé ailleurs ». Alors je travaillerais, je mettrais en œuvre ce que j'aurais acquis, je deviendrais riche et célèbre.

– Riche et célèbre ! répéta Léopold approuvant de la tête.

– C'est alors, continua Zoby de sa voix moelleuse, c'est alors que je voudrais organiser ma vie pour le reste de mes années. Connaissant le prix de toutes choses, je saurais choisir et je rechercherais l'amour d'une femme. Je le voudrais comme un beau diamant sans pareil. Ne pensez-vous pas qu'alors la femme dont j'obtiendrais l'amour serait plus belle et plus jeune que si je m'étais marié au sortir de mes classes ? Et surtout que ce serait une autre femme, plus intelligente, mieux douée ? Ce qu'une vraie femme chérit dans un homme, ce n'est pas sa jeunesse, c'est sa valeur intellectuelle et artistique, son mérite, en un mot.

– Elle a pourtant raison, dit M$^{me}$ Claudia, pensant qu'elle aimait à présent son mari bien mieux que jadis, et négligeant le reste du discours.

– On aime un homme parce qu'il est bon, et surtout parce qu'il est supérieur. Nous autres femmes, nous avons besoin d'adorer, et nous adorons notre maître. C'est le meilleur de nous qui s'en va en tendresse, en admiration, en besoin de nous anéantir devant notre idole. C'est là l'encens qu'un homme doit être fier de recueillir, et on le savoure mieux à quarante ans qu'à vingt !

L'âme de Tarragone s'inondait de lumière heureuse. Si c'est ainsi qu'elle aimait, le mauvais rêve s'évanouissait : la tentation n'était pas venue d'elle, mais de lui-même, et quelle honte n'aurait-il pas ressentie s'il s'était laissé aller à de mauvaises pensées ! Il pouvait prendre plaisir maintenant à respirer cet encens brûlé par elle, sans trouble et sans remords : la flamme monterait vers le ciel sans fumée.

– Mais, pour savoir ces choses, demanda la voix mélancolique d'Urbain, où donc les avez-vous apprises ?

– Je suis très vieille, ne vous l'ai-je pas dit ? répliqua Zoby. Alors, Monsieur Verboom, que décidez-vous ?

– Je pars pour Paris, répondit-il. Je sens devant moi une grande destinée ; il faut travailler, si je veux l'atteindre.

Ayant terminé sa tâche de sœur aînée, Elsa s'approchait ; elle avait entendu ; elle s'arrêta et ne dit rien ;

mais ses mains retombèrent le long de sa robe, froides et désespérées.

Dans la chambre, là-haut, Mme Claudia vint à son mari.

– Et moi qui craignais qu'elle n'eût jeté son dévolu sur Urbain ! lui dit-elle à voix basse.

– Urbain ? fit José en haussant les épaules, ce gamin !

– J'en avais peur tout de même. Heureusement, elle n'y songe pas.

– Et vous ? demanda en bas la voix de Léopold. Que voulez-vous de l'avenir ?

– Moi ? répondit nettement Zoby, beaucoup ! Tout ! Tout ce qu'il peut donner d'argent, de gloire, de satisfaction en tout genre. J'aime tout ce qui est beau, et coûte cher : les dentelles, les belles étoffes de soie, les pièces d'orfèvrerie, les meubles somptueux, les palais de marbre avec des toiles de maître. J'aurai tout cela. Et aussi les grandes foules qui vous applaudissent en criant d'enthousiasme quand vous passez. Je veux tout cela et je l'aurai !

Elle avait parlé d'un air de triomphe et de défi. Soudain, sa voix tomba, et elle prit dans les deux siennes la main d'Elsa, toujours immobile et silencieuse.

– Je l'aurai, reprit-elle, parce que j'ai trouvé des amis qui m'ont consolée dans ma peine et soutenue dans mes traverses : des amis à qui je dois dès à présent tout ce que je deviendrai plus tard. Aussi, dès maintenant et toujours, ils posséderont mon respect et ma tendre reconnaissance.

Sans baisser la tête, elle porta à ses lèvres minces la main qu'Elsa interdite lui avait abandonnée ; la jeune fille confuse la retira sur-le-champ ; mais la trahison venait d'être scellée par ce baiser de Judas.

– Je vais chercher ma mère, dit Léopold ; il ne faut pas que je me mette en retard. Je reviendrai vous dire adieu avant mon départ ; bonsoir, mes amis.

Il serra la main aux jeunes gens, et, – remords ou tendresse vaine – retint un peu celle de sa compagne d'enfance. Elsa était de race vaillante et noble ; elle pressa fortement ses doigts courageux sur ceux de l'ingrat : c'était un adieu sans retour à toute sa jeunesse heureuse...

Il n'en sut rien, ou plutôt il ne voulut pas le savoir. Tournant le dos à la maison des Peupliers, il marcha allègrement sur la route le long du canal, mince silhouette noire que la distance estompait d'un gris de plus en plus effacé. Quand il fut invisible, Elsa rentra dans la maison. Ni elle ni Zoby ne prononcèrent une parole ; mais, depuis quelque temps, cela leur était arrivé plus d'une fois.

## XI

Les quelques jours qui suivirent furent pleins de troubles et de menus ennuis, comme il arrive toujours lors d'un changement de vie. Les femmes de la maison, occupées des détails matériels qui précèdent un départ, sont nerveuses et fatiguées ; les hommes, inutiles et encombrants, deviennent irascibles ou grognons, suivant leur tempérament, et, parfois même, les deux ensemble. Seule, Zoby conservait une incroyable aisance, une égalité d'humeur qui portait à son comble le malaise général : elle était vraiment par trop supérieure au commun des mortels !

La nouvelle amie, Mme Verboom, était venue avec son fils faire une visite d'adieux ; c'était bien un adieu, en effet ; car ils ne devaient pas revenir à la maisonnette l'an prochain, et ensuite... Cet ensuite les emmènerait jusqu'aux mers australes pour le moins. Mme Verboom ne semblait, d'ailleurs, éprouver aucun chagrin à l'idée de ne plus revoir qu'accidentellement et dans très longtemps une famille où elle avait trouvé pendant une douzaine d'années la plus obligeante, la plus confiante hospitalité. Elle était du nombre de ces femmes qui effleurent tout dans la vie, sans rien creuser profondément, et sans recevoir elles-mêmes d'empreintes durables. On dit qu'il existe une herbe singulière, dans certains pays très éloignés, qui ne prend racine nulle part, mais qui promène à la surface du sol léger ses filaments plus légers encore ; elle est indépendante, ne s'attache à rien, ne donne rien, ne reçoit rien que la pluie d'en haut quand il en tombe. De combien d'êtres humains ne pourrait-on en dire autant ?

M^me^ Verboom avait de quoi s'occuper momentanément dans la personne de Zoby, qui l'amusait comme un nouveau bijou : elle était même disposée à dépenser un peu, – pas beaucoup, – d'argent pour elle. N'est-il pas convenu que nous devons payer nos plaisirs, à moins d'appartenir à cette classe privilégiée qui va gratis au théâtre ou au concert ? Zoby, devenue une grande artiste, rehausserait l'éclat du salon de sa protectrice, qui avait décidé de vivre à Bruxelles et d'y connaître beaucoup de gens très bien.

Léopold ne dit pas grand-chose lors de cette visite qui fut courte ; Urbain était absent.

Elsa silencieuse et pâle, à côté de sa mère, gardait le silence ; mais elle parlait toujours très peu, sauf dans l'intimité, ou sous l'empire d'une émotion profonde. Il fut convenu que, le samedi matin, Zoby se rendrait seule à Bruxelles par le train le plus commode, que M^me^ Verboom la rejoindrait à la gare et qu'elles iraient ensemble à Liège.

– Je la présenterai moi-même aux professeurs, dit Tarragone qui avait écouté sans mot dire tous ces arrangements.

Sa femme et M^me^ Verboom le regardèrent toutes

deux, aussi surprises l'une que l'autre.

– Vous ne m'en aviez pas parlé, fit la nouvelle protectrice tant soit peu piquée.

– Tu as ta répétition le samedi soir et les offices dimanche, dit très doucement M^me^ Claudia.

– Je n'en ai pas parlé, répliqua posément le maître de chapelle, parce que la chose allait de soi. C'est par mes soins et grâce à mes démarches que M^lle^ Zorn a été reçue au Conservatoire de Liège : il y aurait de ma part un manquement grave à la politesse si je ne la présentais pas aux professeurs qui ont bien voulu l'accepter sur ma recommandation.

Avec plus de douceur il se tourna vers sa femme :

– Je partirai dimanche soir, dit-il ; je coucherai à Bruxelles où j'ai des affaires ; lundi je présenterai M^lle^ Zorn et je serai de retour à Gand lundi soir, – il hésita légèrement, – ou mardi matin.

– Comme vous le voudrez ! fit brusquement M^me^ Verboom. Moi, je serai rentrée à Bruxelles samedi soir. Mais la grand-maman sera arrivée, n'est-ce pas ?

– Je l'espère, fit Zoby, les yeux baissés, sans un mouvement.

– Alors au revoir, chère Madame, cher Monsieur, au revoir ; car on se rencontre toujours : le monde est si petit !

– Au revoir... Elsa..., dit très bas Léopold en tendant à la jeune fille sa main glacée, raide de honte et d'embarras.

– Adieu, Monsieur. Je vous souhaite le succès que vous désirez, répondit la jeune fille en levant sur lui son regard virginal, plein d'une loyauté qui était en soi un reproche.

Ce n'était pourtant pas ce qu'elle voulait exprimer ; mais elle ne savait pas mentir, même silencieusement.

Quand les visiteurs furent partis, Elsa et Zoby se trouvèrent seules dans la salle, devant les piles de linge qu'elles rangeaient ensemble avant l'arrivée de M^me^ Verboom. Les mains d'Elsa tremblaient un peu en nouant les rubans des douzaines de serviettes.

– Elsa, dit soudain Zoby de sa voix grave, ce jeune homme est peu de chose ; vous n'auriez pas été heureuse avec lui. Vous méritez mieux.

La jeune Flamande regarda sa compagne. Dans les yeux verts de celle-ci brillait une singulière et rare franchise, une compassion sincère, à laquelle on ne pouvait se méprendre.

Zoby faisait quelquefois le mal dans son propre intérêt, et, Elsa une fois mariée, cette maison n'eût plus été pour elle, forcément, ce qu'elle s'était promis d'en faire : un gendre clairvoyant n'était pas ce qu'elle souhaitait à Claudia ni à José Tarragone. Mais, parfois aussi, Zoby pratiquait l'art pour l'art, et, n'eût-elle rien dû y gagner, elle eût probablement agi de même. Léopold était un pauvre sire, et, certes, Elsa méritait mieux ; mais ce qu'elle ne disait pas non plus, c'est qu'il est infiniment amusant de faire danser comme un pantin un homme dont les ficelles se nomment vanité, ambition, sottise et ingratitude.

– Je n'aurais peut-être pas été heureuse, dit lentement Elsa, dont les yeux bleus semblaient s'être fanés, comme des pervenches privées d'eau ; mais, tel qu'il était, je l'aimais, et, tel, je l'aurais aimé toujours.

Elle fit soigneusement la rosette de son ruban de fil, plaça la pile de linge dans l'armoire et sortit. Zoby n'osa pas la suivre.

Le dernier jour avant le départ, une pluie fine mouilla jusqu'au soir l'herbe jaunie ; les enfants, impatients et désœuvrés, remplissaient la maison de vacarme. José était déjà parti pour Gand, appelé par ses fonctions ; d'ailleurs, ayant en horreur les nécessités matérielles du déplacement, il s'arrangeait toujours pour les éviter. Mme Claudia et sa fille aînée, harassées de fatigue, achevaient de ranger les mille objets nécessaires et encombrants qui émergent on ne sait d'où, au dernier moment, quand il n'y a plus nulle part d'endroit où les caser. Zoby, toujours tranquille, oisive, pour ainsi dire omnipotente, jouissait de son temps et se donnait le luxe d'une méditation prolongée. Sa valise était bouclée, le violon bizarre dormait dans la boîte ventrue, elle n'avait à s'inquiéter ni à s'accommoder de rien, et spécialement pas d'autrui. Tout à coup une trouée se fit dans le nuage gris qui pesait sur l'horizon, des rayons jaunes, semblables à des fils de métal en fusion, pénétrèrent par l'étroite fenêtre jusqu'au fond de la salle. La pluie avait cessé.

Zoby prit son chapeau de paille noire et sortit dans le jardin.

Elle aimait la pluie ; se sentir mouillée n'était pour elle qu'un médiocre inconvénient ; sa robe, relevée en arrière par une épingle sous son imperméable noir, lui donnait une singulière apparence de figurine ancienne et falote, comme on en voit dans les gravures du dix-huitième siècle. Ses pieds un peu trop longs, un peu trop plats, se laissaient voir d'une façon plutôt disgracieuse ; mais qu'importait, puisque Tarragone était à Gand, occupé avec ses enfants de chœur ? Il y avait un an, jour pour jour, qu'ils avaient marché côte à côte sous un parapluie...

Un sourire mince détendit les lèvres de Zoby. Ils avaient fait beaucoup de chemin sous ce parapluie, beaucoup plus que José ne s'en était douté lui-même, alors. Le savait-il à présent ? Connaissait-il la route où, témérairement, ce soir de septembre il s'était engagé ? Le sourire s'accentua et devint presque un rire. En vérité, n'était-ce pas très drôle que M. le maître de chapelle ne sût pas où conduisait cette route, et que M^lle^ Zoby Zorn le sût si bien ? C'était très drôle assurément, mais moins encore que la frayeur du maître de chapelle en voyant que le chemin, pareil à ces tapis sans fin, courait sous ses pas, plus vite qu'il n'eût voulu ? Il se mettrait à courir aussi, bon gré, mal gré, toujours emporté par le tapis, et il arriverait un jour... où ?

Zoby tournait lentement dans le jardinet ; les bordures, alourdies par la pluie, se relevaient un peu, effleurant l'ourlet de sa jupe qui s'en trouvait mouillée. Cela lui était égal ; elle savait marcher dans l'eau, voire dans la boue, sans se crotter plus qu'il n'est décent. Elle s'arrêta cependant au milieu du jardin, là où les allées en croix faisaient un rond-point. Les feuilles de violettes trempées sentaient presque aussi fort que des fleurs. Zoby huma l'air et respira profondément, autant que sa poitrine étroite put le lui permettre.

Où arriverait-il, M. le maître de chapelle ? Zoby n'en prenait point grand souci ; elle savait seulement très bien où il n'arriverait pas, et cela seul était important. Elle compta lentement les semaines et les mois, puis les ans, pendant que le soleil l'habillait tout entière d'un étrange éclat moiré d'or sur son manteau noir, comme si elle eût porté sur elle un filet de métal précieux aux mailles irrégulières. Un an, dix-huit mois, deux ans... il fallait bien deux ans pour pouvoir sortir du Conservatoire avec un prix. Zoby haussa les épaules.

Un prix ! Elle se souciait bien d'un prix ! Le lui donneraient-ils seulement, son prix, ces bonshommes empaillés de traditions et de préjugés dont elle allait pieusement recueillir les conseils et les exemples ? Elle n'arriverait jamais, elle le savait, à jouer du violon de façon à les contenter, et, pourtant, elle jouait du violon, à elle toute seule, comme ils seraient incapables de le faire tous ensemble ! Cependant, elle avait quelque chose à apprendre, quelque chose qui lui servirait : des procédés de mécanisme... C'est dur de tirer tout de son propre fond ! Le procédé permet à l'artiste de faire de l'effet en se ménageant ; les trucs ont du bon parfois... Le sourire de Zoby reparut.

Le chant ? Oui il fallait travailler le chant, c'était certain, mais en dehors du Conservatoire ; elle prendrait des leçons d'un bon professeur. Ce serait cher, puisqu'elle n'avait pas l'intention de débuter au théâtre ; ne pouvant payer plus tard, il faudrait payer tout de suite... Non. Zoby n'avait pas le goût du théâtre ; ce qu'elle en avait vu à Francfort l'en avait dégoûtée pour toujours. Obéir à un directeur, être polie avec les camarades, se soumettre à la promiscuité des planches... fi donc ! Il aurait fallu n'avoir jamais mis le pied dans les coulisses pour concevoir l'absurde idée de chanter au théâtre ! Zoby plaçait plus haut le soin de sa personne et de sa dignité. Alors les leçons de chant seraient chères ? Eh ! oui, naturellement ! à moins que le professeur ne les offrît gratis, ce qui risquerait d'être encore beaucoup plus cher...

Zoby fit une moue dédaigneuse ; elle ne payerait qu'en pièces d'or sonnantes et trébuchantes : qu'importait le prix ? Ce n'était pas elle qui payerait, puisqu'elle n'avait rien... ou si peu de chose ! Il lui faudrait bien d'autre argent que pour les leçons : des toilettes, de jolies toilettes toujours fraîches, pour aller au Conservatoire et aussi dans le monde... le monde liégeois, si correct, si renchéri... Elle irait, – et ce ne serait pas long ; mais ce serait difficile.

Un pas alerte et jeune fit crier le gravier humide ; c'était Urbain. Zoby réprima un mouvement d'humeur. Qu'avait-il besoin de la déranger dans sa songerie ? Pourtant, peut-être, lui apprendrait-il quelque chose sur un point qu'elle n'avait encore pu éclaircir, n'ayant pas osé faire de questions directes, et n'ayant rien pu tirer d'Elsa, qui ne comprenait pas les allusions.

– Zoby, dit Urbain d'une voix basse, un peu essoufflée.

Elle ne se retourna pas. Il s'approcha jusqu'à effleurer de sa manche le vêtement humide couvert de gouttelettes par les branches frôlées au passage.

– Zoby, répéta le jeune homme, je voudrais vous parler.

Elle tourna vers lui ses yeux verts énigmatiques, et, tout à coup, il sentit que c'était lui qui allait être interrogé ; il fit pourtant bonne contenance.

– Vous partez demain ? dit-il en regardant les cailloux brillants de l'allée.

Le ciel avait pris une étrange couleur d'ambre et tout autour d'eux semblait avoir été aspergé d'or pâle.

– Il n'est pas possible que je vous laisse partir sans

vous avoir dit une chose à laquelle je pense depuis deux ans bientôt reprit-il ; une chose qui est pour moi le nœud de ma vie ; vous pouvez le faire ou le défaire à votre volonté, et ainsi qu'il vous aura plu, je serai un homme ou un autre homme.

Elle lui jeta un de ses regards d'aigue-marine ; il crut qu'il pouvait continuer ; mais elle l'arrêta.

– Avez-vous choisi votre carrière ? demanda-t-elle. Il en serait grand temps, si vous voulez jamais devenir quelqu'un.

– Précisément, répondit Urbain, plus à l'aise. Le choix de ma carrière n'est pas fait, il dépendra de vous...

– Attendez, fit posément Zoby ; n'allons pas trop vite. Votre père désire que vous lui succédiez à la maîtrise de la cathédrale. Et cela ne vous plaît qu'à demi ?

– Vous lisez dans les âmes, fit-il avec un petit rire, à moitié décontenancé. Oui, c'est une carrière facile, tout ouverte devant moi, et cependant...

– Vous êtes ambitieux ? interrompit la jeune fille. Moi aussi.

– Moi ? Grand Dieu non ! Ou du moins, si je le suis, ce n'est pas pour moi. Cette maîtrise, c'est une belle et honnête carrière ; un musicien ne peut se sentir autrement que fier de l'avoir embrassée... Mais elle n'apportera jamais la fortune.

L'or pâle disparaissait dans le ciel ; sur la terre, il n'en restait plus de vestige. Tout redevenait terne, décoloré, sauf les brins d'herbes reluisants de pluie.

– Pourtant, demanda Zoby avec la précaution hautaine d'un chat qui traverse un ruisseau, votre père est riche ?

– Riche ? Cela dépend du point de vue. Pour avoir élevé noblement et dignement cinq enfants, – tout en semant des bienfaits autour d'eux...

Zoby ne broncha pas, quoique la phrase fût maladroite ; mais Urbain qui s'en était aperçu trop tard rougit jusqu'aux oreilles et faillit s'embrouiller.

– ... Je veux dire, continua-t-il, que mes parents dès le commencement de leur mariage se sont fait un devoir d'être utiles dans une large mesure, et qu'ils ne se sont point appauvris pour cela. Mais c'est que ma mère avait apporté une certaine fortune ; mon père possède aussi quelque chose, – beaucoup moins. En revanche, il a ses appointements de maître de chapelle et le fruit de ses compositions ; cela s'équilibre.

– De sorte, dit Zoby, l'empêchant de continuer, que la fortune solide, celle qui ne dépend ni de la maladie, ni d'aucun empêchement, appartient principalement à votre mère ?

– Précisément. Or, mes parents ne se démuniront pas tant qu'ils vivront, du capital qui assure la paix de leurs vieux jours. D'ailleurs nous n'y consentirions pas, nous autres, n'est-ce pas ?

– Évidemment ! fit Zoby en rentrant ses lèvres, devenues de plus en plus minces pendant qu'Urbain s'expliquait.

– Je suis donc tenu d'honneur à me suffire à moi-même, et à ma famille, – celle que j'aurai.

– Votre mère ne donnera rien lors du mariage de ses enfants ? interrogea M^lle^ Zorn, les yeux perdus à l'horizon sur un dernier trait de lumière jaune qui filtrait entre deux nuages sombres.

– Ma mère est la générosité même. Elle donnera

tout ce qui pourra être utile à un jeune ménage, et même le luxe dans une certaine mesure...

« Oui, pensa ironiquement Zoby, de beaux draps en toile solide et des masses de torchons neufs. »

– ... Mais il faudra que je gagne ma vie, comme on dit, continua Urbain. Autrefois, il me semblait qu'avec la maîtrise, je serais riche au delà de mes désirs : maintenant, il n'en est plus de même.

Elle ne l'encourageait pas du tout ; dans le jardin gris, l'air était pénétrant et froid.

– Je me suis demandé, reprit Urbain, si cette situation, dans une ville qui n'est pas une capitale, sans autre avenir qu'un bon renom de musicien consciencieux ; car mon père a du génie, et moi je n'en ai pas...

– Vous n'en savez rien ! jeta Zoby par-dessus l'épaule, sans le regarder.

Le cœur d'Urbain se réchauffa.

– Si je dois en avoir, ce sera plus tard ; à présent je ne me connais pas moi-même ; vous l'avez bien dit l'autre soir, encore que ce fût un peu cruel ; mais vous êtes si sage en toutes choses !

– Vous parliez de votre avenir, interrompit-elle avec un peu d'impatience.

– Eh bien ! je me suis demandé si ce milieu patriarcal, cette simplicité de mœurs, ce manque d'inattendu dans le futur, qui m'avaient paru jadis les plus sûres garanties du bonheur, satisferaient la femme à qui je veux demander de partager ma vie.

– Cela dépend des goûts qu'elle aura, répondit simplement Zoby. Et, alors, quels autres projets avez-vous formés ?

– Voilà précisément ce que j'ignore. J'avais pensé à

quitter ce pays, à passer deux ou trois ans en Afrique, avec des amis que j'ai, sous la conduite d'un ingénieur, au Congo belge.

Elle le regarda stupéfaite.

– Cela n'a guère de rapport avec la musique ! fit-elle observer.

– Ce serait le bouleversement de toute ma vie. Là, on court des dangers ; mais on est bien payé, d'abord, et puis, avec de l'intelligence, on peut faire du commerce, et atteindre une grande fortune.

– Votre mère n'aimerait pas à vous savoir en danger, dit Mlle Zorn très doucement, et votre père ne vous permettra pas de tripoter dans les affaires.

– Tripoter ! s'écria Urbain en bondissant. Il se calma et se remit à tourner autour du jardin, près d'elle. Il ne s'agit pas de tripotages, mais d'affaires loyales.

– Vous vous ferez rouler, dit Zoby d'un air pensif. Vous êtes trop honnête. Vous savez, la maîtrise vaudrait mieux !

– Le croyez-vous ?

– J'en suis convaincue.

– Alors, Zoby, c'est donc que la médiocrité vous convient ; car, vous le savez, n'est-ce pas ? que, si j'ai pensé à m'enrichir, c'était pour vous...

– Les longues fiançailles ? demanda Zoby en relevant le nez d'un air profond. Urbain demeura un peu embarrassé.

– Mais, pendant que vous serez au Conservatoire, nous serions forcément séparés... Or, Zoby, je ne vous l'ai pas encore dit, – car vous êtes si peu encourageante, – mais si vous saviez combien et comment je vous aime !

Elle s'arrêta, se tourna à demi et reçut en pleine figure cet aveu si simple, si fervent d'une âme honnête et saine. Il continua, les yeux fixés sur ce visage impénétrable.

– Je sais que vous me considérez comme un enfant, et pourtant, Zoby, je vous aime en homme, en homme décidé à travailler pour vous, à faire ce que vous aurez choisi pour que notre avenir soit noble et beau. Avec votre talent, n'avez-vous pas une fortune dans les mains ? Ne faut-il pas que j'en gagne une, moi aussi, afin de ne pas vous être inférieur, au moins sur ce point ?

– Je donnerais des concerts ? demanda Zoby, les yeux à demi fermés.

– N'est-ce pas votre dessein ? fit-il surpris.

– Vous vous êtes, sans doute, assuré l'assentiment de vos parents, avant de me parler ainsi ? dit-elle au lieu de lui répondre.

– Moi ? Pourquoi ? N'êtes-vous pas traitée ici comme un membre de notre famille ? Nos coutumes ne nous permettent-elles pas de chercher à nous assurer le cœur de celle que nous aimons ? Non, je n'ai parlé de ceci ni à mon père ni à ma mère.

Zoby n'avait plus de lèvres du tout ; elle regardait droit devant elle, et comme elle avait relevé le menton, c'était un peu haut ; elle pressa le pas pour retourner à la maison.

– Je suis, dit-elle, une orpheline sans fortune, quoique de bonne famille, – et votre père le sait, – je suis à peu près seule au monde. J'ai été élevée en enfant de bohème : j'ignore si vos parents consentiraient à m'admettre au nombre des leurs.

– Pouvez-vous en douter ? fit Urbain humilié dans

son amour.

– J'en doute.

– Eh bien ! je vais le demander à ma mère ! s'écria-t-il avec un mouvement rapide vers le logis.

Elle l'arrêta en posant sa main froide et sèche sur le bras qui tremblait.

– C'est à votre père que vous devez le demander d'abord ; car jusqu'à présent c'est à lui que je dois tout ce qui a été fait pour moi ici. Ensuite, vous attendrez pour lui en parler qu'il soit revenu de Liège ; car vous ne voudriez pas m'exposer à la honte et au chagrin de me voir expulser de cette maison si votre sentiment n'était pas partagé. Attendez, avant de m'infliger une humiliation presque certaine, que j'aie un asile à moi, un abri d'où je ne puisse être chassée. Ce ne sera pas long, puisque j'y serai lundi.

– Zoby, vous êtes vraiment impitoyable ! fit Urbain sur le seuil, la retenant pour l'empêcher d'entrer. Avez-vous donc plus d'orgueil que de... n'importe quoi ?

Mon orgueil est ma seule richesse, ma seule force, répondit-elle toute droite, et vraiment très digne.

Il la regarda, plein d'admiration et de douleur.

– Et s'ils consentent, vous m'aimerez, Zoby ? dit-il d'un ton de prière.

– Je ne sais pas, répliqua-t-elle avec son sourire de sirène. Mais croyez-moi, Urbain, ne vous faites pas d'illusions : ils ne consentiront pas. Et moi, jamais, jamais, entendez-vous ? je n'entrerai dans une famille où je ne serais pas la bienvenue.

Elle avança la main très légèrement pour l'écarter ; il se retira et elle passa devant lui.

Ce fut une triste et silencieuse soirée. Chacun sentait

qu'il laissait, dans cette maison paisible, un morceau de sa vie qu'il ne retrouverait plus. Seule, Zoby ne semblait pas troublée. Les situations embarrassantes étaient celles où elle se trouvait le plus à son aise.

# XII

La chambre de Zoby à Liège était grande, haute de plafond, éclairée par deux belles fenêtres, dont l'une ouvrait sur un boulevard, l'autre sur une rue paisible et bien habitée. Au fond, dans une sorte d'alcôve, dissimulé par des paravents à ramages, devait se trouver le lit, accompagné de tout ce qui sert à la toilette ; mais, dans ce fouillis d'étoffes claires et d'angles contrariés, on le devinait à peine.

Un vitrage ouvert dans le plafond laissait tomber une surabondance de lumière un peu crue. Cette belle chambre, au quatrième étage d'une maison bourgeoise, avec un escalier spécial, avait été un atelier. Le peintre qui l'occupait étant parti pour l'Égypte, dans l'intention de devenir orientaliste, Mme Verboom avait pu l'obtenir à bon compte, toute meublée. La table à modèle avait été remplacée par un piano et la métamorphose s'était trouvée accomplie. Un grand divan, des fauteuils, des tapis complétaient un ensemble presque luxueux.

Zoby, vêtue d'un costume noir de laine soyeuse, avec une jaquette ajustée qui moulait sa taille bien prise, coiffée d'un grand feutre Rembrandt empanaché de plumes noires, tirait méticuleusement sur son poignet ses gants gris-perle.

Rien, dans ce noir, que le visage pâle, les yeux verts et les gants clairs. C'était un remarquable tableau de maître sous ce jour d'atelier ; c'eût été mieux encore si les rideaux des fenêtres avaient été fermés ; mais la question du clair-obscur n'intéressait pas Zoby ce jour-là ; elle voulait, au contraire, beaucoup de lumière, le plus possible, et tenait à ne pas manquer un bouton de ses gants.

Lorsqu'elle eut terminé à sa satisfaction, elle se regarda dans la grande psyché où bien des femmes, en tous costumes et sans costume du tout, avaient contemplé leur image, et elle se déclara que c'était très bien ainsi.

Une horloge, au dehors, sonna lourdement un coup.

« Est-ce qu'il va me faire attendre ? » murmura Mlle Zorn, en caressant le gant de sa main droite avec les doigts de sa main gauche.

On frappa à la porte.

– Entrez, dit-elle d'une voix haute et claire.

Tarragone parut sur le seuil. Il était très pâle et semblait mal à l'aise.

– Cher maître, fit Zoby, sans aller à sa rencontre, quelle exactitude !

Il s'avança lentement, regardant autour de lui, un peu surpris, presque inquiet.

– Vous avez déjeuné ? demanda la jeune fille de sa voix musicale. Moi, j'ai déjeuné à onze heures.

– Moi, au buffet de la gare, répondit machinalement le maître de chapelle. Vous êtes bien, ici, fit-il, trahissant ainsi son étonnement.

– M^me^ Verboom m'a trouvé cela tout arrangé ; j'ai mieux aimé un atelier qu'une chambre meublée, c'est plus convenable. Il n'y a pas de voisins. Une vieille femme qui avait la garde de cet atelier vient me servir ; ce n'est pas plus cher et c'est mieux qu'autrement.

– Tant mieux, fit Tarragone.

Il avait l'air las ; cherchant du regard un siège, il se laissa tomber dans un fauteuil profond.

– Ceci est un salon, fit-il ; où logez-vous ?

Elle indiqua de sa main gris-perle le coin des paravents.

– Et votre grand-mère ?

Zoby eut l'air extrêmement sérieux.

– Elle n'est pas venue, dit-elle.

José la regarda comme s'il ne comprenait pas.

– Elle n'est pas venue, répéta Zoby avec autorité. Croyez-vous qu'elle soit très nécessaire ?

Un éclair étrange avait jailli des yeux de Tarragone à cette question ; mais la jeune fille était imperturbable.

– M^me^ Claudia est une dame si vertueuse, dit-elle, si honorée, que sa protection, même lointaine, suffit à me défendre des mauvais propos ; du moins, on me l'a assuré... Maintenant, maître, si vous le désirez, je ferai venir la grand-maman ; elle n'est pas très loin.

– Où est-elle ? demanda José sans curiosité.

– Pas très loin ; assez près pour venir si vous le désirez. Vous savez, maître, qu'en toute chose je consulterai d'abord vos souhaits. Allons-nous faire nos visites ?

– Déjà ? murmura Tarragone.

Il était visiblement perplexe et fatigué.

– Ne vaudrait-il pas mieux nous en débarrasser, suggéra Zoby toujours occupée de ses gants, et revenir ensuite ici pour parler de ce que nous aurons entendu ?

Vous me donnerez vos conseils, vos ordres, veux-je dire ; je vous expliquerai mes idées, nous serons tranquilles... Je vous offrirai à goûter... Le pain et le sel de l'hospitalité. A quelle heure votre train pour retourner ?

– Mon train ? répéta José en se passant la main sur le front. Je ne sais pas ; il y en a plusieurs... J'ai l'horaire.

Il fit le geste machinal de fouiller dans sa poche ; mais il se retint, se redressa sur le fauteuil, et regarda autour de lui comme un homme qui se réveille.

– Vous payez ceci horriblement cher ? dit-il.

– Pas du tout : cent francs par mois. M^me^ Verboom, qui me l'a trouvé par l'entremise de son fils, m'a offert le premier mois de loyer, et elle m'a trouvé deux leçons. Je pense que j'en aurai d'autres. Ce qui coûtera cher, ce sera le chant... Mais il faut que j'apprenne, n'est-ce pas, maître ? Je ne sais guère chanter, et cela me serait si utile. Et nous parlerons de cela tantôt. Venez.

José se leva, l'examinant de la tête aux pieds.

– Vous êtes joliment bien habillée, dit-il.

– C'est mon oncle le chanoine ! fit Zoby en riant. Je présume qu'il m'avait envoyé l'argent pour acheter de la bure ; mais il ne me verra pas. Allons, maître, il faut finir toutes nos visites cet après-midi, et puis nous reviendrons goûter ici. Vous avez une voiture ?

– Oui.

– Fermée ?

– Non. Il fait beau.

Une lueur capricieuse dansa dans les yeux de Zoby.

– Comme il vous plaira, fit-elle. Allons vite !

Et ils descendirent l'escalier.

Consciencieusement, Tarragone présenta sa protégée partout où c'était nécessaire. Ils rencontrèrent sur les paliers, dans les antichambres nombre de jeunes filles accompagnées de leurs mamans, de jeunes gens escortés de leurs papas ou de leurs professeurs, ou le contraire, enfin toutes les combinaisons possibles. On se poussait le coude sur le passage de Zoby, dont l'énigmatique personne faisait retourner tout le monde. Elle fut bien reçue à peu près partout. Tarragone était fort estimé tant à cause de sa situation que pour ses compositions, et personne n'eût seulement songé à trouver singulier qu'il protégeât un prodige, puisque prodige il y avait. Vers quatre heures et demie, passablement fatigués tous les deux, ils se trouvèrent au bout de leur liste. Il n'y avait plus pour Zoby qu'à rentrer chez elle, pour son maître qu'à prendre le train. Ils hélèrent une voiture et indiquèrent l'adresse de Zoby. Une petite pluie fine commençait de tomber, et la belle toilette neuve méritait quelques égards. Tarragone, qui semblait engourdi, sursauta.

– J'ai oublié quelque chose, dit-il. Je dois aller voir le bibliothécaire du Conservatoire ; il m'attend ; je ne puis pas vous emmener là, ajouta-t-il avec un peu d'hésitation : c'est pour feuilleter de vieux motets...

– Eh bien ! mon maître, feuilletez ! Cela ne vous prendra pas bien longtemps. Je rentre chez moi vous préparer une tasse de thé ; vous en avez besoin... moi aussi. Ne soyez pas trop long, dites ?

Elle appuya son invitation d'un regard rapide, comme le coup de la langue fourchue d'une couleuvre.

– Je viendrai, fit Tarragone ; à tout à l'heure.

Il rentra dans l'édifice pendant que sa protégée retournait chez elle.

## XIII

En un tour de main, Zoby eut remplacé sa robe neuve par une de celles que lui connaissait José, une robe simple, presque pauvre, noire toujours, puisqu'elle était en deuil ; mais un large ruban de satin d'un blanc crémeux, noué à son cou, corrigeait l'austérité de ce costume. Elle dressa promptement une petite table ornée de quelques friandises préparées d'avance, fit le thé avec l'eau qui ronronnait sur une de ces braves petites cheminées belges qui chauffent si bien.

Les rideaux tirés, la vapeur odorante répandue dans l'atelier, les sièges groupés autour de la table donnaient un air innocent et familial à ce goûter. Elle courut ouvrir le piano, un beau piano à queue qui faisait partie du mobilier, et, sans allumer de bougies, se mit à jouer. La porte restée entrouverte permettait à José d'entrer sans frapper. Ce qui entrait, pour le moment, était un filet d'air glacial ; mais la cheminée était remplie jusqu'au bord de houille embrasée, et Zoby savait qu'elle n'attendrait pas longtemps. D'ailleurs, au piano, elle était bien garantie par un des nombreux paravents.

Elle fit courir ses doigts d'un bout à l'autre du clavier

pour les assouplir. L'instrument était irréprochable ; c'était un de ces pianos d'Érard qui n'ont pas de prix ; âgé de quelques années déjà, ayant subi toutes les phases par où passe un piano pour devenir parfait, et n'ayant jamais été assez employé pour perdre le velouté de ses marteaux. Quand elle eut fait quelques gammes, Zoby, sans avoir besoin de musique, rejeta un peu la tête en arrière, et joua, pour elle-même et pour celui qui allait venir... qui venait... qui entra, referma la porte, et écouta debout d'abord, puis assis au bord d'un fauteuil.

Elle jouait la première ballade de Chopin : ce récit mystérieux que se fait à elle-même une âme, de sa propre misère, de ses perplexités, de ses incertitudes ; cette histoire, qui a un commencement, un milieu, une fin, à travers les embûches, les désarrois, tous les obstacles de la vie ; cet écheveau débrouillé par une main patiente d'abord, puis arrêtée souvent, plus souvent encore, énervée enfin et qui, parfois, casse le fil pour passer outre, puis le renoue et reprend sa courageuse besogne ; cet étonnant morceau qui n'est pas un poème, mais bien mieux qu'un poème, un fragment d'existence avec ses finesses, ses brutalités, ses espoirs, ses découragements ; cette ballade que tout le monde joue trop vite, aggravant ce défaut primordial par des ralentissements de fantaisie qui lui ôtent son caractère et n'en font plus qu'une œuvre d'exécutant, comme, d'ailleurs, toute la musique de Chopin, depuis que les derniers élèves du maître sont morts et que, la vraie tradition ayant disparu, chacun s'en fabrique une à sa mesure.

Elle la jouait presque lentement, les basses répondant avec patience aux interrogations de la main droite qui demande, insiste, veut savoir... quoi ? Elle suivait le thème dans ses modulations inquiètes, puis le quittait pour courir à une autre idée, plus brillante, passagère, qu'il faut saisir au vol... et revenait à la question obsédante, impossible à détourner, à tromper, la question qui veut sa réponse, qui se posera jusqu'à la fin, malgré tout, la question que la mort seule peut satisfaire ou réduire au silence. Ce drame d'inquiétude prenait sous ses doigts l'anxiété douloureuse d'une scène de la vie. Les sonorités singulières qu'elle savait obtenir de l'instrument semblaient des voix humaines, les chants se détachaient avec une pureté exquise au-dessus des accompagnements, qui sont le train-train de l'existence, proclamant la supériorité de l'âme sur le reste, ce reste pourtant nécessaire et plein de révoltes brutales ; ces révoltes indignées parfois réduites à l'impuissance, parfois aussi émergeant des profondeurs pour escalader les plus hautes cimes et retomber au gouffre, entraînant dans leur chute l'âme trop hautaine qui s'est cassée les ailes... Comme un dernier effort, un dernier souffle, la question vient encore se poser : des accords graves, presque sacrés, lui répondent. Le cloître... ou la mort ? Est-ce là que se trouve le secret de la réponse. L'âme révoltée lutte encore, puis retombe brusquement des hauteurs à l'abîme, pleine encore d'énergie et d'audace. Un soupir... un autre... le silence. C'est fini.

Tarragone et Zoby se levèrent en même temps et s'avancèrent l'un vers l'autre, puis s'arrêtèrent, laissant entre eux, sur le parquet ciré, un espace éclairé par le feu, semblable à un large ruban doré.

– Comme vous jouez cela ! dit-il. C'est foudroyant !

Quelle merveille ! Je n'aurais jamais pu le jouer si bien.

– Oh ! maître ! fit Zoby avec un sourire sinueux, un de ces sourires qui auraient fait penser qu'elle avait à la fois plusieurs visages très différents les uns des autres. Vous êtes mouillé, cher maître ? Il pleut, comme jadis ? Donnez votre pardessus, il séchera près de la cheminée, pendant que vous prendrez votre tasse de thé.

– C'est inutile, dit José en reculant d'un pas ; je repars dans un quart d'heure ; je tenais seulement à vous donner quelques derniers conseils...

Elle franchit le ruban de feu, enveloppée par le reflet de la flamme, qui mit du rouge sur tous les plis et les contours de sa personne. Avant que Tarragone eût pu se défendre, les mains adroites et souples l'avaient dépouillé de son vêtement mouillé, sans même qu'il en sentît le contact. Elle déposa le lourd pardessus près du foyer, avança un fauteuil et se perdit dans l'ombre, où retentit un léger cliquetis de porcelaine et de métal. Le maître de chapelle s'assit et songea.

Que s'était-il donc passé depuis le jour récent où il avait quitté la maison des Peupliers, pleine de la joie innocente d'une noble affection dépouillée de toute attache terrestre, telle que l'histoire des poètes ou des artistes en a légué d'illustres exemples ?

Il s'était aperçu qu'il ne pouvait plus vivre sans Zoby. La maison de Gand était morne ou bruyante suivant que les enfants étaient dehors ou dedans ; mais, pour lui, toujours déserte. Sa maîtrise ne l'intéressait plus ; ce que voulaient ses oreilles, c'était le violon ou le piano sous les doigts passionnés de la musicienne étrangère, ou sa voix mystérieuse qui éveillait dans les âmes de si profondes inquiétudes. Zoby était nécessaire à son existence, et, comme José était un homme honnête, il avait résolu de ne plus la voir.

Il savait que l'ensorceleuse avait tout emporté avec elle, et que rien ne reviendrait plus jamais ; il savait qu'il avait cinquante ans, qu'il pouvait vivre encore vingt années ou davantage, et que jusqu'à la fin, pour charmer sa vie intérieure, il n'aurait plus que le souvenir de ce qui avait été le bonheur jadis, et le regret de l'avoir perdu. Il savait que les vingt-cinq années de paisible tendresse avec sa femme, dont ils devaient fêter le jubilé à la Noël prochaine étaient tout ce dont il aurait le droit de se souvenir, et, pour le présent, la pensée lui en était absolument importune, souvent odieuse.

L'existence de M^me^ Claudia, à son côté, lui semblait par moments une gêne, une anomalie : comment pouvait-elle tenir tant de place dans sa maison alors qu'elle était si complètement bannie de ses pensées ?

Plus tard, lorsque le temps aurait accompli son œuvre, peut-être retrouverait-il un peu de douceur dans une tranquille paresse de l'âme ; peut-être aussi la composition lui apporterait-elle quelques joies quand il pourrait se traduire à lui-même les mélancolies de ses années de souffrance ; mais cela, c'était l'avenir. A l'heure actuelle, il ne ressentait que le regret, le double regret d'avoir perdu l'ancienne félicité et de ne jamais connaître l'autre...

Mais José préférait de beaucoup la douleur des regrets à celle des remords.

Puisqu'il ne pouvait plus vivre sans Zoby et qu'il s'en était aperçu, ils allaient échanger un adieu éternel. Il lui laisserait sa protection lointaine, ses conseils et toute l'aide qu'il pourrait lui apporter. Mais il ne s'exposerait pas au hasard d'une rencontre. Tout à l'heure, il s'en irait, après avoir parlé, et alors il souffrirait tout à son aise. Il leva les yeux : elle était devant lui, souriante, et lui présentait une tasse.

Il n'osa la prendre, car il avait peur que Zoby ne vît trembler ses doigts ; elle la mit sur une petite table approchée tout exprès, y joignit une assiette de friandises ; elle avait eu soin de choisir celles qu'il préférait ; puis elle fut chercher sa propre tasse et s'assit sur un pouf bas, en face de lui, de l'autre côté du ruban de feu, sur le parquet.

– Cher maître, dit-elle d'une voix parfaitement calme, vous vous êtes fatigué pour moi. Vous ne sauriez croire toute la reconnaissance que je vous en ai !

– Ne parlons pas de reconnaissance, fit Tarragone en évitant de la regarder. Je suis venu ce soir pour vous donner des conseils et le temps presse. Vous avez eu tort de ne pas prendre votre grand-mère avec vous : il faut la faire venir.

– C'est que je ne l'aime pas beaucoup, fit Zoby après avoir mordu dans une mince tartine beurrée, ce qui lui donna le temps de la réflexion.

– Pourquoi ? demanda José en ouvrant de grands yeux.

– Ce n'est pas ma grand-mère, vous savez ? Non, vous ne savez pas. C'était seulement la belle-mère de mon père, la seconde femme de mon grand-père.

– Mais... pourquoi était-elle avec vous ? demanda Tarragone confondu.

Zoby haussa les épaules et but à sa tasse avant de répondre.

– Il fallait bien une femme pour prendre soin de

nous après la mort de maman, dit-elle enfin. Et puis, quoique ce ne soit pas ma grand-mère, elle représente très bien ; elle est d'une meilleure famille que mon père, tout comme maman. Les femmes de notre famille y sont toujours entrées par mésalliance ; c'est drôle, n'est-ce pas ? Voilà une chose que je ne comprends guère ! Et puis, qui ne m'arrivera pas, à moi ! Cher maître, prenez donc votre thé ; il va être froid, et mangez ces beurrées, faites à votre goût.

Machinalement, José obéit ; la boisson chaude et parfumée lui fit du bien ; et puis c'était si singulier d'être dans cet atelier inconnu, à parler des mésalliances des Zorn ! C'était intime et familial ; son malaise se dissipait peu à peu. Cependant une question inévitable vint à ses lèvres :

– Pourquoi êtes-vous si sûre que cela ne vous arrivera pas ?

– Parce que je ne veux pas me marier ! fit joyeusement Zoby. Elle regarda la stupéfaction de son maître avec un rire doux et confiant qui appelait le sourire, tout au moins. Avez-vous jamais cru, ajouta-t-elle, que je me marierais ?

– Cela semble pourtant assez naturel, murmura Tarragone, complètement déconcerté par le tour que prenait l'entretien.

– Pour être malheureuse comme maman ? Non, non ! Elle secoua la tête d'un air sagace ; en ce moment, elle ressemblait beaucoup à l'ancienne Zoby en robe rose et en châle noir, avec un moelleux, une douceur que celle-là n'avait jamais eus. Je veux vivre pour l'art et je ne me marierai jamais. Ou peut-être, quand je serai très vieille, ajouta-t-elle en jouant avec sa cuiller dans la soucoupe. Quand je serai trop vieille pour donner des concerts, j'épouserai un très vieux monsieur, encore beaucoup plus vieux que moi, et nous aurons un jardin pour y planter des fleurs.

José la regardait, ne comprenant plus rien, étonné de ne pas la reconnaître, humilié peut-être un peu, au fond, de si peu la connaître, en effet ; mais avec elle on ne savait jamais ce qu'on allait entendre.

– Cela vous surprend, mon maître ? dit-elle ingénument. Vous ne le saviez donc pas ? Je l'avais dit à Elsa. Ou bien si vous vouliez, quand je serai vieille, me permettre de venir vivre auprès de vous ? Je l'avais dit à Elsa aussi. Mais, auparavant, il faut que je gagne tant, tant d'argent !

Elle soupira. José acheva sa tasse de thé et, pendant qu'elle lui en versait une autre, se souvint qu'il avait bien des choses à lui dire, avant le départ du train.

– Précisément, il faut gagner de l'argent, reprit-il d'un air grave, et c'est pour cela que vous devez faire venir votre grand-mère avec vous.

– Je n'ai pas où la loger, et elle me gênera pour les leçons, dit Zoby d'un air ennuyé en regardant les paravents.

José fit une concession :

– Eh bien, prenez-lui une chambre dans le voisinage ; personne ne saura qu'elle n'est pas toujours ici, pourvu qu'on l'y voie souvent et qu'elle sorte avec vous.

– C'est une excellente idée, répondit la jeune fille, les yeux au vitrage du plafond, l'air ravi. Elle ramena son regard vers le foyer et dit avec tristesse :

– Seulement, je ne suis pas assez riche. La vie est

plus chère à Liège que dans le petit trou où elle est.

– N'importe, fit Tarragone avec autorité ; il le faut. Et pour ce qui est de la dépense, cela me regarde. Je voulais précisément vous dire une chose : Vous ne devez pas faire de dettes, Zoby ; ni chez la modiste, ni chez la couturière, ni vous engager envers qui que ce soit, pour payer quoi que ce soit.

– Je veux bien, répliqua docilement l'élève ; c'est très sage. Seulement, comment faire, alors ?

José tira un petit portefeuille de sa poche et le déposa sur la table. Zoby le regarda, sans y toucher.

– Je veux que vous soyez considérée, que rien n'entrave le développement de vos dons naturels, que plus tard votre avenir ne soit pas grevé d'un passé dispendieux et lourd ; voici une certaine somme... cinq cents francs. Soyez économe, Zoby ; car je ne suis pas riche et j'ai une famille à entretenir suivant mon rang et ma position. Mais je ne vous pardonnerais pas si jamais, dans l'embarras, vous vous adressiez à un autre qu'à moi. Vous avez compris ? Lorsque ce sera nécessaire, absolument nécessaire, vous m'écrirez et je vous viendrai en aide.

D'un air très grave, Zoby fit un signe de tête silencieux.

– Et vous viendrez... vous-même ? dit-elle ensuite.

La gorge de José refusa soudain de laisser sortir la parole décisive. Il fit un effort, et parvint à dire :

– Non.

Le visage de Zoby exprima une surprise sans bornes.

– Comment, non ? Vous ne viendrez pas me voir ?

Il s'était levé, et répéta avec force :

– Non.

– Eh bien ! alors, qu'est-ce que les gens vont penser ? Vous m'avez recommandée à tout le monde et vous m'abandonnez ? On va croire que vous êtes fâché contre moi, que j'ai fait quelque sottise énorme... Vous ruinez ma réputation !

Elle le regardait bien en face, avec ses yeux changeants où flamboyait la colère. Il soutint son regard, il aimait mieux cela que des paroles de tendresse.

– C'est précisément pour sauvegarder votre réputation que je ne reviendrai pas, dit-il d'un ton calme. Mes visites pourraient vous faire du tort.

La fureur de Zoby tomba tout à coup.

– Vous savez bien que non, maître, dit-elle d'un ton humble et doux ; que suis-je auprès de vous ? Une pauvre fille étrangère, presque une enfant encore, ou du moins j'en ai l'air ; vous, vous êtes le grand musicien, illustre dans son pays, célèbre ailleurs ; n'est-ce pas une preuve de votre bon cœur que vous vous intéressiez à la pauvre petite fille orpheline ? Qui pourrait trouver mauvais que, de temps en temps, vous vinssiez vous informer de mes progrès, voir si ma conduite est sage, si je mérite toujours votre bienveillance ?

– Tout cela peut se faire par lettres, dit Tarragone en se raidissant contre lui-même.

– Et alors, reprit Zoby d'une voix émue, je n'aurai plus personne pour m'aimer, personne pour m'encourager...

– M^me^ Verboom... commençait José.

Elle l'interrompit avec violence.

– Vous savez bien qu'elle ne m'aime pas, qu'elle me traite comme un chien savant, qu'elle veut me faire jouer chez elle gratis quand je serai célèbre, et se vanter, alors, que je lui dois tout, tandis que c'est à vous que je dois tout, et à Elsa... et à M^me^ Claudia... Ô maître ! est-ce que vous me repoussez tout à fait ? Est-ce que vous ne voulez plus que j'aille dans votre maison, que je voie vos enfants ? dites ? Qu'est-ce que je vous ai fait ? Mon Dieu ! mon Dieu ! qu'est-ce que vous pouvez avoir contre moi ? Dites-le franchement, que je puisse me défendre au moins !

José s'aperçut alors que sa tâche était bien plus ardue qu'il ne l'avait cru d'abord. Zoby s'était assise sur le pouf et pleurait, la tête dans ses mains. Le feu brûlait paisiblement, sur le parquet il n'y avait plus de ruban doré, mais les plis menus de la petite robe noire, pas fraîche, déjà usée.

C'est ainsi qu'il l'avait vue après la mort de Léon. Tous les bons sentiments de son âme délicate furent réveillés en un instant. Il se dit qu'il avait contracté un engagement moral envers cette orpheline et qu'en effet il lui devait de se montrer affectueux et paternel. Elle n'était coupable en rien : c'était lui dont l'imagination s'était enflammée... Elle le lui demandait : que pouvait-il lui reprocher ?

Elle n'était pas responsable du charme pervers que la nature avait mis en elle. Elle agissait comme une enfant sans éducation, et peut-être même privée de sens moral ; de cela était-elle vraiment responsable ? N'était-ce pas lui aussi peut-être qui avait tout rêvé ? Et alors ne devait-il pas être seul puni ?

Une autre difficulté inattendue se produisait : comment ne plus la revoir, à moins de lui fermer sa maison ? Et, alors, elle avait raison de dire qu'il ruinerait ainsi sa réputation ; car les commentaires ne manqueraient pas autour d'eux, à Gand et aussi à Liège.

D'un geste désespéré, il balaya son front avec sa main, comme pour chasser un amas de nuages, et tout droit, sans se pencher vers elle, il parla sévèrement :

– Zoby, vous avez raison de dire que vous êtes une enfant ; car vous agissez sans réfléchir. Je vous ai reçue à mon foyer, je ne vous en chasserai pas ; mais sachez que vous devez apprendre à surveiller vos actes... et vos pensées. Vous êtes imprudente, vous vous exposez à des appréciations injustes ; vous m'y avez exposé aussi ; que l'entretien pénible de ce soir vous soit une leçon. Ne sortez jamais de la réserve que doit observer une jeune fille dont la vie extérieure aussi bien que morale ne doit laisser de place à aucun soupçon. M'avez-vous compris ?

Un sanglot souleva les épaules de Zoby, qui ne répondit pas.

Tarragone prit son pardessus et voulut passer une manche. Elle fit un bond et le lui ôta des mains.

– Maître, dit-elle d'un ton doux et câlin, l'heure de votre train est passée ; il n'y en aura plus d'autre avant deux heures d'ici. Accordez à votre servante la grâce de rester sous le toit qu'elle doit à votre générosité. Je vais refaire du thé, nous allons grignoter encore quelques tartines et puis, dites, mon cher maître, vous reviendrez me voir ? Je vous promets de ne plus jamais faire d'enfantillages... Jamais, vous m'entendez le promettre ? Et vous serez content de moi ; car personne ne vous en dira jamais de mal, ou du moins si on vous en dit, c'est qu'on aura menti, et vous le saurez bien. Je ne crains au monde qu'une seule personne, et c'est vous.

Elle se mit à genoux devant le foyer pour y ajouter

du charbon ; elle avait l'air humble et soumis, ses yeux étaient rouges de larmes ; José, las et dégoûté de la vie, s'assit sur le fauteuil en la regardant faire.

C'est à cela qu'étaient venus aboutir ses beaux sentiments, ses belles résolutions ? Comme don Quichote, son ancêtre, il s'était mis en guerre contre des moulins à vent, et la tête lui en tournait. Qu'y avait-il de vrai dans sa vie depuis que Zoby y était entrée ? Il n'en savait plus rien, et n'essayait plus de le savoir.

Elle était menteuse ; cela, il en était sûr ; pourquoi la croyait-il aujourd'hui ? Parce que c'était plus commode de la croire que de continuer à se battre contre des ailes de moulins à vent. Pourquoi n'avait-il pas eu le courage de lui dire en face qu'elle avait essayé de le tenter ? Là était la vérité ! Oui ; mais comment le dire à cette sage petite ménagère, qui faisait chauffer de l'eau dans la grande bouillotte de cuivre, à trois pas de lui ?

Elle devinait ses pensées, ou plus probablement les lisait sur son visage ; car elle se retourna vers lui et dit avec douceur :

– Je dois être comme les petits chats qui égratignent sans le vouloir ; car je me demande parfois ce que j'ai pu dire ou faire pour que vous ayez un air si fâché en me parlant ! Je vous assure que ce n'est pas exprès et je ferai bien attention. Voici le thé prêt : voulez-vous que je vous fasse de la musique ou que je vous dise des histoires de mon pays ?

– Parlez-moi de votre pays, soupira le maître de chapelle.

Elle lui conta tout ce qu'elle voulut jusqu'au moment du départ. Alors, ce fut elle qui l'avertit de l'heure et qui lui présenta son pardessus. Lorsqu'il fut sur le seuil, la porte ouverte, elle lui dit avec soumission :

– Quand vous reviendrez, maître, ma grand-mère sera avec moi.

Il fit un geste d'ennui. Cette fin de soirée avait été très douce ; brisé par les épreuves qu'il s'était infligées, il s'était laissé aller à des rêveries innocentes que berçait la voix presque enfantine de la charmeuse ; en présence de la grand-mère, ce ne serait plus du tout la même chose.

– Mais vous m'écrirez d'avance, ajouta vite Zoby qui avait compris ; sans quoi je pourrais être sortie, et cela me ferait tant de peine. Votre temps est si précieux ! Au revoir, mon cher maître.

Elle n'avançait même pas le bout de ses doigts menus. Il partit sans lui avoir serré la main. Elle referma la porte, alla vers la table et mit le porte-feuille dans sa poche.

## XIV

José Tarragone rentra à Gand au moment où le beffroi, après le carillon réglementaire, sonnait deux heures de la nuit. Il était las, dans tous les sens du mot ; ce qu'il souhaitait, c'était de clore les yeux, d'étirer ses membres et sinon de dormir, – car il n'en éprouvait guère l'envie, – au moins de rester immobile et muet, de penser le moins possible, de n'envisager rien ; le lendemain suffirait à sa peine, et il était résigné désormais à vivre au jour le jour.

Dans une âme noble et combattante, dans un esprit réglé, cette résignation est le symptôme d'une défaite absolue. A moins d'être lâche, on ne se résout pas à s'avouer vaincu sans avoir beaucoup lutté. José s'apercevait à présent que la lutte avait commencé depuis très longtemps et non pas depuis quelques jours, comme il avait voulu le croire.

En remontant le cours de ses souvenirs... Non, il ne voulait pas remonter le cours de ses souvenirs, c'était trop odieux ! Un homme intègre, un homme moral ne devient pas amoureux d'une petite mendiante en robe rose, à qui sa bonté vient d'octroyer un saint Nicolas en pain d'épice. Et, pourtant, les yeux de Zoby, ces yeux arrogants, voluptueux, pleins de mystère, l'avaient hanté depuis ce jour-là... Oui, mais alors, déjà, malgré ses robes courtes, elle n'était pas une petite fille, quoiqu'elle feignît de l'être ; c'était une jeune fille, en pleine possession du pouvoir troublant de la femme et qui se connaissait ce pouvoir.

Aurait-il pu résister plus tôt, lorsqu'il n'était pas encore enchevêtré dans ces liens ténus et indestructibles, pareils aux cheveux noirs dont il avait été inondé l'autre jour et troublé jusqu'au plus profond de son être, réduit à l'esclavage ?

Non : jamais il n'aurait rien pu pour se défendre ; la séduction dont il était victime était un sortilège, une sorte d'envoûtement. Quoiqu'il ne fût pas superstitieux, Tarragone n'avait pu affranchir son âme de croyant et d'artiste d'une teinte de mysticisme ; à cette heure où il se voyait vaincu, et par conséquent abandonné du ciel, il devenait nécessairement fataliste. Il n'avait pas cherché son malheur ; il ne l'avait pas voulu : l'horreur de la chose dépassait de beaucoup les épreuves que chacun doit s'attendre à supporter en ce monde : pertes d'argent et même d'êtres aimés, confiances trahies, échecs dans l'existence... Qu'était tout cela auprès de l'effondrement que subissait tout son être moral et toute sa carrière d'honnête homme ?

Il rentra avec sa clé, la même qui avait ouvert cette même porte, un soir pluvieux de septembre... Ah ! cette heure bizarre, angoissée, seul avec la tentatrice, cette heure qui avait eu l'air d'un danger, d'un piège, cette heure qu'il avait essayé d'effacer de sa mémoire... que de fois il avait voulu croire qu'il était libre après, comme il avait été libre avant !

Et, en vérité, il n'avait été libre ni avant, ni après, ni jamais, depuis la première fois qu'elle était entrée dans sa maison, l'ensorceleuse... Donc, c'était bien un coup du destin, et chacun sait que, contre ces coups-là, il n'y a rien à faire.

Lentement il monta l'escalier, espérant que M^me^ Claudia dormirait assez profondément pour ne pas l'entendre ; il ouvrit la porte de leur chambre : l'odeur familière le frappa désagréablement. C'était pourtant un tiède et léger parfum de lessive et d'iris, provenant des tiroirs de leurs meubles. Il s'aperçut alors qu'il n'aimait plus sa maison.

M^me^ Claudia ne dormait pas : lorsqu'elle le vit entrer à la lueur de la veilleuse, elle se souleva le coude et lui dit tout bas : – Bonsoir, cher.

Il regarda le visage de sa femme entouré de grandes ondes de cheveux blonds ; les yeux bleus l'examinaient avec une tendresse anxieuse.

– Fatigué ? dit-elle de cette voix modérée, dont on se sert la nuit dans les chambres à coucher pour ne pas éveiller les autres dormeurs. Mets-toi vite au lit, mon pauvre José ; tu dois avoir grand besoin de dormir.

– Oui, répondit-il brièvement, en jetant de côté et d'autre ses vêtements avec une hâte fébrile.

Quand il fut couché, Claudia lui dit d'un ton de doux reproche :

– Tu ne m'as pas dit bonsoir et tu ne m'as pas embrassée ! Faut-il que tu sois fatigué ! Pas malade ? Non ? Fatigué seulement ? Bonne nuit, cher.

Se soulevant un peu, elle se pencha et mit sur la tempe brûlante du voyageur un baiser si affectueux, qu'une mère l'eût avoué pour sien ; puis elle reposa sa tête sur l'oreiller.

Feignant le sommeil, Tarragone attendit que la respiration régulière de Claudia se fût bien établie ; quand il fut assuré qu'elle dormait, il ouvrit les yeux et regarda la chambre, vaguement éclairée par la veilleuse. C'est là qu'il avait dormi vingt-cinq ans auprès de la mère de ses beaux enfants, de l'amie de toutes ses journées, la confidente de toutes ses pensées, l'âme et la vie de cette maison où étaient nées les plus belles œuvres du maître de chapelle. Leurs deux existences avaient été non pas seulement unies, mais fondues l'une dans l'autre... Il regarda la dormeuse, et des larmes brûlantes, des larmes de honte autant que de douleur coulèrent des yeux de José ; car, descendant au fond de son âme épouvantée, il venait de s'apercevoir qu'il n'aimait plus sa femme.

## XV

José s'était endormi très tard, aux premières lueurs d'une aube d'octobre, obscurcie par un brouillard épais. Lorsqu'il s'éveilla, Claudia était depuis bien longtemps descendue auprès de ses enfants. Les plus jeunes avaient été envoyés en classe ; Elsa aidait sa mère aux soins du ménage, et Urbain, inquiet, rôdait de pièce en pièce, attendant le réveil de son père. Il s'était promis de ne pas laisser finir ce jour sans avoir interrogé la destinée, et, au dernier moment, la question redoutable lui semblait presque impossible à poser. Deux ou trois fois il hésita ; fallait-il s'adresser d'abord à sa mère, sa tendre mère qui avait toujours été tant soit peu partiale pour son premier-né ?

Il n'osait pourtant, sachant bien que M^me^ Claudia n'accepterait Zoby pour belle-fille que par soumission à la volonté de son mari ; Urbain n'était guère avancé dans la connaissance du cœur humain ; mais il en savait assez pour soupçonner une antipathie de races, d'habitudes et de caractères entre les deux femmes, et, dans sa naïveté, il savait gré à celle qu'il aimait de tous les efforts qu'elle avait visiblement faits pour se concilier les bonnes grâces de la mère de famille.

Les heures s'écoulaient, augmentant de chacune de leurs minutes le poids d'attente et d'anxiété qui pesait sur le pauvre garçon. Une fois, énervé, presque hors de lui, il arrêta Elsa par un pli de sa robe ; il ne pouvait plus garder le silence, prononcer au moins le nom de la bien-aimée lui devenait nécessaire.

– Elsa, dit-il, crois-tu que Zoby...

Il s'arrêta, saisi de l'expression du visage de sa sœur, qui semblait s'être fait de marbre, et lâcha la robe de laine ; la jeune fille s'éloigna, déposa sur un meuble l'objet qu'elle tenait, et revint à lui.

– Urbain, dit-elle, crois-tu que Léopold Verboom ait eu de lui-même l'idée de quitter ce pays pour aller à Paris ?

Désorienté, troublé, le jeune homme réfléchit un instant pour retrouver cette pensée, si lointaine en ce moment.

– Non, dit-il simplement, dans son entière bonne foi ; c'est sa mère, qui est la vanité même, qui l'y a poussé.

Elsa fit un signe de tête et s'en alla, laissant son frère consterné du peu de sympathie qu'elle semblait lui porter.

La porte s'ouvrit et Tarragone parut, étrangement défait, les yeux brillants de fièvre. N'ayant rien pris depuis le repas du matin de la veille, sauf un déjeuner quelconque à un buffet de gare et les friandises de Zoby, il était en réalité aussi faible de corps que torturé d'esprit. Mme Claudia s'occupa sur le champ de le faire manger, et le malheureux homme s'aperçut que, dans les pires anxiétés, on ne perd pas totalement sinon l'appétit, au moins le besoin de se soutenir.

Il mangea silencieusement, et personne ne se hasarda à lui parler avant qu'il eût déposé sa serviette. Elsa lui versa alors une tasse de café, dont l'arome seul était fortifiant. Claudia lui sourit, le voyant réconforté.

– Eh bien ! dit-elle, mon pauvre mari, tu as dû avoir une terrible journée de fatigue hier ; car je ne t'ai jamais vu aussi las, du plus loin qu'il me souvienne.

Sa belle main compatissante se posa tendrement sur les boucles fauves de José qui frissonna. Claudia se pencha sur sa tête et l'examina avec un peu d'anxiété.

– Comme il t'est venu vite des cheveux blancs ! fit-elle tristement. Si vite, que je n'avais pas eu le temps de m'en apercevoir ! Et ta barbe aussi grisonne... mon pauvre José ! Aussi nous étions restés jeunes trop longtemps. J'espère que mes cheveux ne vont pas tarder à blanchir non plus... Pour nos vingt-cinq ans de mariage, si je connaissais une eau qui fasse blanchir, je voudrais être pareille à toi.

– Oh ! maman ! s'écria Elsa, toi, tu te teindrais !

Cette exclamation provoqua un rire général, un peu forcé, mais qui amena une détente. José ajouta une plaisanterie banale, et se leva en disant :

– J'ai perdu du temps, je vais travailler.

– Père, fit Urbain, voulez-vous m'accorder un moment d'entretien ?

Il se tenait sur la porte, pâle, les traits tirés par son insurmontable angoisse.

Tarragone le regarda, étonné ; que se passait-il dans cette autre âme, l'âme de son fils, jusqu'ici claire comme du cristal ?

– Viens, dit-il.

Urbain le suivit dans la pièce voisine et referma la porte. M^me^ Claudia et sa fille restèrent pétrifiées de surprise et de frayeur. Dans cette famille unie, dès que les aînés des enfants avaient été assez grands pour comprendre et savoir au besoin se taire, tout ce qui concernait les uns ou les autres avait toujours été traité librement.

– J'ai peur ! murmura Claudia en reprenant ses clefs, par un mouvement instinctif de prudente ménagère.

– Oh ! maman, restons ici, dit tout bas Elsa ; si Urbain fâchait papa, il ne faudrait pas être loin...

Les colères de José avaient été rares et courtes, mais terribles ; aucun de ses enfants ne s'était jamais hasardé deux fois à les provoquer. Claudia s'assit. Elsa se mit à ses pieds sur un tabouret, les deux mains jointes sur les genoux de sa mère, et elles restèrent silencieuses.

Tarragone, debout devant son bureau, attendait les paroles de son fils.

– Mon père, dit celui-ci, qui tremblait intérieurement comme sous les saccades d'un courant électrique : vous vous êtes marié jeune, auriez-vous quelque objection à me voir agir de même ?

– Non, répondit le maître de chapelle.

Son regard plongea dans les yeux de son fils, presque au niveau des siens.

– Vous avez l'intention que je continue votre maîtrise, m'avez-vous dit ?

Les parents n'aiment jamais beaucoup que leurs enfants parlent de les remplacer. Sans savoir pourquoi, Tarragone éprouva un dépit plus acerbe qu'il ne l'eût supposé quelques jours auparavant.

– Il me semble que cet entretien tourne à l'interrogatoire ! dit-il d'un ton rude. Cependant, je te répondrai : Oui. A mon tour : Tu veux te marier ? Avec qui ?

Urbain pâlit, puis rougit, puis pâlit encore, et enfin, joignant les mains, dit d'une voix suppliante :

– Oh ! mon père, permettez-moi d'épouser Zoby !

Les yeux de Tarragone se dilatèrent, son visage de lion prit une expression terrible et, courant à la porte, il l'ouvrit, poussant devant lui Urbain éperdu.

Les deux femmes s'étaient levées en un même sursaut de terreur.

– Zoby ! Il veut épouser Zoby ! cria le père en tendant vers son fils sa main ouverte, aussi menaçante qu'un poing fermé. Il veut épouser Zoby !

Claudia s'était jetée entre son fils et son mari ; mais elle n'avait pas à les séparer ; ils demeuraient immobiles à quelques pas l'un de l'autre, croisant leurs regards avec une indicible colère.

– Et pourquoi, mon père, dit Urbain s'efforçant d'être calme, pourquoi ne me permettez-vous pas d'épouser Zoby ? Vous l'avez accueillie à votre foyer...

– Il m'interroge ! cria José au comble de la fureur. Ai-je des comptes à te rendre, misérable enfant ?

– Ton père a raison, dit Mme Claudia, qui reprenait son sang-froid en raison de l'immense et inexplicable fureur contenue des deux hommes : tu ne peux pas épouser Zoby. On ne sait ni qui elle est, ni d'où elle vient...

– Je le sais, moi ! clama Tarragone, et personne ne parlera mal d'elle dans ma maison ; mais l'épouser, lui !

Claudia se redressa comme si l'air manquait à ses poumons. Quelque chose d'horrible, qui n'était pas encore un doute ni la crainte d'un doute, mais l'instinctive appréhension d'un épouvantable malheur, la prenait à la gorge et lui coupait la respiration. C'est ce que souvent plus tard on appelle un pressentiment.

– Tu sais qui elle est ? demanda l'épouse, lorsqu'elle put parler.

– Elle est d'aussi bonne famille que nous tous, répliqua le maître se croisant les bras. Mais lui, l'épouser !

– Enfin, mon père, insista Urbain reprenant courage, car un des obstacles redoutés venait de crouler, puisqu'elle est de bonne famille et que vous l'avez reçue ici...

– Tu l'aimes ? fit Tarragone en le regardant avec des yeux de feu. Tu aimes Zoby, toi ? Va-t-en ! Va-t-en ! Que je ne te voie plus. Va...

Il avait décroisé, les bras et s'avançait sur son fils. La mère prit peur. Elle ouvrit la porte du vestibule et, murmurant à son enfant : – Obéis, va, tu me parleras tout à l'heure, dans ta chambre, elle le poussa dehors. Elsa, se glissant, le suivit.

José s'était arrêté debout, au milieu de la salle. Son visage rouge et congestionné s'emperlait de sueur ; Claudia tira son mouchoir, approcha un fauteuil, y fit asseoir son mari et lui essuya le front. Il se laissa faire.

– Urbain a tort, murmura Claudia doucement ; c'est un enfant qui n'est pas raisonnable.

– N'est-ce pas ? fit José dont la fureur était tombée et qui, tout à coup, se sentit très malheureux.

– Il ne peut pas épouser Zoby, c'est clair, reprit Claudia ; elle ne lui convient pas du tout ; mais ce n'était pas la peine de te fâcher pour cela ; car s'il m'en avait parlé, je le lui aurais fait comprendre.

– Comprendre quoi ? demanda José en se redressant.

– Qu'il ne pouvait pas épouser cette fille.

– Cette fille ? répéta José irrité. Elle a du génie ! Elle est trop bonne cent fois pour un blanc-bec comme lui.

Il se leva ; son visage était redevenu pâle ; sa femme le regardait, éperdue, sentant l'oppression de tout à l'heure l'étrangler à nouveau.

Il fit deux ou trois tours dans la salle, puis dit d'un ton froid :

– Je retourne à mon travail.

Il sortit et ferma la porte. Demeurée seule, M^me^ Claudia resta immobile, regardant cette porte derrière laquelle était son mari, et qu'elle n'oserait pas, qu'elle n'oserait peut-être jamais plus franchir ; il lui semblait qu'à vue d'œil un mur épais de pierres géantes se dressait entre elle et lui, les séparant pour la vie et pour l'éternité. La sensation devint si accablante qu'elle fit deux pas en avant pour crier : José !...

– Maman, dit Elsa entrée sans bruit, Urbain fait pitié : peux-tu venir le consoler ?

M^me^ Claudia aimait son mari ; mais elle aimait aussi les enfants qu'elle lui avait donnés : elle alla secourir son premier-né.

## XVI

Il arrive quelquefois dans les pires catastrophes intimes que tout soit ébranlé, que la ruine semble imminente, que les difficultés insurmontables s'amassent autour des vaincus comme les décombres d'un écroulement ; et puis tout s'arrange sans bruit et sans fracas, les débris se tassent, on sort indemne, – au moins en apparence. Les difficultés ont disparu, la vie continue son cours... et l'on se demanderait : la maison de rêve s'est-elle effondrée, était-ce bien la peine de tant craindre et de tant souffrir ? si quelques-uns ne demeuraient blessés d'une incurable plaie, et si les autres, les orgueilleux, n'emportaient au plus secret de leur âme un remords secret qui brave le reproche, mais qui aiguillonne la colère.

Urbain avait consulté l'organiste, le meilleur, le plus sûr ami de la famille, et celui-ci avait approuvé son projet d'éloignement.

– Seulement, dit-il au jeune homme, sois ménager de ta santé et ne t'en vas pas dans des pays où l'on ne pourrait te faire tenir des nouvelles. Deux ou trois ans d'Afrique t'enseigneront la vie ; quand tu reviendras, tu pourras rendre des services.

– Mais, fit Urbain, ce n'est pas pour trois ans que je m'expatrie, c'est définitivement !

– Très bien : comme tu voudras. Je t'avertis cependant que ta famille aura besoin de toi avant que ni toi ni moi ne soyons beaucoup plus âgés.

– Il y a donc quelque chose ? s'écria le pauvre garçon, quelque chose qui intéresse les miens et que j'ai le droit de savoir ? Pourquoi me le cachez-vous ?

– Je ne te cache rien, et il n'y a rien. Mais en ce monde, il arrive toujours de l'imprévu, et généralement ce n'est pas pour le mieux.

Urbain demeura pensif ; une vague inquiétude, mêlée de souvenirs imprécis, le travaillait sans qu'il en eût conscience. Le coup qu'il avait reçu était assez rude pour brouiller ses idées, et il n'essaya pas de les débrouiller ; il en aurait tout le temps là-bas, au Congo belge, avec les jeunes gens qui l'avaient engagé à les accompagner. Tout à coup, il s'avisa de quelque chose.

– Je ne veux pas écrire à... à Zoby, dit-il, pendant qu'une honnête rougeur envahissait son visage, et cependant j'aimerais bien qu'elle sût ce qui m'est arrivé. Je lui avais promis de tenter l'aventure...

Un sourire méphistophélique plissa le visage de Jan Bockaërt.

– Sois sûr qu'elle le saura. Elle le savait d'avance, dit-il.

– Vous ne le pensez pas ! s'écria Urbain indigné.

Bockaërt le calma en lui mettant une main sur l'épaule.

– Si tu le veux bien, mon bon ami, nous ne parlerons pas de cela à présent : cela ne nous avancerait à rien.

Quand tu reviendras, il en sera temps. Tu ne peux pas t'en aller sans argent ; je me charge d'arranger cela avec ton père.

Urbain hésita.

– Mon père, dit-il, pourquoi pas ma mère ? Elle a du bien à elle, et je ne vous cache pas que, dans l'état actuel des choses, j'aimerais mieux ne rien devoir...

– Laisse tranquille le bien de ta mère : elle en aura peut-être besoin un jour. Fais fructifier ce que tu auras reçu de ton père, et surtout, pas de bêtises ; vous êtes cinq enfants, et, sans être pauvre, ta famille est assez nombreuse pour que chacun de vous ne soit pas riche. Et puis... Bref, allons chez toi !

– Je n'ai plus de chez moi, fit Urbain : mon père m'a chassé !

– Chez ta mère, alors, orgueilleux ! Tu ne sais pas combien tu devrais remercier le ciel aujourd'hui ! Certainement, malgré ton air ébahi !

– Et de quoi donc, Seigneur ! fit le jeune homme plein d'amertume.

– De t'avoir préservé de Mélusine ! oui, Mélusine, le vampire, le diable, Zoby enfin !

– Vous n'avez jamais pu la souffrir.

– Et je m'en vante ! riposta l'organiste. Allons ! Boude si tu veux ; mais viens !

Demeuré seul, Tarragone s'était calmé ; il avait d'abord eu l'idée d'écrire à Zoby pour lui demander des explications ; la réflexion lui avait démontré qu'il n'en avait pas besoin. Urbain devenu amoureux de la jeune fille, – quoi d'étonnant à cela ? – lui avait fait part de son désir de l'épouser, et, elle, ne pouvant manquer de respect à ses bienfaiteurs, lui avait répondu qu'ils ne consentiraient pas à ce mariage ; sur quoi, ce nigaud d'Urbain, au lieu de comprendre le refus formel, absolu, contenu dans ces paroles, avait tenté l'aventure. Elle avait parbleu raison, Zoby ! Tarragone ne consentirait pas... Il éclata de rire, tant la situation, à y bien songer, était absurde, et jusqu'à un certain point comique.

Urbain s'en irait ; dans un moment de colère le père avait dit : « Va-t-en. » Cela voulait dire, non pas : « Quitte la maison », mais seulement : « Hors de ma présence » ; la chose en elle-même n'avait pas grande importance. Ce qui était urgent, c'est que cet enfant ne restât pas dans un lieu où tout lui parlerait de celle qui ne devait pas, qui ne pouvait pas exister pour lui.

Moins sûr de Zoby, José eût ressenti de l'inquiétude ; mais, assuré comme il l'était de sa tendresse, il n'éprouvait plus que de l'humeur à la pensée du ridicule dont se couvrait son fils en prétendant à cette fille merveilleuse, qu'il était incapable d'apprécier, dont il ne pouvait pas même soupçonner la valeur. Et puis, il lui déplairait à lui, José, d'avoir à chaque instant devant les yeux un être humain, – son fils, – amoureux de Zoby. Qu'Urbain partît, oubliât, – revînt plus tard, – voilà ce qui était naturel et nécessaire.

L'organiste, dès les premiers mots, sentit qu'il enfonçait une porte ouverte ; sincèrement affligé, car il voyait le danger plus proche qu'il ne l'avait redouté, il essaya alors de détruire son propre ouvrage : il insinua à Tarragone que le départ d'Urbain pourrait faire jaser, que le plus sage serait de le retenir... Il perdit sa peine. D'ailleurs, au fond de son cœur, il s'avouait qu'entre ces deux entêtés il n'avait plus qu'à essayer de sauver les débris du naufrage. M^me^ Claudia souffrirait de l'absence de son fils, mais peut-être pourrait-on épargner au jeune homme bien des scènes pénibles, et conserver chez lui le respect du nom paternel, fort engagé dans cette épreuve.

Bockaërt demanda une provision pour Urbain ; José accorda tout ce qu'on voulut, et se montra même généreux, non sans quelque ostentation. Il donna à son fils toute la part qui lui revenait légalement, et quelque chose en plus, l'engageant à créer un établissement ou à placer ses fonds dans une entreprise d'un bénéfice assuré.

– On dirait qu'il n'a pas d'autre idée que de se débarrasser de moi ! dit Urbain à Bockaërt, lorsque tout fut signé et parafé.

– Ne t'occupe pas de ça, répondit l'organiste, et viens chez mon notaire. Tu vas y déposer ta fortune ; car, c'est ton patrimoine, ne l'oublie pas : écorne-le le moins possible, et, si tu me crois capable de gérer tes biens, donne-moi une procuration. – Ce qui fut fait.

C'est ainsi que quinze jours après l'entrée de Zoby au Conservatoire de Liège, Urbain prit le bateau à Anvers et s'en alla vers la morne Afrique.

M^me^ Claudia n'avait rien dit, sauf de tendres conseils et des paroles d'encouragement au fils de ses entrailles ; elle n'avait proféré ni un reproche, ni une plainte. Mais lorsque la chambre d'Urbain fut déserte et tout ce qui lui appartenait soigneusement rangé, elle sentit qu'on peut vieillir de dix ans en deux semaines.

– Tu parlais de faire blanchir tes cheveux, maman, lui dit un jour Elsa, ce serait bien inutile à présent : il y a partout des mèches grises !

M^me^ Claudia jeta un coup d'œil indifférent au miroir.

Que lui importait maintenant sa beauté ! Elle n'en avait jamais eu soin que pour un seul, et, à celui-là, elle était désormais indifférente.

Tarragone s'était montré parfaitement correct envers son fils. A partir du moment où il l'avait chassé, toute colère était tombée en lui ; sans déplaisir il l'avait vu se livrer à ses préparatifs de départ, et sans chagrin, mais avec une profonde bienveillance, il l'avait vu partir. On eût dit que les paroles échangées entre eux pendant cet orageux quart d'heure avaient brisé les liens de la paternité. Il n'avait rien désormais contre Urbain, mais Urbain ne lui était plus rien, qu'un jeune ami banal.

José retourna à sa maîtrise, à ses motets et à sa vie routinière. M^me^ Claudia n'avait jamais été bavarde, elle parla encore un peu moins. Elsa ne parla plus du tout. Les enfants un peu effrayés, ayant vaguement appris par les domestiques que M. Urbain avait mécontenté le maître de chapelle et qu'il était parti à cause de cela, se montrèrent d'une sagesse remarquable.

Un calme absolu, un silence presque complet, sauf les chants du piano ou de l'harmonium, régnèrent dans la petite maison tranquille. Saint Nicolas revint, mais ce fut un jour triste ; car, pour la première fois, la famille n'était pas au complet. Tarragone ne fit pas mine d'y prendre garde.

## XVII

L'anniversaire des vingt-cinq années de leur mariage attirait aux époux Tarragone, beaucoup d'aménités et de politesse.

Depuis longtemps, on avait parlé de ce jour comme devant être une fête brillante. Interrogé, José répondit qu'il était accablé de travail depuis le départ de son fils, ce qui était vrai ; car, aussitôt après la fin de ses études, Urbain avait pris sur lui de préparer presque entièrement la besogne de son père, et celui-ci ne s'apercevait que trop de la part considérable de travail qui retombait maintenant sur ses épaules. Le maître de chapelle annonça qu'il donnerait non pas la grande soirée que ses amis et connaissances attendaient de lui, mais un simple dîner d'une quinzaine de personnes.

Au jour voulu, les fleurs et les présents de toute espèce n'affluèrent pas moins dans la petite maison, qui semblait trop étroite. Le timbre ne cessait de vibrer, les bonnes se présentaient les mains pleines à toutes les portes de toutes les pièces ; les enfants dansaient de joie à chaque nouvelle marque de souvenir ; on eût dit que les anciens jours de félicité étaient revenus.

M$^{me}$ Claudia, vêtue d'une riche étoffe de soie grise brochée, recevait les visites et les compliments avec sa grâce accoutumée, mais sans le rayon de bonheur paisible qui avait donné tant de charme à sa physionomie. Les yeux bleus, jadis tranquilles et doux, étaient maintenant inquiets et fiévreux ; involontairement, leur regard allait chercher Tarragone, qui semblait parfaitement à son aise, quoique sa politesse espagnole fût devenue un peu gourmée, comme celle d'un diplomate qui se tient sur la défensive.

Les jours sont courts dans la première semaine de janvier : bientôt les lampes furent allumées ; l'animation diminua, puis s'éteignit, et tout à coup le maître de chapelle se trouva seul avec sa femme et sa fille aînée dans le salon superbement éclairé, encombré d'objets brillants ou précieux, parfumé lourdement par les fleurs trop abondantes. Ce fut comme le réveil d'un songe. Elsa s'éclipsa doucement, et, pour la première fois depuis le matin, les époux se trouvèrent en tête-à-tête.

D'un air distrait le maître regarda autour de lui, puis prit le chemin de son cabinet. Claudia lui coupa la retraite.

– José, dit-elle d'une voix très basse et tremblante, c'est aujourd'hui l'anniversaire de notre mariage et tu ne m'as pas embrassée !

Droit, presque raide, il s'approcha et baisa l'une après l'autre les deux tempes de sa femme, ces tempes nacrées, que le temps n'avait marquées d'aucune ride, mais où des fils d'argent pâlissaient les mèches blondes.

– José ! fit-elle, avec un sanglot contenu, vingt-cinq ans de tendresse, de dévouement, et je puis le dire, d'oubli de moi-même... Oh !

Ne pouvant continuer, la malheureuse femme plongea son visage couvert de larmes dans ses belles mains, parées pour ce jour-là de perles et de pierres précieuses.

– Ma chère Claudia, fit-il d'un ton bienveillant, sois certaine que notre tendresse a été réciproque. Mais, comme tu le dis, vingt-cinq années de mariage ont passé sur nous, et nous ont consacrés vieux époux. Notre jeunesse est finie, ma bonne Claudia. Sous peine d'être ridicules, il faut nous résigner à n'être plus que des amis.

Elle le regardait avec stupeur. Depuis quelque temps déjà elle se préparait à entendre ce discours ou un autre analogue ; mais qu'il eût choisi cet anniversaire pour lui causer tant de chagrin, c'était une cruauté gratuite.

Il avait repris son air grave, l'air des jours de travail ou de corvée et détournait les yeux.

– Sans doute, dit-elle en reprenant le souffle par un suprême effort ; je sais que nous vieillissons ; tu as raison, José : il vient un jour dans la vie où les meilleurs époux ne sont plus que des amis ; mais ces amis ont le souvenir de leur longue tendresse, des chagrins partagés, des joies mises en commun ; ils sont amis, José, comme tu le dis. Moi... je serai ton amie et toujours, jusqu'à la dernière minute : mais, toi, tu n'es plus mon ami... Je ne t'ai rien fait, pourtant, que de t'aimer de mon mieux... Tu me disais tout, autrefois ; nous n'avions qu'une âme... et, maintenant, on dirait que je te suis étrangère...

– Voyons, Claudia, fit-il impatienté, c'est ridicule !

– Ridicule, soit ! Si une femme qui demande à son mari de lui garder l'affection qu'il aurait eue pour sa sœur, ou sa mère, est ridicule, je le suis ! L'amitié n'est pas ridicule, pourtant, oh ! José.

Les yeux secs, maintenant, elle le regardait bien en face, cherchant au fond de cette âme, désormais inconnue, ce qui pouvait l'avoir ainsi changée.

Il n'évita pas son regard.

Elle était vraiment superbe. Son teint de lait animé par l'émotion, ses cheveux magnifiques encadrant ce doux visage empreint de bonté, les yeux bleus brillants de pitié, de douleur, de colère, ce corps sculptural dans le riche damas argenté, tout cet ensemble eût ravi un peintre ; Claudia était de ces femmes dont la beauté se transfigure par l'émotion. José le sentit et le vit ; mais qu'importait ? il ne l'aimait plus.

– Ma chère femme, dit-il, je ne sais pourquoi tu te mets en tête des idées noires. Je n'ai jamais cessé d'être ton ami, et nous célébrerons, un jour nos noces d'or, je l'espère. Mais il ne faut pas me faire de scènes : tu ne m'y as pas accoutumé, et je ne suis plus assez jeune pour en prendre l'habitude. On va arriver pour le dîner ; il faut aller passer un peu d'eau sur ton visage ; sans quoi, les méchantes langues diront que nous nous sommes querellés le jour de nos noces d'argent.

Il la prit par la main, et la conduisit vers la porte qu'il ouvrit : là, il lui baisa cérémonieusement le bout des doigts et lui tourna le dos.

Terrassée, écrasée, Mme Claudia restait au pied de l'escalier, exposée au courant d'air plus froid qui circulait dans le vestibule.

« C'est fini, pensait-elle ; je n'ai plus de mari : je suis veuve, pis que veuve ; car je pourrais le pleurer... »

Elsa parut, mince dans sa robe blanche.

– Viens, maman, dit-elle ; tu vas t'enrhumer.

Elle la soutint jusque dans sa chambre, lui donna un verre d'eau, lui bassina les yeux, la recoiffa et la prépara pour le dîner. La mère se laissait faire, anéantie. Elles n'échangèrent pas une parole. Quand le timbre annonça les premiers convives, Elsa poussa doucement Mme Claudia vers la porte, et l'aida à descendre l'escalier. La femme du maître de chapelle entra dans le salon étincelant.

– Mon Dieu ! que vous êtes belle ! s'écrièrent plusieurs personnes.

Et Mme Tarragone fit les honneurs de sa maison, comme à l'ordinaire.

Malgré tout, le repas manquait d'entrain ; était-ce l'absence du fils aîné, ou la gêne mal déguisée des époux vis-à-vis l'un de l'autre, qui enlevait à cette fête la plus grande partie du charme espéré ?

Rien n'est aussi délicieux pour la famille et les vrais amis que cette célébration des noces d'argent. Les noces d'or, plus vénérables, plus rares, réunissent souvent une plus nombreuse descendance ; mais parmi les amis d'autrefois en reste-t-il seulement un pour se souvenir du sourire dont s'illuminait le visage de la mariée cinquante ans plus tôt ? Les noces d'argent, au contraire, peuvent rassembler, pour peu que le destin se soit montré clément, la plupart des convives du premier jour, et quelle joie pour eux, parents et alliés, de revoir la mère de famille presque aussi jeune encore souvent, parfois plus belle, et pareille à une sœur aînée de ses enfants, en se rappelant la grâce un peu gauche qu'elle avait autrefois sous son voile de mariée !

C'est ce qu'avaient espéré ceux qui aimaient les

époux Tarragone, c'est-à-dire tout ce que Gand comptait de remarquable dans les genres de mérite les plus divers ; ils avaient voulu se réjouir de ce jour de triomphe pour M^me^ Claudia, dans sa splendeur de beau fruit encore à peine à la fin de son été ; mais, pour cela, il eût fallu que José les aidât un peu. La belle et noble tendresse de ce ménage n'était-elle pas légendaire ? On le citait partout, en Flandre, comme un exemple...

Et le mari semblait bien froid, bien raide : aux toasts chaleureusement portés qui unissaient sans cesse son nom à celui de sa femme, il répondait courtoisement, mais sans émotion. M^me^ Claudia avait repris son empire sur elle-même ; les joues un peu trop rouges, – mais sa peau de lait n'en paraissait que plus éclatante, – elle souriait à tous, veillait à tout, et trouvait encore le moyen de surveiller de l'œil les enfants, tentés de s'émanciper.

« Quelle femme ! se disait Jan Bockaërt : et je suis sûr que, pendant tout ce temps, elle ne songe qu'à son fils absent. »

Profitant d'un coup d'œil circulaire jeté par Claudia sur ses hôtes, il arrêta ce regard au passage : levant discrètement son verre, il prononça des lèvres seulement :

– A votre fils !

Elle le remercia de la tête ; mais, en même temps, ce beau regard bleu se détourna éperdu vers José, avec une si douloureuse, si violente tendresse apitoyée, que l'organiste en fut remué jusqu'au fond de l'âme. Les yeux charmants revinrent à lui, pleins de larmes contenues, puis s'abaissèrent, car Claudia ne voulait pas pleurer, à sa table, le jour de ses noces d'argent.

Bockaërt sentit une grande colère le secouer ; José

avait contristé sa femme ce jour-là : c'était clair. Ce jour-là entre tous ! Alors qu'il eût du le matin même s'agenouiller devant elle et la remercier en la bénissant d'avoir honoré et charmé sa vie pendant vingt-cinq années !

José se leva et répondit au toast qu'un gros bonnet de la ville venait de lui adresser : il le fit en termes élégants et nobles ; il prononça les paroles qu'on attendait de lui et remercia du même coup pour « la mère de ses enfants, sa compagne fidèle et dévouée. » C'était très bien, on applaudit, et ensuite, il y eut un petit silence, un moment un peu froid. On entendit le cartel sonner dix heures.

Jan Bockaërt rompit cette glace étrange par une plaisanterie qui fit rire les assistants ; les conversations particulières se ranimèrent autour des dernières friandises ; on allait, d'ailleurs, passer au salon, lorsqu'un domestique se glissa près de José, portant un télégramme avec un petit plateau...

– Encore des compliments, dit quelqu'un en battant des mains.

José ouvrit le télégramme, le vingtième peut-être de la journée. Il le lut et devint blême. On le regardait, il leva les yeux et vit tous les visages de ceux qui l'aimaient tournés anxieusement vers lui.

– Quelqu'un de malade, dit-il ; une mauvaise nouvelle... Je vous demande pardon.

L'impulsion fut plus forte que sa volonté, que les habitudes d'éducation pourtant si puissantes ; il se leva.

Mme Claudia qui le dévorait des yeux fut plus prompte encore ; avant qu'il eût repoussé sa chaise, elle était debout et avait contraint son voisin de table à lui offrir le bras. On retourna au salon, toujours illuminé, mais glacé par la ventilation, surtout en comparaison de la salle à manger surchauffée. On entoura José, on l'accabla de questions. Cette maison de verre où rien n'avait jamais été caché ne semblait pas de celles où l'on peut être indiscret. Il répondit évasivement à tout le monde. Claudia alors s'approcha, si digne, si grande dans sa simplicité, qu'on se rangea pour lui livrer passage.

– De mauvaises nouvelles, José ? dit-elle à demi-voix. Pas d'Urbain, j'espère ?

– Urbain ? fit Tarragone surpris, Urbain ? En voilà une idée ! Non, ce n'est pas Urbain.

Il voulut se détourner ; elle appuya légèrement la main sur son bras.

– Tu me le jures, fit-elle.

– Je te le jure ! répondit-il avec un léger haussement d'épaules.

– Veux-tu me montrer le télégramme ?

– Non ! répliqua-t-il sèchement en la quittant. Elsa parcourait les groupes en offrant du café avec sa sœur Lili déjà grandelette et promue pour ce jour au rang d'Hébé ; ces deux fines silhouettes attiraient l'attention et retardaient les commentaires ; M<sup>me</sup> Claudia se tourna brusquement vers son hôte le plus marquant, et lui parla sans se rendre compte de ce qu'elle disait. Un malaise croissant envahissait les groupes. José avait disparu.

Elle pensa qu'il allait rentrer, et continua d'aller des uns aux autres, les yeux revenant sans cesse à la porte, où elle espérait voir apparaître la haute stature de José dans son habit noir. Quinze minutes s'étaient écoulées, elle se sentait vieille de plusieurs siècles, ses lèvres lui paraissaient figées et elle n'entendait pas le son de ses propres paroles. Jan Bockaërt s'était rapproché de la porte, prêt à rejoindre le maître de chapelle dans son appartement pour mettre fin à cette situation intolérable ; soudain la porte de la rue se referma avec violence.

Bockaërt se trouvait près d'une fenêtre ; il souleva le store et vit une valise disparaître dans une des voitures qui attendaient les invités. La tête de José apparut à la portière ; il donna un ordre et la voiture partit à fond de train.

Bockaërt regarda sa montre : si bon chrétien qu'il fût, il étouffa un juron ; car il savait par cœur l'horaire des trains.

Doucement, il sortit, et interrogea les domestiques ; personne n'avait rien vu : on commençait à banqueter dans le sous-sol. Le petit garçon apparut.

– Papa est parti, dit-il ; je l'ai rencontré dans l'escalier.

– Tu en es sûr ? demanda l'organiste ; il ne faudrait pas te tromper.

– J'en suis sûr ! Il m'a poussé et m'a dit que je lui ferais manquer le train !

Bockaërt rentra dans le salon, et prit Claudia à part.

– Pouvez-vous être calme ? dit-il.

– Parlez, répondit la malheureuse femme, je puis tout entendre.

Elle le regardait comme si elle l'avait supplié de lui porter le dernier coup, pour en finir.

– Il n'est pas malade ; ne craignez pas : il a reçu des nouvelles qui l'ont fait partir sur-le-champ. Rien d'Urbain ?

– Il m'a juré que non, dit-elle, soulagée au fond, malgré son angoisse.

– Il faut que tous ces gens-là le sachent : je vais le

leur dire ; fiez-vous à moi.

Il fit asseoir M^me^ Claudia dans un fauteuil et en peu de mots apprit aux personnes présentes que la dépêche reçue par Tarragone nécessitait son départ immédiat pour Bruxelles. Il y avait là-dessous une très grosse affaire d'argent : on connaissait Tarragone, toujours trop généreux et trop enclin à rendre service. Ses amis l'excuseraient d'avoir, en bon père de famille, songé avant tout à l'avenir de ses enfants.

On approuva : quelques-uns crurent, d'autres doutèrent ; l'essentiel, c'était qu'ils s'en allassent au plus vite, ce qu'ils firent.

Quand le grand salon fut vide, Bockaërt se trouva seul avec M^me^ Claudia sous le lustre allumé. Elsa avait emmené les enfants.

– Qu'y a-t-il de vrai ? demanda l'épouse.

– Je n'en sais rien du tout, avoua l'organiste. J'ai dit ce qui m'est venu à l'esprit, et ce n'était pas si bête, après tout. Il a peut-être écrit un mot là-haut ! Voulez vous y aller voir ?

– Venez avec moi, dit-elle résolument.

La chambre nuptiale était fraîche, une bougie brûlait sur une table. Les vêtements de soirée de José, arrachés à la hâte, gisaient ça et là ; son armoire était ouverte, il avait changé de costume et mis quelques effets dans sa valise. Pas de lettre. Bockaërt alluma une seconde bougie et, avec un soin méticuleux de vieux garçon, se mit à ramasser tout ce qui traînait à terre ; machinalement, Claudia l'imitait. Tout à coup elle réprima un cri ; sous l'habit noir elle avait trouvé un papier. Bockaërt eut envie de sauter dessus et de le lui arracher... A quoi bon ? Ce jour-là ou tout autre, ne devait-elle pas boire le calice jusqu'à la lie ?

Elle s'approcha de la bougie et lut :

« Suis bien malade. Veux absolument vous voir. Venez tout de suite.

« ZOBY. »

Elle poussa un gémissement et glissa à terre, le long du lit.

Bockaërt la regarda, crispant ses poings fermés dans toute la rage de son impuissance, et appela Elsa.

## XVIII

L'épais brouillard de janvier obscurcissait les rues de Liège, enveloppant de linceuls grisâtres les arbres des boulevards, et déformant tous les objets qui prenaient des apparences fantastiques, lorsque Tarragone, hâve, épuisé, les yeux troubles, monta l'escalier de Zoby. Le tapis amortissait le bruit de ses pas ; il avait trouvé la porte d'en bas ouverte ; la maison était silencieuse, quoique la vie circulât de son mieux dans les rues de Liège, en dépit des ténèbres factices. Arrivé au haut des marches, il s'arrêta là, n'osant entrer, n'osant sonner, craignant tout, redoutant plus encore que le reste de regarder en lui-même et de se demander ce qu'il faisait là.

Après un instant d'attente, – le temps n'avait plus de durée pour lui, – il tourna timidement la poignée de la porte, qui céda le plus naturellement du monde. En face de lui, près de la cheminée éteinte, Zoby, roulée dans une couverture, gisait sur le divan.

Il la regarda sans oser pénétrer dans l'atelier ; elle était très pâle sous le faux jour jaunâtre du vitrage ; ses yeux étaient cernés, elle semblait dormir. Le froid de la rue le poussait malgré lui ; il entra et referma la porte ; la dormeuse ouvrit les yeux.

– Vous ? oh ! vous ! fit-elle d'une voix faible.

Il se trouva à genoux sur le parquet, les deux bras passés autour d'elle.

– Je pensais que vous ne pourriez pas venir, reprit Zoby en se blottissant contre le pardessus très froid et humide pourtant, comme si elle y avait trouvé la chaleur qui manquait dans la cheminée.

– Dès que j'ai eu le télégramme, je suis parti, répondit-il en la serrant contre lui.

Elle ferma les yeux et resta immobile un instant ; puis elle se dégagea d'un mouvement souple, presque insensible, qui la mit sur son séant, et laissa Tarragone fort embarrassé de ses bras. Il se décida à les retirer et à se relever. Voyant tout près le pouf bas qui avait déjà une fois servi à leur entretien, il s'assit à côté d'elle.

– J'ai été bien malade, dit Zoby adossée au divan ; elle était vêtue, sous la couverture, de sa modeste petite robe noire. Je vais mieux ce matin ; hier, j'ai cru...

Elle s'arrêta et baissa les yeux. Ses longs cils jetaient sur ses joues pâles une grande ombre terne.

– Toute seule ? demanda Tarragone suffoqué par une quantité de questions qu'il eût voulu poser en même temps.

Elle fit : oui de la tête.

– Sans feu ? reprit-il. Sans garde ? Où est votre grand-mère ?

– Malade, à Cologne. Je lui ai expédié tout ce que j'avais... Il y a eu des difficultés, *là-bas* ; *ils* ne lui ont plus envoyé d'argent... Alors, moi... vous comprenez...

Elle se laissa aller en arrière, épuisée.

Il la regardait, n'osant l'effleurer, comme s'il avait eu peur de la briser, ne sachant que dire, ni que faire, envahi par l'impression d'une horrible misère, supportée en silence.

– Où souffrez-vous ? demanda-t-il.

Elle toucha sa gorge de ses longs doigts fins.

– Cela va beaucoup mieux, dit-elle ; le danger est passé. Mais j'ai froid, oh ! comme j'ai froid !

Tarragone regarda la cheminée éteinte, le bac à charbon vide, et se leva, plein de colère.

– Alors, dit-il en frappant du pied, si je n'étais pas venu, vous vous seriez laissée mourir de froid et de souffrance ?... Pas de médecin non plus ? Et rien à manger ?

– Je n'ai pas faim, murmura Zoby, les yeux fermés. Je n'ai plus de fièvre, d'ailleurs.

– C'est incroyable ! fit José dont la colère grandissait. Est-ce de la fierté ou de la stupidité, ou quoi encore ? Vous ne pouviez pas m'écrire plus tôt ?

– Oh ! dit la jeune fille en portant la main à son front avec une grimace de souffrance, ne vous fâchez pas, je vous en prie ! Les hommes font toujours des scènes aux femmes quand elles sont malades !

Cette réflexion éminemment pratique ramena le maître de chapelle à la réalité des choses.

– Il faut du feu, d'abord, dit-il, et un déjeuner chaud, et une femme pour vous servir...

– Il y en a une, dit Zoby les yeux toujours fermés. Elle vient à neuf heures.

– Il faut qu'elle vienne à sept et que vous ayez du feu pour vous lever. Pourquoi n'êtes-vous pas dans votre lit ?

– Je vous attendais, dit Zoby d'un air grave, sans le regarder.

Il s'arrêta, irrésolu, au moment de descendre pour lui procurer tout ce qui lui manquait. Un désir violent de l'emporter avec lui vers quelque Eden bien chauffé, luxueusement meublé, baigné d'une lumière douce et permanente, enfin ce qu'on lit dans les romans et ce qu'on voit dans les rêves, combattait en lui le sens de l'homme pratique. Cette sorte d'Eden demande à être préparé d'avance ; cela ne se trouve pas subitement à Liège, entre huit et neuf heures du matin, un jour de brouillard.

– Je vais revenir, dit-il, et il descendit quatre à quatre.

Lorsque la porte d'en bas se fut refermée sur lui en secouant toute la maison, – les gens très pressés ont, en général, des mouvements un peu brusques, – Zoby s'assit, les pieds à terre, s'étira, car elle était engourdie, se leva ensuite tranquillement et s'en alla derrière les paravents où, sur une forte veilleuse, une tasse de thé bien chaud, bien sucré, attendait son bon plaisir ; elle la but avec une profonde volupté, puis promena ses mains sur une bouillotte d'eau brûlante roulée dans des couvertures, la prit, se mit les pieds dessus et s'assit dans un bon fauteuil. La petite mise en scène avait bien réussi ; à quoi bon souffrir plus longtemps ?

La femme de ménage vint presque aussitôt, avec un seau de charbon ; elle alluma le feu et exécuta son ouvrage en un clin d'œil : il y avait d'ailleurs peu de chose à faire. Zoby lui donna quelques commissions et la pria de revenir vers cinq heures seulement. D'ici là, il y aurait du nouveau.

Elle se regarda au miroir : certainement elle était pâle ; d'abord, elle l'était toujours. Elle se tira la langue : son gosier était un peu rouge à l'intérieur ; elle avait eu un petit mal de gorge, c'était indéniable. Mais quel résultat pour si peu de chose ! Elle sourit en songeant à l'étrange bouleversement qu'avait dû causer le brusque départ de Tarragone, et un jour comme celui-là ! C'était tout à fait drôle, assurément ; mais elle n'en connaîtrait jamais les détails, et c'était grand dommage ; car c'eût été bien amusant.

Le feu ronflait dans la cheminée ; la femme de ménage avait apporté du lait chaud et fait du café, dont l'arome envahissait le grand atelier encore peu hospitalier. Zoby ajouta une tasse à son couvert et attendit.

Dix heures avaient sonné et Tarragone ne revenait pas.

« Se donne-t-il du mal ! pensa Zoby, avec un sourire moitié malice, moitié compassion, et tout cela pour rien ! »

Elle se remit sur le canapé, un bon oreiller derrière la tête.

Un coup brusque retentit et la porte s'ouvrit ; le maître de chapelle entra, suivi d'un garçon de restaurant qui portait un panier couvert de linge blanc. Un autre avait sur le dos un lourd sac de combustible. La table fut mise en un instant et les hommes se retirèrent.

– Enfin, dit Tarragone, vous avez du feu ! Elle est donc venue, cette femme ?

– Vous le voyez, fit Zoby en s'asseyant. Ah ! je me sens mieux !

– C'est la bonne chaleur, dit-il. On gelait ici !

– Non, c'est vous, répondit-elle. C'est de ne plus me sentir seule au monde. Je n'ai que vous, je vous l'ai dit.

Attendez, je vais vous donner une tasse de café.

– Ne bougez pas ! s'écria Tarragone.

Avec la maladresse d'un homme gâté par sa femme et sa fille durant vingt-cinq heureuses années de ménage, il lui offrit le breuvage réconfortant, non sans renverser à maintes reprises petites cuillers, corbeille à pain, couteau à beurre, bref, tout ce qui pouvait se renverser, y compris la cafetière : mais il n'en fit que rire. Une gaieté singulière et fiévreuse s'était emparée de lui ; on eût dit que tout le vin de champagne versé la veille à sa table courait dans ses veines et pétillait dans son cerveau. Lorsqu'il eut mangé lui-même, et d'un appétit qu'il ne se fût pas soupçonné, il dit à Zoby qui le regardait doucement entre ses longs cils :

– Vous ne pouvez rester ici ; j'ai trouvé dans un bon hôtel un appartement pour vous ; vous y serez bien soignée, bien servie.

Zoby fit signe que non.

– Pourquoi ?

– Que ne dirait-on pas ? Non, mon maître : il faut que je reste ici et que vous veniez m'y voir sans commentaires, – ou avec le moins de commentaires possible.

Tarragone demeura stupéfait. C'était pourtant vrai ! Et il n'y avait pas songé.

– Il faut que je reste ici, répéta Zoby en toussant un peu. L'atelier est froid : il y faudrait des rideaux, des tapis, des fourrures, toutes choses que je n'ai pas : il y faudrait des plantes vertes pour la gaieté des yeux : car j'y suis parfois bien triste. Mais je suis pauvre et n'aurai rien de tout cela.

Les yeux de Tarragone étincelèrent.

– Vous l'aurez, dit-il, Zoby... M'aimez-vous ?

– Je n'ai que vous sur la terre, je vous l'ai déjà dit deux fois.

– Eh bien ! je veux que vous soyez heureuse. Vous aurez tout ce que vous souhaitez. Donnez-moi votre main, Zoby.

Elle lui tendit sa longue main frêle en apparence, de fer en réalité. Il la baisa longuement, savourant le philtre que lui versait la sorcière. Tout à coup, elle se redressa ; elle était très pâle ; car elle allait jouer le tout pour le tout.

– Maître, dit-elle, écoutez-moi. Il y a quelques mois, là-bas, j'ai eu un moment de folie, vous vous en souvenez ?

S'il s'en souvenait ! Il croyait encore sentir les cheveux crespelés s'attacher à lui, pareils à la tunique de Nessus.

– Vous m'avez grondée, comme le maître fort, impeccable, droit et vaillant que vous êtes. Je suis rentrée en moi-même et je me suis jugée. Je n'étais, ce jour-là, qu'une faible créature, vous m'avez relevée et soutenue. Vous m'avez montré le chemin... le chemin que nous suivrons ensemble, mon maître. Je suis une pauvre fille sans défense ni protection : vous êtes le maître Tarragone, estimé, honoré de tous. Que peut-il y avoir entre nous, sinon la plus noble, la plus confiante des amitiés ?

Les yeux verts, jusqu'au fond de la poitrine de José, scrutèrent ce cœur qui sautait en bonds désordonnés : elle n'avait point souci du cerveau caché derrière le front, où cent pensées discordantes battaient la chamade. Elle se leva tout à fait.

– Nous ne pouvons songer à rien de mal, dit-elle d'une voix lente, en détachant les mots : vous ne le voudriez pas, et moi... je n'y survivrais pas. Je ne puis pas être votre femme même par un divorce...

– Peut-être, murmura Tarragone dont tout l'être intérieur vibrait comme un fil de métal par une nuit d'orage.

– Je ne puis pas être votre femme, répéta fermement Zoby, et je ne le voudrais pas. Je suis honnête, je le resterai, et je ne veux pas que le monde se mêle à ma vie. Donc, mon maître, que nous reste-t-il à faire ?

Effondré sur le pouf, Tarragone la regardait, ne trouvant rien à répondre. Elle se rassit en face de lui et prit dans les siennes une main qu'il abandonna.

– Vous serez tout pour moi, dit-elle ; *tout*. Et je serai pour vous *tout*, excepté ce qui ne doit pas être. Vous aurez mes pensées, mes entretiens, mes lettres, ma gloire ; car j'en aurai ; et quand le monde m'applaudira, vous vous direz : « C'est moi qui ai créé cela ! »

– Et en attendant ? demanda tristement José qui sentait pourtant les mains grêles le tirer peu à peu de l'abîme.

– En attendant, avec vous, je n'aurai pas d'orgueil ; de vous, j'accepterai tout, et vous serez ici chez vous, mon maître, mon maître adoré.

Elle avait laissé tomber la main de Tarragone ; en prononçant le dernier mot, elle posa ses deux bras sur les épaules qui l'invitaient.

Il l'attira contre lui et la pressa sur son pauvre cœur affolé. Il l'aimait ; oui, vraiment, il l'aimait du meilleur comme du pire de lui-même, avec sa pitié pour la misère, son admiration pour le génie, son besoin de tendresse et d'épanchement, comprimé au cours d'une vie grave et régulière, avec un peu de son sang arabe qui se sentait attiré par le sang de tzigane. Oui, il l'aimait, et surtout dans la détresse morale où il s'était enlisé grâce à elle, il avait besoin d'être aimé. Sa propre maison lui était devenue étrangère, et il avait si faim d'affection ! Il baisa les cheveux vivants, la joue fraîche et chercha à s'approcher des lèvres...

– Cela, jamais ! dit Zoby en se retirant.

Les yeux verts disaient aussi : « Jamais. » Quand on meurt d'inanition, on ramasse des miettes ; il baisa les mains fluettes, implacables, et accepta le pacte.

Ce fut le commencement de la fin.

## XIX

On ne saurait se figurer avec quelle facilité un esprit droit et loyal peut se payer de sophismes, lorsque l'amour est en jeu. Tarragone, une heure après, trouvait tout simple de faire à Zoby un nid délicieux où lui-même viendrait se reposer de ses ennuis domestiques et goûter la félicité presque parfaite d'une tendresse incomparable et d'une musique quasi divine.

De très bonne foi, tout en choisissant des tapis, des rideaux, des fourrures, des coussins de soie, pour confectionner le nid, il se croyait malheureux et incompris dans la maison familiale de Gand ; en se faisant montrer de grands phœnix à longues palmes et de fraîches primevères de Chine, il se rappelait combien de fois les ennuis du ménage avaient coupé les ailes à son inspiration, et n'était pas loin de penser que, sans M$^{me}$ Claudia et l'entrave apportée au développement de son génie musical par l'éducation de ses cinq enfants, il serait à cette heure acclamé dans l'Europe entière au lieu d'être seulement honorablement apprécié dans les Flandres.

« Je suis encore assez jeune, Dieu merci ! se disait-il, pour donner la mesure d'un autre Tarragone que le malheureux étouffé dans les liens de la famille ; j'écrirai mon oratorio, et on verra bien que ce n'était pas ma faute si je ne l'ai pas fait plus tôt. Mes enfants sont grands, les plus jeunes n'ont qu'à continuer leurs classes, et leur mère est là pour prendre soin d'eux. »

Il paya comptant tout ce qu'il acheta ; la somme était considérable ; mais, en partant, il avait eu soin de bien garnir son portefeuille. Il exigea que tout fût apporté sur-le-champ ; avant cinq heures, en effet, comme l'avait prévu Zoby, les tapis jonchaient le parquet, d'épais rideaux bouchaient toutes les ouvertures et deux grandes lampes éclairaient toutes ces choses charmantes. Les palmiers formaient de jolis coins d'ombre au-dessus d'un divan, recouvert d'une somptueuse étoffe et jonché de coussins. Les tapissiers eurent vite terminé et s'en allèrent.

Zoby regardait tout cela d'un air fort calme. Un autre paquet arriva ; c'était une belle robe d'intérieur en peluche rouge sombre garnie de fourrure grise. Elle allait presque tout à fait bien, à l'aide de quelques épingles. José suivit de près son dernier envoi ; il avait l'air enchanté, comme un homme qui va se marier.

– Vous êtes superbe, là-dedans ! dit-il à sa jeune amie. Je pensais bien que la couleur conviendrait au ton de votre visage. Vous m'offrez une tasse de thé ?

– Oui, répondit Zoby, et puis vous prendrez le train.

– Le train ? répéta José, tombant du ciel.

– Certainement ! Vous êtes-vous imaginé que vous alliez rester ici ? Vous y viendrez quand vous pourrez ; mais vos exercices de maîtrise ne se feront pas tout seuls, et vous en avez un demain matin. Je connais vos heures, mon cher maître !

Tarragone médita un instant.

– Liège est trop loin, dit-il un peu déconfit.

Elle éclata de rire.

– Heureusement, dit-elle, sans quoi votre réputation et la mienne courraient quelque danger ! Vite, vite, regardez tout, réjouissez-vous de tout, prenez votre thé et allez-vous-en ; vous ne serez pas longtemps sans revenir.

Le retour à Gand n'offrait à l'imagination du maître de chapelle rien de particulièrement agréable ; cependant, il n'en sentit toute l'horreur qu'en introduisant sa clé dans la serrure très tard dans la soirée. Il avait espéré trouver sa femme couchée, sinon endormie ; elle cousait avec Elsa dans la salle, sous l'abat-jour de la grande lampe. Dans son trouble, il ne savait plus s'il avait serré quelque part ou laissé traîner le malencontreux télégramme ; à vrai dire, il ne se souvenait même pas d'avoir donné une explication quelconque.

En le voyant, les deux femmes se levèrent. Elsa apporta son front à baiser au père de famille, qui effleura aussi du bout des lèvres la joue brûlante de sa femme. Celle-ci lui demanda s'il désirait souper ; sur sa réponse négative, elle alluma une bougie qu'elle lui présenta. Sur le seuil de la porte de leur chambre, Mme Claudia dit doucement : « Bonsoir», et suivit Elsa dans une pièce voisine.

José resta un instant penaud, son bougeoir à la main ; puis il entra dans la grande chambre, dont il referma la porte avec un soupir de soulagement.

Ce n'était pas plus difficile, pas plus compliqué, de briser les liens de vingt-cinq années ? José admira la promptitude de sa décision, la veille ; c'était cela qui avait tout arrangé. Claudia avait lu le télégramme, évidemment ; tant mieux, la situation était claire. Et Tarragone, qui était très fatigué, s'endormit.

Son réveil fut moins optimiste : d'abord, il avait ses devoirs de maîtrise à remplir, et il se sentait étrangement paresseux. Il se rendit à la classe de chant, néanmoins, où les garçons travaillaient sous la direction de son aide ; le départ d'Urbain avait nécessité l'adjonction d'un jeune musicien, suppléant au besoin, mais non responsable, au moins jusqu'à présent. Comme José, la classe terminée, se hâtait vers son logis, il fut rejoint par l'organiste, qui l'avait guetté et qui lui prit le bras de façon à rendre toute évasion impossible.

– Vous déjeunez avec moi, dit-il : nous avons à causer.

Tarragone n'en voyait pas la nécessité, il marchait sur les nuées, des nuées sombres et orageuses, mais des nuées pourtant, et le retour aux réalités de la vie l'ennuyait. Néanmoins, il suivit son ami, acceptant le repas et le sermon. A vrai dire, cela valait encore mieux que les figures bouleversées de sa femme et de sa fille, dans la salle trop connue de sa propre maison.

Le déjeuner fut moins friand que de coutume : Bockaërt n'avait pas eu l'intention d'être particulièrement agréable à son ami ; quand la table fut desservie, l'organiste bloqua Tarragone dans un fauteuil, près d'une fenêtre, loin de la porte, et lui dit tranquillement :

– Alors, c'est décidé ? Vous avez installé votre faux ménage ?

– Ce n'est pas vrai ! tonna le maître de chapelle en se levant tout d'une pièce.

Bockaërt le fit rasseoir d'un geste singulièrement

autoritaire chez cet homme paisible.

– A quelque chose près, c'est vrai ; peu importe le plus ou le moins, dit-il ; le fait est celui-ci : le soir de vos noces d'argent, vous avez disparu pour vingt-quatre heures, appelé par une jeune personne, malade ou non.

– J'ai été bien bête d'oublier le télégramme, murmura José.

– On oublie toujours quelque chose, une fois ou l'autre, répliqua l'organiste sans se troubler. Le fait existe, ai-je dit. Quelles mesures comptez-vous prendre ?

– Mais... dit Tarragone, interdit, rien !

Bockaërt médita un instant.

– Bien, répéta-t-il ensuite, cela veut dire que quand vous en aurez le temps et l'occasion vous ferez une petite fugue à Liège.

– Précisément ! riposta José les yeux brillants de colère.

– Hein ! cela vaut toujours mieux qui si c'était ici, dit Bockaërt, comme s'il se parlait à lui-même. Et on vous voit là-bas ? c'est officiel ?

– Comment, officiel ! Est-ce que je n'ai pas le droit d'aller en plein jour voir mon... mon élève, surtout quand elle est malade ?

– C'est assez plausible, fit l'organiste impassible, et, en plein jour, je le reconnais. Elle vous a expédié hier soir, eh ?

– Oui, répondit innocemment José.

– C'est très bien. Dans ces conditions-là, vous ne faites de chagrin qu'à M^me^ Claudia et à Elsa. Urbain est hors de cause... et d'atteinte. Les autres sont encore jeunes, sauf Lili, qui apprendra la vérité une fois ou l'autre. M^lle^ Zorn est très forte.

– Écoutez-moi, Bockaërt, fit José avec impatience. Vous ne comprenez rien à la situation. La personne dont vous parlez est au-dessus de toutes les calomnies...

Bockaërt approuva de la tête.

– ... et digne de tous les respects, conclut José. Je sais bien que vous ne me croyez pas, et pourtant, je vous jure sur l'honneur... Regardez-moi dans les yeux, Bockaërt, et voyez si je dis vrai : je vous jure sur l'honneur qu'entre elle et moi il ne s'est rien passé et ne se passera rien dont vous ne puissiez être le témoin !

L'organiste scruta la physionomie de l'homme qu'il connaissait depuis trente années. José avait appris en ces derniers temps bien des choses ; mais c'était encore un honnête homme, on ne pouvait s'y tromper.

– Alors, dit Bockaërt lentement, elle est très forte, encore plus forte que je ne le croyais ; mais d'elle, rien ne m'étonne. Ce qu'elle avait fait d'Urbain était magistral.

– Urbain ? Qu'y a-t-il avec Urbain ?

– Oh ! peu de chose ! C'était très bien arrangé il ne pouvait agir autrement qu'il ne l'a fait, et vous, étant donné... votre état d'esprit, ne pouviez l'accueillir que d'une seule façon. Tout cela est très bien organisé...

Il resta silencieux. José rongeait son frein, mais ne savait comment s'en aller. Tout à coup, l'organiste lui saisit le bras rudement.

– Vous avez brisé le cœur de votre femme, dit-il d'une voix contenue ; c'est une femme comme il n'y en a pas une en dix mille... en un million. Vous avez ruiné sa vie, assassiné son bonheur ; cela, Tarragone, voyez-vous, c'est inexpiable !

– Oh bien ! fit José en se dégageant, si tous les maris

devaient être sermonnés de la sorte...

– C'est que tous les maris ne sont pas comme vous et toutes les femmes ne sont pas comme la vôtre. Et pour cette bohémienne... Enfin, je sais qu'on perd son temps à faire de la morale à un homme qui en est où vous en êtes. Je n'ai qu'un conseil à vous donner, Tarragone, mais c'est un bon conseil, et important. Tâchez qu'on n'en sache rien ! Vous ne vous doutez pas où cela vous mènerait.

– Parbleu ! fit José heureux de s'en tirer à si bon compte, ce n'est pas moi qui bavarderai. Pourvu que Claudia n'aille pas imaginer de se plaindre à ses bonnes amies.

– Elle ? cria Bockaërt furieux. Ah ça ! quelle espèce d'homme êtes-vous devenu, que vous puissiez prononcer une semblable parole, après avoir vécu vingt-cinq ans avec cette femme ? Mais elle mourra sans dire un mot ! Et c'est vous qui l'aurez tuée...

Il s'arrêta, haussa les épaules, et ajouta d'un ton radouci :

– Vous ? Non ; le coup vient de plus loin. Il fut un temps où l'on brûlait les sorcières : c'était le bon temps. Maintenant, mon ami, vous pouvez retourner à vos pensées favorites. Je n'ai plus rien à vous dire. Ah ! si, pourtant. Rappelez-vous que vous avez encore quatre enfants à pourvoir et que vous n'êtes pas riche. Vous filez le parfait amour ; c'est très bien ; mais n'oubliez pas qu'en général celui-là coûte plus cher que tout. Au revoir, vous me verrez souvent chez vous.

– Quand il vous plaira, dit Tarragone en prenant son chapeau. Seulement, il y a une chose dont vous ne vous doutez pas, vous : c'est que le musicien qui a été jusqu'ici étouffé en moi va enfin pouvoir ouvrir ses ailes !

– Je le souhaite ! répliqua l'organiste sur le pas de sa porte. A bientôt.

# XX

Personne n'avait encore rien dit, personne ne savait rien. Liège et Gand sont séparés par plusieurs heures de chemin de fer, avec des embranchements et des changements de train, choses faites pour retarder les communications verbales et mystérieuses ; cependant, bien peu de jours après celui qui avait vu embellir le mobilier et la garde-robe de Zoby, l'aventure était connue, à Gand comme à Liège.

M^lle^ Zorn n'avait pas fait beaucoup de nouvelles connaissances en cette ville ; elle s'était bornée à saluer ses professeurs et à donner quelques leçons ; aussi n'est-ce pas par en haut que se propageaient les nouvelles, mais bien plutôt par en bas : la femme de ménage avait parlé, les fournisseurs avaient jasé. Bientôt Zoby ne reçut plus que des saluts brefs ou cérémonieux de la part des matrones, tandis qu'elle était extrêmement entourée par les hommes non mariés. Elle se fit plus hautaine et plus froide que jamais, conserva ses leçons, car là on ne connaissait d'elle que son talent, et travailla avec une ardeur passionnée.

Tarragone venait souvent, parfois pour un après-midi tout entier, souvent pour deux heures. Le besoin de voir Zoby, de caresser ses longues mains blanches, de baiser la peau fine et froide de ses poignets, jalousement cachés dans de très longues manches, était devenu aussi impérieux que celui de l'opium. Et le maître de chapelle avait dit vrai : tout ce que la routine de sa vie et sa nonchalance naturelle avaient étouffé en lui s'exhalait maintenant, comme si la souffrance, en le pressant, exprimait de lui le meilleur de son intelligence. Il composait pages sur pages ; il les jouait au piano, les faisait chanter par Zoby, dont la voix merveilleuse possédait les sonorités et les recherches du clavier de l'orgue, ou bien les confiait à son violon, ce violon dans lequel la charmeuse faisait passer ce qui lui servait d'âme.

Plus d'une fois, exalté jusqu'à la folie par la musique et la passion, José avait enveloppé Zoby de ses bras, espérant surprendre une faiblesse de sa volonté : toujours elle se dérobait, souple, glissante comme une couleuvre, dans les robes de soie dont il la voulait revêtue, et elle le punissait par des dédains si cruels, une froideur si glaciale, que les larmes en venaient aux yeux du musicien.

– Prenez garde, avait-elle dit, je ne vous tuerai pas. Mais ce serait moi...

Et il avait peur, car il l'adorait.

Jamais il ne venait les mains vides : bijoux, étoffes précieuses, objets rares, il comblait son idole de présents coûteux, s'amusant de la joie enfantine avec laquelle Zoby défaisait les enveloppes ; il n'avait plus une notion bien nette de la valeur de l'argent ; pourvu qu'il en eût, le reste importait peu ; et qu'elle en eût aussi, cependant ; car certain tiroir de la petite table où elle lui servait sa tasse de thé se trouvait toujours, après son départ, bien garni de pièces d'or ou de billets de banque.

Une fois ou deux, Tarragone alla voir les professeurs auxquels il l'avait recommandée. On n'était pas très content d'elle : trop de chic, pas assez d'étude ; pas de travail sérieux ; un goût exagéré pour les sonorités anormales. Bohème, disait-on. Bohème en effet.

Elle l'interrogea. Il ne savait rien lui cacher ; elle éclata de rire.

Ces vieux bonzes ! Elle l'avait bien dit, qu'ils ne pourraient pas s'arranger de ce qu'elle avait à leur offrir. Elle n'était pas faite pour l'enseignement officiel. Mais tout de même : *Élève du Conservatoire de Liège*, cela aurait bonne mine sur une affiche de concert.

– Alors, Zoby, pourquoi Liège ? Pourquoi pas Bruxelles ? demanda José. Bruxelles est moins loin...

– L'année prochaine ! répondit-elle. Cet été, je donnerai à Ostende et à Spa deux concerts qui feront ma réputation. J'ai trouvé un quatuor ici...

José avait envie d'être jaloux du quatuor ; elle lui rit au nez. Est-ce qu'on est jaloux d'un quatuor ?

Il maigrissait et s'affinait étrangement ; ses cheveux et sa barbe étaient presque tout à fait gris, avec des ombres fauves ; mais Zoby les embrouillait avec ses doigts minces et disait que jamais le maître n'avait été si beau. Alors il le croyait ; pourtant, il se sentait malade, et, composant toujours, il n'orchestrait rien.

– Ce sera pour plus tard, disait-il, quand vous serez à Bruxelles. Alors, nous travaillerons ensemble.

A Gand, toutefois, on s'était ému des promenades

réitérées de Tarragone : la Cathédrale est une personne fort sérieuse qui n'admet aucun manquement chez ses serviteurs. Bockaërt fut interrogé, et affirma qu'il n'y avait rien, rien du tout : le départ d'Urbain avait forcément changé bien des choses, et le maître de chapelle composait un oratorio ; il cherchait les moyens de le faire exécuter : où les trouver, sinon à Liège ?

Le Chapitre admit ces explications, en attendant mieux. Cependant, Pâques approchait ; Tarragone remplit ses devoirs religieux comme de coutume ; n'avait-il pas l'âme pure, et, de plus, ne remportait-il pas sans cesse sur lui-même la plus éclatante des victoires ?

Cependant la Cathédrale revint à la charge, le nom de Zoby fut prononcé, quoique discrètement, et Bockaërt, un matin, se trouva au pied du mur. On demandait une preuve de l'innocence de ces relations, dont il était trop parlé. Pourquoi, alors que M. Tarragone allait si souvent voir Mlle Zorn, Mlle Zorn ne venait-elle jamais visiter M. Tarragone ? Le voyage n'était pas plus dispendieux pour une personne que pour une autre, et Mme Tarragone, si généreuse, pouvait, en mettant les choses au pis, prendre sur elle les frais indispensables.

Son mari ne lui refusait jamais rien, et la Cathédrale savait que, depuis quelque temps, celui-ci avait retiré des fonds de chez son banquier : donc, en admettant – ce qui ne paraissait pas prouvé – que Mlle Zorn fût dans une situation plus que modeste, on devait être au-dessus de cette mince dépense chez le maître de chapelle ?

Bockaërt promit une réponse et, profitant de ce que José était à la maîtrise, se rendit chez Mme Claudia.

## XXI

M^me^ Claudia était au logis ; elle n'en sortait plus guère à présent. Sous prétexte de mauvaise santé, elle voyait le moins de monde possible.

– Qu'y a-t-il ? demanda-t-elle en voyant l'organiste.

Elle vivait dans la crainte perpétuelle de quelque chose, elle ne savait quoi, qui ajouterait encore à sa misère morale.

– Un petit ennui, répondit l'excellent homme ; mais vous avez assez de force de caractère pour arranger cela au mieux...

– Ma force de caractère ! soupira M^me^ Claudia. J'ai appris en ces derniers temps que, lorsqu'on exige des gens un courage surhumain, on leur parle de leur force de caractère ; cela ne coûte rien à ceux qui le disent.

Elle lui jeta un regard de cerf forcé et lui offrit une chaise.

En peu de mots, il la mit au courant de ses pourparlers avec la Cathédrale, car Bockaërt n'était pas un orateur, et puis, à quoi bon les circonlocutions ?

– Que veulent-ils de moi ? demanda M^me^ Claudia, après avoir écouté.

– Que vous invitiez cette fille à venir passer un ou deux jours ici, pendant les fêtes.

– Cela ? grand Dieu ! s'écria la malheureuse femme. Ne m'en parlez pas, c'est impossible. Je veux bien mourir ; mais pas cela !

– Personne ne demande votre mort, répliqua tendrement l'organiste, non, non, vous n'avez pas besoin de me regarder de cet air-là ; si vous mouriez, votre mari ne se remarierait pas, – pas avec celle-là, toujours, ce n'est pas cela qu'elle veut, – et vos enfants resteraient fort à plaindre. Vous ne mourrez donc point. Mais il s'agit d'autre chose : bon gré, mal gré, madame Claudia, il faut que vous receviez ici cette jeune personne ; autrement, Tarragone pourrait perdre sa situation de maître de chapelle.

Elle le regarda avec des yeux effarés.

– Voyons, ma chère amie, continua Bockaërt en lui tapotant le bras comme à un bébé récalcitrant,vous êtes très intelligente ; vous comprenez sans explication que la Cathédrale ne puisse avoir pour maître de chapelle un homme qui ferait parler de lui ; j'ai mis en avant l'oratorio et tout ce qui s'ensuit ; malgré cela, on me demande pourquoi la jeune personne ne vient pas chez vous. Puis-je répondre que vous refusez de la recevoir ? Réfléchissez ; non seulement il y va de la ruine...

– La ruine ? demanda Claudia d'une voix d'enfant grondé, épuisé par les pleurs.

– Si les appointements de Tarragone étaient supprimés, vous n'auriez pas de quoi vivre grandement, vous six, puisque Urbain a mis sa part de côté ; et puis, à quoi bon les mystères ? José a dépensé beaucoup, cette année, beaucoup, plus que son revenu et son traitement ;

il dépensera encore...

– On ne peut donc pas l'en empêcher ? murmura Claudia, en détournant les yeux vers la muraille, indifférente.

– On ne le peut pas pour le moment. Cela ne durera pas, soyez-en certaine, la sorcière se prépare à d'autres aventures...

– Vous le savez ? fit la mère de famille avec une lueur d'espérance dans ses beaux yeux brûlés de larmes.

– Non ; mais je connais un peu ce genre de femmes ; elle s'ennuiera de vivre enfermée à Liège, où l'on est sévère. C'est l'affaire de quelques mois tout au plus : elle est en train de harnacher son manche à balai pour s'envoler par la cheminée... Avez-vous jamais cru qu'une fille comme elle se contenterait de ruiner un brave homme de maître de chapelle ? Elle est à l'état de chrysalide, à présent, ma pauvre amie. Elle file son cocon avec votre argent : cela fera un beau papillon quand elle s'envolera, c'est moi qui vous le dis ! En attendant, vous n'avez pas d'autre alternative que de la recevoir chez vous.

– Jamais ! dit Claudia frémissante, en se levant.

– Comme il vous plaira. José sera destitué la semaine prochaine. Voilà bien la première fois de ma vie que je ne trouve pas en vous « la femme forte » de l'Ecriture, fit l'organiste d'un air mécontent.

– Personne n'a demandé à « la femme forte » de recevoir chez elle... Non, je ne puis même pas prononcer ce mot ! s'écria Claudia en tordant ses belles mains au-dessus de sa tête.

Bockaërt la regardait, surpris de cette véhémence

passionnée ; il savait qu'elle aimait José, mais il ne la croyait pas susceptible d'une telle violence, et surtout capable d'avoir pu la contenir durant le cours de toute une vie.

– Quand je vous dis, fit-il avec force, que cette fille ne lui est rien, rien de ce que vous entendez ; qu'elle se fait un jouet de lui et de sa tendresse !... Ah ! oui, pour cela, vous pouvez vous mettre en fureur, et souhaiter de lui arracher la chair de dessus ses maigres épaules ; j'en ferais autant moi-même s'il n'y avait pas la loi, le code et les gendarmes. Elle est pire que si elle était ce que vous croyez, cent fois pire ; car elle se moque de lui, de notre José, et elle ne l'aime pas ; elle se laisse aimer, elle est sur un piédestal, elle accepte des offrandes ; pas si bête que d'en descendre ! Ne voyez-vous pas qu'elle perdrait son pouvoir si elle se laissait seulement baiser les lèvres ! Elle ne serait plus qu'une femme ! Et, maintenant, c'est une idole !

Emporté par sa colère, l'organiste marchait à grands pas dans la salle. Claudia l'arrêta.

– Pensez-vous que c'est en parlant ainsi que vous me donnerez le courage d'accomplir le sacrifice ? demanda-t-elle.

Il la saisit par les poignets et fléchit humblement le genou.

– Vous êtes une sainte, dit-il en se relevant, et je suis un vieil imbécile. Ce que je voulais vous faire comprendre, et vous l'avez compris tout de même, malgré ma stupidité, c'est que cette fille – que je déteste, que je méprise, que je voudrais voir réduite en poussière – peut tout de même entrer dans votre maison, qu'elle peut respirer le même air que vos enfants, parce que, si criminelle que nous puissions la trouver, elle n'a pas commis le péché.

– En êtes-vous sûr ? fit Claudia cherchant la vérité au fond des prunelles de l'honnête homme.

– J'en suis sûr ! C'est son intérêt, pas autre chose. Et puis José ne serait pas comme il est... Mieux vaudrait pour lui peut-être... Enfin, n'en parlons pas.

Mme Tarragone se laissa tomber sur une chaise.

– Faites ce que vous voudrez, comme vous voudrez, alors, dit-elle. Pour mes enfants, et pour l'honneur de la maison, j'accepte l'humiliation.

– Humiliation ? Les femmes ont parfois une drôle de façon d'envisager les choses : l'humiliation est pour elle ; mais elle viendra, car il le faut. Cela, je m'en charge. Je me charge aussi de José. Ce n'est pas une sinécure que de s'occuper de vos affaires, madame Claudia.

Il resta silencieux un instant, la tête baissée, puis regarda son amie avec une profonde pitié.

– Vous devriez écrire à Urbain de se tenir prêt au retour, dit-il. J'ai songé à une affaire : pourquoi ce garçon serait-il en Afrique, alors qu'il peut tout aussi bien faire sa fortune à Anvers ? Il y a là un ami à moi qui le prendrait dans sa maison de cafés... Ce serait la chose la plus simple du monde... Voulez-vous lui écrire aujourd'hui ; il y a un bateau qui part demain. Ou bien, aimez-vous mieux que je m'en charge ? Vous savez que c'est moi qui ai la procuration d'Urbain : j'ai justement mis sa petite fortune dans cette maison de cafés... Vous auriez votre fils sous la main... Vous voulez bien ? Alors c'est convenu. Il sera ici dans trois ou quatre mois environ... Cela vaudra mieux pour tout le monde... pour le père aussi, quand il sera revenu à la raison.

M^me^ Claudia serra silencieusement la main de son vieil ami ; elle pleurait intarissablement, la tête baissée.

– Et puis il y a autre chose... je vous demande pardon d'être toujours fourré dans vos affaires ; mais quelquefois cela peut rendre service. Appelez donc Elsa.

Elsa parut, très mince, très pâle, avec une expression de fermeté singulière sur son doux visage, jadis indécis. Depuis les noces d'argent, elle semblait être devenue la véritable maîtresse de la maison. En quelques mots l'organiste lui expliqua la situation : Zoby viendrait passer deux jours et une nuit sous le toit qui l'avait recueillie à la mort de son frère. Les enfants ne savaient rien. Ils seraient comme à l'ordinaire : Elsa pouvait-elle répondre d'elle-même ?

Elle inclina la tête. Pour l'amour de sa mère, Elsa supporterait cette épreuve, plus cruelle encore que M^me^ Claudia ne se l'imaginait ; mais Bockaërt savait tout, quoiqu'on ne lui eût rien dit, et le regard dont il enveloppa la jeune fille était une récompense. Il lui posa soudain une question en apparence très singulière, et dont elle n'eut pas l'air étonnée, bien que sa mère en tombât des nues.

– Dis-moi, Elsa, quand tous les tiens auront trouvé le repos ou se seront construit un nid, as-tu songé à ce que tu ferais ?

Les yeux bleus, si semblables à ceux de M^me^ Claudia, quoique plus jeunes, mais déjà aussi tristes, se levèrent sur ceux de l'organiste.

– Quand personne n'aura plus besoin de moi, dit-elle, j'entrerai au Béguinage. Le plus tard possible, ajouta-t-elle en pressant sa joue contre celle de Claudia.

– Toi, s'écria celle-ci. Tu ne veux pas te marier ?

– Je n’y songe pas, répondit la jeune fille.

– C’est ce que je pensais, fit Bockaërt ; en ce cas, Elsa, tu vas avoir vingt et un ans, demande ta dot à ton père ; je m’en chargerai aussi, pour peu que tu le désires. Cela sera toujours autant de sauvé. Et vous, madame Claudia, ne donnez jamais, sous aucun prétexte, une signature en matière d’argent. Jamais ; je ne vous le pardonnerais pas.

# XXII

Les choses, qui paraissaient difficiles, s'arrangèrent encore cette fois avec une extrême simplicité. La dot d'Elsa fut placée à son nom chez un banquier, comme l'avait été la part d'Urbain, et, en échange de cette concession, Tarragone apporta à Zoby une invitation écrite de Mme Claudia à venir passer les deux derniers jours des fêtes de Pâques à Gand.

Tout cela avait l'air d'un rêve, un de ces rêves étranges où l'on croit être dans la réalité, avec une arrière-pensée que c'est absolument impossible. Mme Claudia avait reçu des visites et des conseils ; la Cathédrale s'intéressait à elle et à ses enfants ; on l'aimait à l'ombre des antiques murailles, autant qu'on peut aimer ceux qui n'appartiennent pas à l'église, c'est-à-dire un peu comme les habitants d'une autre planète ; mais on l'aimait tout de même ; et puis Tarragone était un incomparable maître de chapelle, et on n'eût trouvé dans toute la Belgique, ni beaucoup plus loin, personne pour le remplacer.

Mme Claudia, accompagnée d'Elsa et de l'organiste, se rendit donc à la gare le samedi de la semaine de

Pâques, vers deux heures de l'après-midi, et attendit l'arrivée du train, qui avait quelque retard. Il faut l'avoir éprouvé pour savoir ce qu'un retard de train peut déchaîner de tempêtes dans un cerveau décidé à subir une cruelle épreuve, mais pas à voir voltiger autour de lui pendant un quart d'heure l'arme qui va lui porter un effroyable coup. M^me^ Claudia eut successivement envie de s'enfuir, de se jeter dans le canal, de courir au-devant d'une locomotive en manœuvre et de se faire broyer, d'aller acheter un couteau pour l'enfoncer dans la gorge de Zoby quand celle-ci paraîtrait, de retourner au logis et de décharger sur son mari le paisible revolver de famille endormi au fond d'un tiroir, tout cela pendant qu'elle inspectait d'un œil fixe les deux rubans d'acier de la voie, qui luisaient au soleil comme deux petits ruisseaux de mercure.

Enfin le disque tourna avec un déclic, et la locomotive apparut au détour, pas loin, pas pressée, la locomotive ordinaire d'un train ordinaire. Elsa avait serré un peu plus fort le bras de sa mère.

Le train s'arrêta. Zoby descendit, très pâle, les lèvres pincées, ayant totalement avalé sa bouche, comme aux mauvais jours d'autrefois.

Elle était simplement vêtue de drap noir ; mais sa robe, d'une coupe irréprochable, annonçait le grand tailleur pour dames. Son chapeau noir ombrageait son front, laissant dans l'ombre les yeux lumineux comme des émeraudes.

– Vous avez fait un bon voyage, mademoiselle ? demanda Bockaërt en lui tendant la main.

Il y avait beaucoup de monde sur le quai, beaucoup plus que n'en comportait le nombre de voyageurs de ce train-là ; mais la curiosité humaine trouve partout à se satisfaire, même à Gand. Bockaërt poussa Mme Claudia, qui avança la main. Elsa fit de même. Les doigts des trois femmes se touchèrent comme à l'église quand on s'offre l'eau bénite entre inconnus.

– Les enfants vont bien ? demanda Zoby, parfaitement maîtresse d'elle-même.

Elle venait de se procurer un sourire et le promenait sur l'assistance, émerveillée de la coupe de sa jaquette et du chic de son chapeau.

On pouvait parler des enfants. Bockaërt prit la menue valise de Zoby. C'était une toute petite valise, un rien, mais si légère qu'elle avait dû coûter beaucoup d'argent ; elle contenait peu de chose : ce qu'il faut pour passer une nuit hors de chez soi.

Zoby avait grandi ; jamais elle ne serait de haute ni de moyenne stature ; cependant elle n'avait plus cet air de gnome qui la rendait singulière autrefois ; à la manière qu'elle avait prise de se mouvoir, Mme Claudia comprit que son ancienne protégée savait marcher dans de belles étoffes, porter des jupons de dentelles, repousser au besoin du pied un flot de soie ou de velours ; chacune de ses découvertes lui perçait le cœur comme une nouvelle épingle dans une pelote ; c'était le pain de ses enfants qui avait payé cet apprentissage.

Une voiture les conduisit à la petite maison familiale. Que pensait, que sentait Zoby ? Elle ne pensait peut-être rien, sauf qu'il fallait surveiller Tarragone, afin qu'il ne fît pas de bêtises.

Il n'en fit pas. L'hidalgo s'était réveillé chez lui ; il recevait dans sa maison celle qui tenait dans ses mains sa vie tout entière ; mais il la recevait en princesse de féerie qui voyage incognito. Bockaërt dînait avec eux ce soir-là ; les enfants, amusés, un peu intimidés, ne revenaient pas de leur étonnement ; cette Zoby, simplement mise, mais dont la simplicité avait l'air d'un déguisement, les effarouchait un peu. Seule, Lili, qui ne redoutait pas grand-chose sous le ciel, tira la langue dans le dos de la visiteuse et dit à sa sœur aînée : « Quelle poseuse ! »

Mais Elsa ne put se contraindre à sourire.

La musique est une grande ressource ; Jan Bockaërt en était une autre ; on joua du piano et de l'harmonium jusqu'à dix heures du soir. Zoby joua, pas très bien, exprès ; elle ne voulut pas chanter, et tout le monde lui sut gré de son tact.

Quand chacun fut retiré dans sa chambre, le silence s'établit sur la maison ; des respirations régulières et tranquilles s'élevèrent de chaque lit ; mais ce n'était qu'une feinte ; car, excepté les enfants, personne ne dormit cette nuit-là sous le toit des Tarragone.

Le lendemain était le dimanche de la Quasimodo. On se leva un peu tard et on alla à la cathédrale. Les orgues tonnèrent. Qu'avait donc l'organiste pour que des roulements pareils à ceux d'un orage fissent retentir les nobles voûtes séculaires ? Pourquoi dans le silence de la Consécration les voix célestes exhalèrent-elles des sanglots si déchirants et pourtant si purs ? La Quasimodo est un jour de réjouissance chrétienne, et cet office avait l'air de prier pour les âmes en détresse. La maîtrise fut impeccable ; jamais elle n'avait si bien chanté ; la Cathédrale avait raison de vouloir conserver Tarragone ; on fut unanime à reconnaître que nulle part on n'aurait trouvé un homme capable de le remplacer.

M^lle^ Zorn regardait de temps en temps non pas le centre du jubé, là-haut, où la silhouette du maître eût pu se révéler, mais le bas de l'escalier, là où un jour de printemps elle avait passé, tenant contre elle la tête ballottante de son petit frère, le pauvre Léon... A quoi pensait-elle ? personne n'en sut rien.

Dehors, sous le porche, au grand soleil et sur la place grouillante de monde, des figures fraîches, des cheveux dorés, des yeux flamands, gris et profonds, des couleurs printanières, et des personnes qui ont connu Zoby lorsqu'elle demeurait chez M^me^ Claudia.

– Vous êtes revenue voir vos bons amis ? C'est gentil ! – Vous voilà en train de devenir une grande artiste ? – C'est bientôt votre premier concert ? – Quand vous serez illustre, on ne vous verra plus, vous aurez oublié vos amis du temps passé ?

Tout le fatras de stupidités qui se dépense en pareille circonstance et dont la société civilisée possède vraisemblablement d'intarissables réserves, car il ne paraît qu'on s'en soit jamais trouvé à court. Et puis les groupes se disloquent, se reforment et s'en vont.

Les enfants devant, comme autrefois ; seulement Zoby marche à côté d'Elsa, là où était jadis la place d'Urbain ; derrière eux, José et M^me^ Claudia... Y a-t-il vingt siècles ou trois ans qu'ils sont rentrés ainsi en famille, heureux, honorés ?... Soudain, comme une flèche de feu, le souvenir d'une parole de José traverse le cerveau de sa femme :

« Nos enfants ? Ne crains rien pour nos enfants, ils sont au-dessus de toutes les atteintes. »

Pauvres enfants, et pauvres parents ! Par bonheur Jan Bockaërt les a rattrapés, et il marche tout contre

Claudia, prêt à la soutenir si elle chancelle. Que Zoby le regarde seulement, comme elle a osé le faire une fois, il la fera rentrer sous terre ; c'est lui qui est aujourd'hui le maître de la perverse Mélusine ; s'il disait un mot, la ville de Gand tout entière se lèverait pour la chasser... Elle le sait, et marche tranquillement, contant à Elsa des histoires de concours au Conservatoire.

Et « la femme forte » s'est retrouvée : tant que durera ce jour, on ne la verra pas fléchir. Tout à l'heure, à table, elle veillera sur les hôtes et soutiendra la conversation. Dans la maison d'un musicien, il y a toujours moyen de causer, même si l'on ne parle pas de musique.

A cinq heures, Zoby reprend le train ; elle a demandé qu'on ne la reconduisit pas à la gare, et personne n'a insisté. José ira la voir jeudi ; – mais c'était convenu d'avance. Quand elle est partie, il se met au piano et joue un morceau de son oratorio.

Là-haut, dans la chambre d'Elsa, devenue aussi celle de sa mère, M^me^ Claudia pleure, pleure. Et c'est sa fille, incroyablement pâle et calme, qui la console.

# XXIII

Ce ne fut pas sans un peu de gêne que Tarragone revit Zoby, quelques jours après : trop de choses sous-entendues, trop de rappels d'un passé sans reproche – au moins en apparence, – s'étaient trouvés évoqués pendant ces deux belles journées de la fin d'avril ; mais, après le premier quart d'heure, il n'y songea plus : ils avaient à traiter ensemble une question autrement importante.

Comment s'arrangeraient-ils pour l'été déjà si voisin ? La maison des Peupliers était bien loin de Gand, et Gand déjà trop loin de Liège ; et puis, en été, pendant les vacances du Conservatoire, Zoby ne pouvait rester dans la vieille cité épiscopale et y recevoir les visites du maître sans se faire remarquer. Et l'avenir ? Il fallait bien songer à l'avenir.

– Je donnerai des concerts, déclara Zoby, un à Ostende, un ou deux à Spa... Il vient du monde très bien à Spa... de l'autre aussi ; mais on peut choisir.

Tarragone n'avait pas de goût pour Spa ; c'était encore plus loin que Liège, et il eût de beaucoup préféré Ostende.

– Vous figurez-vous, dit tout à coup Zoby, que nous pourrions nous voir, quelque part que ce soit, comme ici ?

Il la regarda, confondu.

Elle était assise sur une chaise ancienne très haute, une sorte de trône, qu'il avait déniché pour elle chez un marchand de curiosités, et payé un bon prix. Revêtue d'une robe de brocart changeant à plis lourds qui s'amassaient à ses pieds sur le tapis, elle laissait pendre sur l'étoffe somptueuse ses poignets fins, chargés d'une grappe de bracelets, et ressemblait ainsi à quelque idole. L'ombre d'un groupe de palmes au-dessus de sa tête jouait sur son petit visage aux traits menus, creusant ses orbites où brillaient les yeux d'émeraude.

– Mon bon maître, fit Zoby en montrant ses dents blanches, croyez-vous à la charité des gens, dans les villes de bains ou les villes d'eaux, plutôt qu'à Gand ou à Liège ? Vous êtes-vous imaginé que l'intervention de la noble et puissante Cathédrale, que Dieu ait en sa sainte garde ! serait la première et la seule manifestation, la seule agression de l'extérieur dans notre vie privée, pourtant si innocente ?

Les yeux verts reluisaient de perversité maligne pendant que parlait leur propriétaire ; elle fit cliqueter les bracelets d'or et d'argent avec leurs médaillons de pierreries ; le plus beau datait du jour même.

– N'avez-vous jamais songé, mon bon maître, qu'il faut, ou bien nous séparer...

– Zoby ! s'écria José d'une voix irritée.

– ... ou bien nous faire une toute autre existence ?

Il demeura perplexe, furieux et muet.

– J'y ai beaucoup songé, moi, reprit-elle, en s'enfonçant dans les coussins de sa chaise abbatiale, et j'ai trouvé quelque chose.

Tarragone saisit une des mains blanches et la baisa longuement ; puis ses doigts remontèrent le long du fin poignet, où couraient les veines bleues ; mais elle retira son bras et reprit sa pose nonchalante.

– Voici ce que j'ai pensé. Il faudrait quitter la maîtrise...

– Je le sais bien ! gronda José ; mais... vivre ? Pas moi, les autres ?

– ... quitter la maîtrise et y mettre Urbain, ce ne doit pas être difficile ; c'est une vieille histoire cela, arrangée depuis longtemps, dérangée on ne sait pourquoi... Votre ami l'organiste rafistolerait la chose sans difficulté : il est très malin, votre ami l'organiste... Je suis sûre que lui et moi nous nous entendrions très bien ensemble...

Elle jeta un regard de côté sur Tarragone, mais il n'était pas accessible aux menues taquineries ce jour-là.

– Donc, reprit Zoby, prétexter la fatigue et mettre Urbain à la maîtrise. Alors, vous êtes libre ! Urbain est un bon fils, un excellent frère, et sa mère a de la fortune ; vous êtes libre, vous dis-je.

Les yeux de José étincelèrent ; il se leva.

– Je n'y avais pas songé, dit-il : l'idée est excellente.

– Les hommes ne songent à rien, fit négligemment Zoby ; heureusement, ils ont les femmes. Une fois sorti de la maîtrise, vous faites ce qui vous plaît.

– Je ne peux pas vous épouser, dit-il, pas en ce pays, du moins...

– M'épouser ? fit Zoby du bout des lèvres ; ce n'est pas la plus grosse question, – ou, du moins, la plus importante, pour le moment.

– C'est vous qui le dites, grommela Tarragone, les yeux brillants, les coins de la bouche tirés ; rien ne vous presse, vous ; mais, moi, j'use ma vie à vous désirer, à vous attendre...

– Chut ! fit la charmeuse en posant la paume de sa main fraîche sur les lèvres du maître. Elle la retira sur-le-champ. Soyons sérieux, dit-elle. Avant que les bains de mer battent leur plein à Ostende, ou que les vieux podagres se soient fait voiturer à Spa, on pourrait... on pourrait aller faire un tour à Paris ?

– Impossible ! murmura José. Je sais, de source certaine, que je n'aurai pas de congé ; ils me tiennent rêné de court, à la Cathédrale.

– A leur place, vous feriez de même ! fit Zoby avec cette philosophie profonde qu'elle avait dû acquérir très jeune. C'est dommage, Mme Verboom est venue hier, et elle m'a proposé de m'emmener à Paris pour un mois ou six semaines ; voir le Salon, vous savez... Mais la peinture, ça vous est égal ?

– Et vous irez ? demanda Tarragone devenu sombre.

– Naturellement ! Pour ce que je fais ici avec mon violon ! J'aimerais assez à entendre les concours de leur Conservatoire, là-bas...

– Vous me laisserez seul... dit-il gravement.

– Voyons, mon bon ami, mon cher... mon cher maître, soyez raisonnable. Si je refuse, je me ferai un tort immense, et à vous aussi !

Elle avait raison ; mais Tarragone sentait son cœur lourd comme la pierre de son propre tombeau.

– Quand partez-vous ? demanda-t-il.

– La semaine prochaine.

– Avez-vous tout ce qu'il vous faut ?

– Ici, oui ; à Paris, je me ferai un petit trousseau...

Il toucha machinalement son portefeuille et se souvint que le bracelet l'avait à peu près dépouillé.

– Je vous enverrai un chèque, dit-il. Au nom de votre grand-mère, bien entendu. Comment va-t-elle ?

– Très bien. Je la soigne pour les jours à venir ; elle pourra nous être utile.

Il la regardait ; soudain il s'écroula à ses pieds, étreignant les genoux minces sous le brocart épais.

– Zoby, Zoby, dit-il, j'en deviendrai fou ! Il y a des moments où je sens que ma tête s'en va, mes idées se brouillent et j'ai mal... Il indiquait son crâne. Un homme ne peut pas vivre ainsi, Zoby : il ne fallait pas me dire que vous m'aimiez... J'étais un bon mari, un bon père, et je n'ose pas penser à ce que je suis devenu ! J'étais loyal, je ne suis plus qu'un menteur, un hypocrite. Je songe à divorcer, à renier ma famille, ma patrie, mon Dieu ! Ma femme en mourra, et tout cela m'est égal, pourvu que tu m'aimes, Zoby. Mais il faut que tu m'aimes, au moins !

– Je vous aime, répondit-elle avec fermeté ; mais lâchez ma robe.

– Ce n'est pas vrai ! Tu ne m'aimes pas ! Tu ne songes qu'à toi ! J'ai sacrifié ma vie pour toi ; je suis prêt à sacrifier le peu qui me reste, et toi, qu'as-tu fait, sinon de te laisser aimer ?

– On n'est pas un gentleman quand on reproche ses bienfaits ou ses sacrifices à une femme, répliqua Zoby de ses lèvres menues ; tout à l'heure, je vous ai dit que je ne tenais pas au divorce ; vous n'avez donc pas compris ?

Il la regarda, n'osant la croire.

– Tu voudrais... tu consentirais...

– Je ne veux pas qu'on dise que vous vous êtes ruiné pour moi. Le jour où j'aurai conquis la réputation que je mérite, et ce ne sera pas long, ce jour-là, eh bien, vous n'aurez plus de scènes à me faire !

Elle était en colère, et elle souriait ; ses yeux verts jetaient des feux changeants comme ceux des opales ; José la serra contre lui, comme s'il voulait l'absorber.

– Fille merveilleuse, dit-il, abominable, soit, mais merveilleuse ! je te pardonnerai tout si tu tiens ta promesse. Mais quand ?

– Cet été, après mon concert, répondit-elle très simplement. Asseyez-vous. Je vais vous faire un verre de limonade, et puis nous parlerons affaires.

Elle se dégagea, chercha un plateau et commença de presser des citrons. Il la regardait faire, sans bien comprendre. Elle lui présenta un verre de la rafraîchissante boisson et en fit un pour elle. Lorsqu'il eut pris quelques gorgées, elle sentit que le péril était passé.

– Dites-moi, maître, vous qui savez tout ce qui se rapporte à la musique, savez-vous quelque chose à propos du roi de Thulé ?

– *Le Roi de Thulé* ? Mais c'est une ballade... On l'a mise en musique bien des fois ; jamais très bien...

– Ce n'est pas cela. Il y a un homme, un prince, qu'on a surnommé le roi de Thulé, parce que pendant l'été il habite un château quelque part dans une île, sur la côte de Norvège. Et il aime passionnément la musique... Vous ne savez pas ?

Tarragone ne savait plus rien que ce qui se rattachait soit à son amour, soit à ce qu'il nommait ses « chaînes ».

– C'est dommage, dit Zoby en musant. Cela pourrait être utile.

– A quoi ?

– A faire jouer un oratorio, riposta la sorcière, qui n'y songeait pas une minute auparavant. Demandez donc à votre ami l'organiste. Il est très malin, vous ai-je dit. Demandez-lui de s'informer, de recueillir tous les renseignements qu'il pourra se procurer, et puis... oui... de venir me voir.

– Vous voir ? s'écria Tarragone bouleversé.

– Parce qu'il ne m'aime pas ? Oh ! ça ne fait rien ! Il viendra tout de même. Il est malin, il comprendra. Et vous, vous sentez bien que je ne peux pas aller chez lui ! Que dirait sa gouvernante ? Et à la Cathédrale ? Après le maître de chapelle, l'organiste ! Ce serait la fin du monde !

Elle riait comme une enfant. José inquiet la regardait : il n'aimait guère les accès de gaieté de Zoby, qui ne présageaient rien de bon.

– Sérieusement, maître, reprit-elle, faites ce que je vous dis, c'est très important.

– Mais, fit-il indécis, qui donc vous a parlé de ce... roi de Thulé ?

– C'est ici, au Conservatoire. Il a un orchestre excellent, et fait jouer chez lui tout ce qui lui passe par la tête ; ce n'est pas un personnage de légende, c'est un prince régnant d'Allemagne... Seulement il n'est pas aussi riche que le roi de Bavière, et il n'a pas encore trouvé son Wagner. Cela peut venir. Maître, il ne faut pas manquer votre train.

– Zoby, fit Tarragone amèrement, quand vous aurez donné votre concert, aurez-vous envie de me tenir parole ?

– Voici mes lèvres, pour sceau du serment, dit-elle.

Avant qu'il eût savouré l'ambroisie qu'elle lui offrait, elle l'avait doucement poussé dans l'escalier.

# XXIV

Le roi de Thulé était tout simplement un des nombreux princes régnants dépossédés par l'unification de l'Allemagne. Il s'était bien battu jadis, et avait épousé ensuite une princesse sans beauté, mais sans malice, qui ne lui avait pas donné d'enfants. La principauté cependant n'était pas dépourvue d'héritier, le frère cadet du prince ayant laissé un fils, à qui reviendraient, lors de sa majorité, les droits et les charges d'une souveraineté à peu près chimérique. Le jeune Otto avait alors seize ou dix-sept ans et complétait son éducation, ainsi que doit le faire l'héritier d'une principauté plutôt honoraire. Mais c'était un excellent garçon, suffisamment intelligent, très bon, aussi généreux que le permettait la liste civile, et extrêmement populaire.

La princesse, sa tante, l'adorait ; tout ce qu'elle possédait d'instinct maternel s'était concentré sur ce bel enfant, grand, blond, fort, un peu lourd d'aspect encore, mais qui incarnait bien la race dont il était le dernier. Le prince l'aimait aussi beaucoup, mais moins que la musique. Sans l'exemple illustre de son cousin de Bavière, eût-il poussé le dilettantisme aussi loin ? C'est un point qu'on ne saurait éclaircir ; car le snobisme peut recruter des adeptes même parmi les têtes couronnées ; mais, snobisme ou non, il aimait réellement la musique et s'y connaissait assez bien pour s'abstenir d'en composer lui-même, ce qui était assurément la plus grande preuve de goût qu'il pût donner.

L'hiver, le prince, la princesse et le duc héritier habitaient leur principauté de Treubourg ; l'été, la cour et une bonne partie de tout ce que leurs États comptaient de remarquable se transportaient dans une petite île située sur la côte de Norvège, pas loin des lieux civilisés, un véritable Éden pendant la saison des chaleurs.

Cette île n'appartenait pas au prince ; elle lui avait été concédée par un bail emphytéotique, c'est-à dire de quatre-vingt-dix-neuf ans, ce qui avait rendu rationnelle la construction d'un très confortable château, au milieu d'une forêt qui descendait presque jusqu'à la mer, dans un de ces innombrables et délicieux fjords qui découpent la côte norvégienne. Tout ce qui, en Treubourg, comptait pour quelque chose s'était empressé d'imiter le prince, et l'île tout entière servait de résidence d'été comportant seulement des hôtes de choix.

L'orchestre suivait la cour dans ce déplacement annuel : car le vieux prince ne pouvait pas plus se passer de sa musique que la princesse de ses couchers de soleil sur la mer. Cependant on n'y jouait point la comédie, les dépenses d'un théâtre ayant semblé incompatibles avec le budget de Thulé.

Le surnom donné d'abord par plaisanterie à la résidence avait plu à ses maîtres, qui l'avaient adopté. Le duc héritier aimait Treubourg, qui l'adorait, et Thulé, où il se perfectionnait dans tous les sports ; il aimait aussi la poésie, la musique et les couchers de soleil, ainsi que doit le faire une jeune tête destinée à porter une couronne, celle-ci fût-elle illusoire, et à protéger les arts, ceux-ci fussent ils, en ce qui concerne la peinture, de l'école de Munich.

Pour remédier à la privation d'opéra, pendant la saison d'été, le vieux prince s'attachait ordinairement deux ou trois chanteurs ou chanteuses de mérite, qui venaient pour un mois ou six semaines à Thulé et rentraient dans le courant artistique à la fin des vacances. On ne s'amusait pas beaucoup, dans cette île poétique ; mais le cachet était très suffisant, et pour les artistes, en général, l'époque des bains de mer est une morte-saison, celle où les cigales de théâtre ne chantent pas, ou chantent en plein air, ce qui gâte la voix ; c'est pourquoi le prince Wilfried trouvait facilement à recruter son personnel d'artistes.

Les instrumentistes n'étaient pas plus difficiles à obtenir ; mais l'extrême rigidité des mœurs à Thulé nécessitait quelque prudence dans leur choix ; on les préférait mariés et sans enfants. A Treubourg, cette condition n'avait pas les mêmes raisons d'être ; aussi les éléments de l'orchestre n'étaient-ils pas très stables ; mais le Cappelmeister était un homme de mérite, connaissant bien son affaire, et capable d'obtenir une homogénéité satisfaisante, car il ne reculait devant aucun nombre de répétitions.

La tranquille succession des saisons à la cour de Treubourg s'était vu troubler, depuis deux étés, par une indisposition de la princesse, à qui les eaux de Spa avaient été ordonnées ; de sorte qu'au lieu de se rendre à Thulé dès la mi-juin, comme autrefois, on allait à Spa, avec une suite peu nombreuse, et de là, au bout de trois ou quatre semaines, dans l'île romantique, où s'achevait paisiblement la belle saison.

Le prince en avait pris aisément son parti ; à mesure qu'il vieillissait, tout le monde extérieur s'amusait davantage ; mais la princesse ne s'en consolait pas. Un traitement d'eaux n'est jamais une chose réjouissante ; quand on est princesse régnante et qu'on a toujours vécu dans son palais, vivre à l'hôtel est abominable et presque inadmissible. Mais la Faculté l'avait ordonné, et comme, après tout, la vie et la santé sont encore ce qu'il y a de plus précieux au monde, même pour une Altesse Sérénissime, la princesse Hedwige s'y résignait.

Lors de ses séjours à Spa, la famille princière occupait le premier étage du plus bel hôtel ; à l'époque de son arrivée, le public des baigneurs ou des joueurs était encore assez restreint : on respectait l'incognito tout en saluant très bas et de très loin, car c'est généralement ainsi que se respecte l'incognito des familles princières.

Pour une cause quelconque, l'orchestre de Treubourg venait d'être en partie renouvelé ; naturellement, on était venu chercher des musiciens à Liège, et c'est ainsi que Zoby en avait entendu parler.

Une des particularités de Zoby étant de ne douter de rien, celle-ci avait aussitôt résolu que, de façon ou d'autre, elle irait à Thulé. L'état de mariage n'était une condition que pour les hommes, et Mlle Zorn avait son chaperon à Cologne ; de plus, les règles ordinaires n'étaient-elles pas faites tout exprès pour que Zoby n'en tînt aucun compte ? Cependant, il fallait bien quelques éclaircissements, et aussi peut-être le concours de circonstances favorables, pour que le projet de la jeune artiste pût s'accomplir : c'est pourquoi elle avait résolu de s'adresser à l'organiste.

Bockaërt était doué d'une intelligence très vive et d'une présence d'esprit presque aussi remarquable que celle de son ennemie : dès le premier mot que lui toucha Tarragone au sujet de Thulé, il comprit que si M^lle^ Zorn s'adressait à lui de préférence à tout autre, alors que leur antipathie naturelle eût dû les séparer, c'est qu'il y avait à leur rencontre d'excellentes raisons, peut-être même des raisons morales et louables. L'organiste s'appliqua donc à recueillir, sur la Maison de Treubourg, tous les renseignements ci-dessus énumérés et d'autres moins importants ; après quoi il fit savoir à M^lle^ Zorn que tel jour, à telle heure, il serait à sa disposition dans la salle des Pas-Perdus de la gare Bruxelles-Nord.

A la lecture de cette lettre, Zoby se mordit les lèvres de dépit et ensuite se prit d'un beau rire. Elle l'avait dit, il était malin, le vieil organiste ! Et si, au lieu de lutter sournoisement l'un contre l'autre, ils s'étaient mis d'accord pour marcher à la conquête du monde, ils eussent pu réaliser des choses bien extraordinaires. Pour le moment, elle n'avait pas autre chose à faire que de se trouver au rendez-vous à l'heure dite, si peu qu'elle aimât à se déranger.

Le hasard des trains voulut qu'il y fût un peu avant elle : en la voyant venir à lui, mince, élégante dans sa robe foncée, sa petite figure aux grands yeux clairs perdue sous l'ombre de son chapeau à larges bords, il eut le temps de la maudire une fois de plus et ensuite de s'avouer que vraiment elle n'était pas banale. Quoi qu'elle pût avoir imaginé de nouveau, ce ne serait pas une aventure vulgaire.

– Bonjour, monsieur l'organiste, dit-elle, vous ne voulez pas me donner la main ? Tant pis pour vous ! Je ne me fâcherai pas, je n'en ai pas le temps. Ce n'est pas la peine d'avoir l'air sévère, à présent ; vous devez avoir usé toute votre mauvaise humeur depuis que vous me connaissez. Quel asile m'offrez-vous pour causer ?

– Cette gare n'est pas assez bonne ? demanda Bockaërt sans se déconcerter.

– Si vous voulez ! Elle est pleine de courants d'air, comme toutes les gares ; mais elle n'est pas compromettante. Pourquoi n'avez-vous pas voulu venir chez moi ?

– Vous osez dire : chez moi ! fit l'organiste en haussant les épaules. Je ne sais pas ce que vous avez à me demander ; mais je sais ce que j'ai à vous dire. C'est abominable ce que vous avez fait !

– Quoi donc ? demanda Zoby d'un air innocent en plantant le bout de son ombrelle dans un petit trou de l'asphalte.

– Dépouiller cette belle et honnête famille ! Je ne vous parle pas sentiment, vous voyez ; je crois que ce serait inutile.

– Oh ! tout à fait ! répliqua Zoby toujours aussi innocente. Nous avons des manières si différentes d'envisager les choses !

– Je m'en aperçois ! Aussi je ne parle que du côté pratique. On n'a pas le droit de ruiner un père de famille, vous savez !

– Je croyais qu'en Belgique un homme avait le droit de disposer de son bien suivant sa fantaisie ? demanda

M^lle^ Zorn en regardant son ennemi bien en face.

– Comme partout ! riposta Bockaërt en rougissant de colère. Aussi bien, n'est-ce pas lui qui est à blâmer, lui, le père de famille ! Et Urbain ? Quel rôle lui avez-vous fait jouer, au pauvre garçon ? Il m'avait demandé de vous faire savoir qu'il avait agi suivant votre désir. Ce n'était pas la peine ; vous le saviez d'avance, eh ?

– Monsieur l'organiste, dit Zoby avec une douceur un peu sèche, ne pensez-vous pas que la gare Bruxelles-Nord est un des endroits les moins commodes pour se quereller, et puis aussi que nous n'avons aucun besoin de dire ce que nous disons maintenant, puisque nous l'avons pensé depuis si longtemps sans en parler ? Si vous vouliez bien être un peu pratique ?

– Soyons pratiques, répondit Bockaërt calmé. Vous m'avez fait demander des renseignements sur le roi de Thulé. Vous voulez aller à Thulé ?

Elle répondit avec son menton. En général, elle était assez économe de paroles.

– Et, de plus, vous voulez que je vous y aide ?

Même réponse.

– Et vous avez pensé que je le ferais ?

– Pourquoi pas ? Ces gens-là ne sont pas vos amis ?

– Profond !

– Et, pendant que je serais à Thulé, vous n'auriez rien à craindre de moi ici, ajouta Zoby.

– Profond encore ! Est-ce que vous croyez, mademoiselle, qu'un brave homme qui veut du bien à ses contemporains peut, en toute sécurité de conscience, vous aider dans n'importe laquelle de vos entreprises ?

Zoby rougit un peu ; c'était son tour. Ils se trouvaient ainsi manche à manche ; elle pensa qu'elle pouvait s'abaisser jusqu'à une explication, ornée d'un coup de griffe.

– Je vous croyais malin, dit-elle ; vous ne comprenez pas que, si j'étais là-bas...

– Vous ne seriez pas ici ; La Palice lui-même pourrait l'admettre. Mais s'il vous prenait idée de revenir ?

Elle leva la main droite à la hauteur de son chapeau, orné d'ailes d'oiseau, et agita légèrement ses doigts.

– Plus haut, dit-elle, toujours plus haut... Les alouettes font leur nid dans les blés quand ils sont en herbe, dit La Fontaine ; mais, lorsqu'elles en sont parties, elles n'y reviennent plus ; ce n'est pas comme les hirondelles.

– Alors, vous nous abandonneriez ? fit Bockaërt avec politesse.

– On ne peut répondre de rien, proféra sentencieusement Zoby ; mais je suis ambitieuse...

– Et la Belgique est trop petite pour vous... une cage ; Thulé est moins grand, et même Treubourg ?

– Oui ; mais il y a une cour... Parlez-moi de la princesse, monsieur l'organiste ; je n'ai pas idée de la personne qu'elle peut être.

– Et le prince ?

– C'est moins important.

Il la regarda avec un étonnement qui touchait à l'admiration.

– C'est pourtant vrai ! dit-il. Eh bien, je vais vous dire tout ce que je sais ; mais, marchons ; car, en vérité, cette gare est pleine de courants d'air.

Quand il lui eut conté tout ce qu'il avait pu apprendre, et ses renseignements étaient nombreux, car plusieurs de ses élèves ou de ses amis avaient été à

Treubourg comme musiciens, il s'arrêta et la regarda dans les yeux.

– Est-ce tout ce qu'il vous faut, ou voulez-vous encore autre chose ?

– Il faudrait que M. l'organiste de Saint-Bavon voulût bien me permettre de me servir de lui comme référence, dans le cas où mes humbles talents seraient agréés par Leurs Altesses Sérénissimes.

– Moi ? pourquoi pas Tarragone ? fit Bockaërt désarçonné.

– Est-ce que vous croyez que ça l'amuserait de me voir aller à Thulé ou à Treubourg ? riposta Zoby. Mais vous, vous qui seriez débarrassé de moi ! Vraiment, rien que pour le plaisir, vous ne pouvez pas me refuser ça !

– Mais je suis un homme, et pas marié... murmura l'organiste.

– C'est comme artiste que je vous demande. Comme chaperon local, j'ai M^me^ Verboom. Nous partons ensemble pour Paris dans trois jours ; au retour, nous irons à Spa, toujours ensemble. Et, au besoin, j'ai ma grand-mère. Marché conclu ?

– Soit, fit Bockaërt, avec un sentiment assez semblable à celui d'un pharmacien qui n'est pas sûr de ne pas avoir donné de la strychnine au lieu d'une potion calmante.

– Alors, monsieur Bockaërt, au plaisir de vous revoir. Si j'ai besoin de vous, je vous écrirai.

Elle lui fit un petit salut bref et le quitta.

Jusqu'à ce qu'il se retrouvât chez lui au milieu des objets qui lui étaient familiers, il ne sut pas s'il était content ou mécontent. Après souper, il médita encore.

« Il me semble que j'ai lâché un chat sauvage dans

une volière, se dit-il. Bah ! Qu'ils se tirent d'affaire. L'essentiel est que nous en soyons débarrassés. »

Le lendemain, il reçut un petit mot, signé d'une façon illisible, et qui portait ce qui suit :

« Cher monsieur, je crains que notre illustre ami n'ait pris en dégoût la direction de sa belle maîtrise : s'il vous parlait de la quitter, je crois que vous feriez bien de ne pas l'y encourager ; ce serait une grande faute. Et puis il serait bon que son fils fût auprès de lui, ne le croyez-vous pas ? »

« La mâtine ! elle songe à tout, c'est le diable en personne ! pensa Bockaërt. Je crois bien, qu'il faut l'attacher à sa maîtrise ! Autrement, il courrait après elle. »

## XXV

Depuis le départ de Zoby pour la France, Tarragone était en proie à une noire tristesse : au milieu des siens, envers lesquels il était coupable, il se sentait abandonné. Vainement, la généreuse M^me^ Claudia, pleine de pitié pour sa misère morale, s'efforçait de l'entretenir de choses et d'autres, comme aux jours passés ; vainement les habitudes familiales s'étaient peu à peu reformées autour de ce père qui n'allait plus à Liège ; il se sentait comme un paria, et cette impression, suivant qu'il était irascible ou malheureux, lui donnait des colères ou des mélancolies incompréhensibles pour autrui.

En apprenant de Bockaërt que Zoby avait quitté la Belgique, M^me^ Claudia s'était reprise à espérer et, d'avance, à pardonner ; ils pouvaient avoir encore de beaux jours lorsque José serait guéri de sa folie. Elle s'était accoutumée à considérer ce qui s'était passé comme une sorte de maladie, une espèce de coup de soleil moral. Et puis, il travaillait, et, dans la maison, on était d'accord pour considérer ce travail comme un symptôme favorable.

Tarragone s'était mis à orchestrer son oratorio avant

de l'avoir terminé : il avait besoin d'entendre gronder dans ses oreilles les majestueuses sonorités des cuivres et des contrebasses, pour étouffer la chanson passionnée de cette ballade de Chopin que Zoby jouait si bien et dont il était possédé. Souvent il allait voir Bockaërt à l'orgue et se faisait jouer ce qu'il avait écrit pendant la nuit ; car il ne dormait plus qu'après l'aube et travaillait jusqu'au jour ; mais il n'était jamais content ; c'était maigre et insuffisant, si peu semblable à ce qu'il rêvait, et qu'il ne pouvait – il ne savait pourquoi – fixer sur le papier. Avec un soupir, il reprenait ses feuillets et priait l'organiste de lui jouer du Haendel. A deux ou trois reprises même, il fit préparer par les chœurs des fragments de *Judas Macchabée* et les exécuta en répétitions.

– J'ai besoin de cette musique-là, dit-il un jour à Bockaërt, pendant que les gamins dévalaient dans l'escalier du jubé : c'est le seul qui ait su employer les voix humaines de façon que, sous les hautes nefs, après que les bouches sont fermées, quelque chose du chant reste et vive une minute, comme une personnalité, comme une âme existante... Quand cela s'évapore, il semble que quelqu'un de glorieux ait disparu.

– C'est vrai, répondit l'organiste pensif, je l'ai ressenti, mais je n'aurais jamais trouvé cette idée-là. Je crois que vous vous surmenez, Tarragone.

– C'est ce que je cherche, fit le maître de chapelle sans prendre garde à l'observation. Ce sont ces sonorités-là... Avec quoi les faisait-il, le vieux maître rude ? Il n'avait pourtant, comme nous tous, que l'orgue, l'orchestre et les chœurs ! Et, depuis, tout cela a plus que doublé de moyens et d'intensité. C'est le maître de l'oratorio !

– Après Bach, dit Bockaërt. Un peu creux, Haendel.

– Un peu creux aussi, les roulements du tonnerre, et pourtant, quoi de comparable ?

L'organiste ne répondit pas sur-le-champ.

– Vous devriez vous reposer, dit-il, puisqu'ils vous ont dit, au Chapitre, que vous pourrez prendre un congé. Quand Urbain sera revenu, vous auriez le temps de travailler. A cette époque-là...

A cette époque-là ? José savait-il seulement sous quel ciel il serait à cette époque-là ! Sur l'avis du Chapitre, il avait écrit à son fils de revenir prendre ses fonctions à l'essai, avant d'en accepter la charge définitive. Toute la fortune qui lui restait, – et une fois ses deux aînés pourvus, après la liquidation de ce que Liège lui avait coûté, ce n'était pas énorme, – tout cet avoir qui eût dû appartenir à ses autres enfants était en chèques, prêt à être emporté d'un jour à l'autre.

Vaguement il évitait de songer à un avenir plus lointain que le terme de son exil : c'est ainsi qu'en lui-même il qualifiait l'absence de Zoby. Ce qui arriverait ensuite importait peu : il vivait dans une angoisse comparable à celle des croyants de l'an mil, alors qu'ils attendaient la fin du monde et n'avaient point à se préoccuper de ce qui suivrait le coup de foudre de l'anéantissement.

Il n'osait même songer trop à leur réunion, ni aux moyens qui l'amèneraient ; il pensait qu'un jour elle lui écrirait d'être quelque part, qu'elle l'y rejoindrait, et qu'ils s'en iraient ensemble n'importe où, le plus loin possible ; qu'alors, après cela, il n'entendrait plus jamais parler de ce qu'il aurait laissé derrière lui. Ce serait trop horrible, s'il devait le savoir ! On aurait la charité de le lui épargner.

Et, puis, on n'aurait pas son adresse, et si, par hasard, on venait à bout de le relancer, il ne répondrait pas aux lettres, il ferait le mort, toujours, toujours... Ce serait triste ; pas plus qu'à présent.

Voir ceux qui l'aimaient avoir confiance en lui, c'était un supplice. Il éprouvait toujours la passion brûlante, l'âpre besoin d'être près de la sorcière, de passer ses doigts fiévreux sur la peau de ses mains délicates ; – mais tout cela était sombre et douloureux comme une agonie.

En s'en allant, Zoby avait emporté la joie, l'irresponsabilité, le triomphe par-dessus les conventions sociales : demeuré seul avec les siens, José voyait le gouffre qu'il avait creusé, où il allait se précipiter, entraînant son idole avec lui... Il n'y renonçait pas, il ne le pouvait plus ; mais il avait peur.

Elle lui écrivait, et ses lettres étaient aussi banales que la jeune fille l'était peu. C'étaient des lettres de pensionnaire, où il n'était question que de choses insignifiantes. Parfois, cependant, tout à la fin, un mot, compréhensible pour lui seul, évoquait le monde fermé où elle l'avait emmuré ; il tressaillait, en proie à une angoisse infiniment douce, qui ressemblait à l'approche de la mort...

A la fin de mai, elle lui fit savoir que, la semaine suivante, elle quitterait Paris avec M^me^ Verboom et son fils pour un petit tour en France, et qu'elle serait peut-être quelque temps sans pouvoir lui écrire. Elle terminait en lui rappelant que vers la mi-juillet elle donnerait un concert à Ostende ; ils ne seraient plus bien longtemps sans se revoir.

Ostende, en effet... c'était convenu... et puis après, le plongeon dans l'abîme. Urbain serait de retour. Quelques semaines seulement...

En attendant, il était jaloux de ce jeune Verboom, qui voyageait avec elle. Et elle ne lui disait pas où elle pourrait lui écrire !

Il se replongea désespérément dans son oratorio, quoiqu'il eût souvent et terriblement mal à la tête.

## XXVI

Leurs Altesses Sérénissimes étaient à Spa depuis quinze jours déjà, et, la princesse se trouvant beaucoup mieux que les années précédentes, la petite cour ne devait plus rester qu'une semaine environ. Le prince avait été un peu privé de musique, cette saison ; l'orchestre du Casino était tout à fait banal, et pas un artiste de talent n'était venu donner un concert.

En revanche, le temps méritait tous les éloges : jamais commencement de juin ne s'était montré plus beau, les nouvelles de Thulé étaient excellentes ; lorsque la chaleur commencerait à se faire sentir, n'allait-on pas y retrouver les roses du premier printemps ? Et l'orchestre y serait aussi : le prince avait déjà envoyé ses programmes, et, dès le retour, il aurait des soirées délicieuses. On n'avait pu se procurer de voix de femme ; mais à la rigueur on pouvait s'en passer : plusieurs dames de la cour chantaient agréablement.

L'appartement des Altesses était situé au-dessus d'une petite salle de concert, où se donnaient parfois des séances de quatuor ou des exécutions d'amateurs ; il s'y trouvait un grand piano d'Érard et quelques pupitres.

Un soir, les augustes époux se laissèrent tenter après le dîner par la beauté de la soirée ; la lune allait se lever sur les collines, et la princesse, qui aimait au moins autant les levers de lune que les couchers de soleil, se fit traîner un fauteuil sur le balcon et s'enroula dans un manteau ; le prince prit une chaise et tira sa pipe favorite. C'était un très bon ménage, uni depuis quarante ans sans l'ombre d'une querelle : ces excellentes gens représentaient en public parce que dès leur naissance on leur en avait inculqué la nécessité ; mais, au fond, ils étaient d'une simplicité de patriarches.

Le duc héritier faisait une patience monstre sur la table du salon, aidé des conseils de son précepteur et du premier chambellan.

– Wilfried, dit la princesse à son mari, il y a longtemps que nous n'avons vu un si beau lever de lune. A Thulé, nous n'avons que des couchers de soleil. A Treubourg, nous n'avons rien du tout. Décidément, la campagne vaut mieux. Regardez cette lumière dans l'espace entre les collines !

– Presque aussi bien qu'au théâtre ! riposta le prince entre deux bouffées. Il aimait à taquiner un peu sa digne et patiente compagne. Et puis, ici, ça manque de musique. Au théâtre, quand la lune se lève, il y a toujours de la bonne musique... ou de la musique enfin, même si elle n'est pas très bonne.

– La voilà ! fit la princesse, au moment où l'orbe de l'astre apparaissait au-dessus d'un petit bois.

– Très réussi ! dit le prince, qui posa sa pipe sur son genou. C'est vraiment aussi bien qu'au théâtre ! Et les résédas des corbeilles sentent bon.

Un insaisissable murmure se fit entendre au-dessous du balcon. Était-ce un frôlement de cordes ou un chuchotement de feuilles ?

Une voix s'éleva, chaude, veloutée, si bien fondue avec les notes du piano que le tout semblait faire un seul merveilleux instrument ; sans effort. Comme la flamme monte vers le ciel, la voix de Zoby montait vers le balcon et chantait *l'Idéal* de Schumann, avec une prononciation si parfaite des paroles allemandes que pas une syllabe n'était perdue.

– Oh ! Wilfried, quel sentiment ! Et quelle voix ! murmura la princesse à la fin de la première strophe.

– C'est une voix en vérité, répondit le mélomane, qui laissa éteindre sa pipe.

Zoby chanta les trois strophes avec toute l'élévation dont elle était capable, – et ce n'était pas peu de chose, – termina l'accompagnement et se tut. L'âme de la divine musique semblait, comme disait Tarragone, planer dans l'atmosphère ; car personne ne prononça une parole ni ne fit un mouvement.

– Warthaus, appela enfin le prince, sachez qui est cela.

Le chambellan sortit et descendit ; avant qu'il fût remonté, la même voix, avec une passion extraordinaire, mais contenue dans la mesure du goût le plus châtié, avait commencé le *Chant de la fiancée* du même Schumann. Lorsque la voix s'arrêta, M. de Warthaus était derrière son maître et personne ne l'avait entendu approcher.

– C'est une jeune demoiselle, Altesse, dit-il. Elle a étudié le piano avec son père, qui est mort ; le chant et le violon, à Liège. Elle est ici avec une dame belge de la haute société. Très discrète et sage personne. Son nom est Zinovia Zorn. Elle est, je crois, d'origine hongroise. Arrivée d'hier, elle a demandé au maître de l'hôtel la permission de chanter pour Leurs Altesses ; mais, si cela déplaît, elle ne le fera plus.

– Du tout, du tout ! elle est fort agréable à entendre ! Vous dites qu'elle joue du violon ?

– Remarquablement, si j'en crois le maître de l'hôtel.

– Est-ce qu'elle voudrait nous en donner un échantillon ? Qu'elle reste où elle est : c'est très agréable. Et puis, ajouta-t-il en s'adressant à sa femme, si elle joue mal, ce sera plus facile de la faire cesser.

Le chambellan avait déjà disparu. En réponse à la demande qui l'honorait, Zoby exécuta un de ses meilleurs morceaux de bravoure, une de ces chansons qu'elle composait dans le goût tzigane avec tant de brio et de sentiment tour à tour.

– C'est très remarquable, dit la princesse quand elle eut fini, et pas une fausse note !

– Warthaus, fit le prince, qui avait réfléchi, descendez donc la chercher, cette jeune demoiselle : nous serions curieux de la voir.

Warthaus descendit, mais ne trouva rien ni personne. Zoby s'était évaporée et ne reparut que vers onze heures du soir, quand elle rentra avec M^me^ Verboom d'une interminable promenade au clair de lune. Les Altesses s'étaient couchées depuis longtemps et endormies sur leur désappointement.

Le lendemain, comme le prince sortait de l'hôtel, il rencontra sur le perron la gracile et fine Zoby, qui, pour compléter son signalement, tenait à la main sa boite à violon. Les grands aiment à se montrer physionomistes ;

le roi de Thulé arrêta la musicienne en lui disant :

– C'est vous qui chantez si bien ?

Il put s'assurer aussitôt que, si elle chantait bien, elle savait aussi parfaitement faire la révérence et qu'elle n'était pas plus embarrassée de parler à un prince régnant que de manœuvrer son archet.

Pourquoi s'attarder aux détails d'une aventure prévue et réglée d'avance par l'esprit inventif de Zoby. Trois jours après, la princesse ne pouvait plus se passer d'elle ; jamais dame ni demoiselle d'honneur n'avait à ce point deviné ses goûts et flatté ses manies. Même si Zoby n'avait eu aucune notion musicale, elle se fût fait emmener pour ses mérites personnels.

Le prince, de son côté, ne se sentait pas de joie d'avoir trouvé une boite à musique aussi complète : M^lle^ Zinovia savait tout par cœur, et, au besoin, quand elle s'était assurée que les autres ne savaient pas non plus, elle inventait sous n'importe quel vocable artistique, et cela passait tout de même. Ce n'était pas du meilleur Chopin, ni du Mendelssohn, ni du Schumann ; mais cela y ressemblait, et jamais elle ne se souvenait du numéro ni du nom de l'œuvre, de sorte qu'on était sûr au moins de ne pas la retrouver plus tard pour la confondre.

Le quatrième jour, Warthaus fit prendre des renseignements. Bockaërt, interrogé, répondit par le retour du courrier. Bruxelles avait fourni les meilleures indications sur M^me^ Verboom, qui servait de chaperon et qui par conséquent se trouvait responsable. Qui se fût imaginé d'interroger Gand, Cologne et Münster ? Même à Liège, les professeurs avaient répondu de la façon la plus favorable. Thulé n'était pas un Conservatoire ; les artistes s'y renouvelaient souvent : cela ne tirait pas à conséquence. Et puis, ne serait-ce pas de mauvaise politique que de ne pas dire tout le bien possible des gens qui sortent de chez vous ? De plus, jamais un homme, sauf José, n'avait franchi le seuil de l'atelier, et celui-là n'était-il pas le maître ?

La famille de Treubourg partait le lundi suivant ; le samedi, Zoby reçut des mains de Warthaus un papier en bonne et due forme, scellé des armes princières, qui l'attachait à la maison pour y rendre tous les services que comportait son art dans les trois branches, sans qu'elle pût arguer, pour refuser, que ceci ou cela aurait été omis.

– C'est une espèce de joujou musical que je vous donne, Hedwige, avait dit le prince.

– Quelque chose comme un sapajou qui serait artiste ! ajouta le duc Otto.

Sa tante le réprimanda vertement. D'abord, il convient toujours de respecter les femmes ; ensuite, celle-ci était fort bien : elle n'avait pas de beauté, assurément ; mais son excellente tenue et le sentiment de sa véritable situation vis-à-vis de personnages haut placés étaient bien plus à considérer que des avantages extérieurs. Otto se le tint pour dit.

Le dimanche est, en général, un jour ennuyeux, hormis pour les écoliers, les professeurs et les employés ; mais Zoby, – qui presque toujours le maudissait de la première à la dernière heure, à cause de la nécessité d'aller aux offices et de ne pas jouer de musique profane, – Zoby eut fort à faire ce jour-là : ses malles, ce qui fut très amusant, et sa correspondance, ce qui l'était un peu moins, mais somme toute, pas désagréable. Et puis de tendres adieux à Mme Verboom.

– Jamais je ne pourrai m'acquitter de ce que je vous dois, dit-elle à celle-ci vers les cinq heures. C'est grâce à vous que j'ai obtenu cette situation.

– Vous ne m'avez pas dit le chiffre, commençait la dame pratique.

– Oh ! le chiffre importe peu, répondit Mlle Zinovia ; vous pensez bien qu'il y aura des gratifications ! Et puis, en sortant de là, car enfin je n'y resterai pas toute ma vie...

Mme Verboom la regardait en riant.

– A moins que la princesse ne trépasse, dit-elle, et que le prince...

– Oh ! alors un mariage morganatique, tout au plus, répondit Zoby en montrant des dents, beaucoup de dents.

– Quel âge a la princesse ? demanda son amie, en continuant la plaisanterie.

– Soixante-huit ans, un mois juste de moins que le prince.

– Oh ! alors, vous épouserez un gentilhomme de la cour : cela vaudra mieux.

– Je ne crois pas ! fit Zoby en rentrant toutes ses dents. Je ne tiens pas à épouser un chambellan. On a trop d'obligations sociales... Enfin, chère madame, sachez bien que je n'oublierai jamais...

Elles s'embrassèrent avec effusion. Zoby ne remit pourtant pas à sa protectrice la clef de l'atelier de Liège ; elle y avait installé sa grand-mère, qui le garderait et le tiendrait en ordre. Ses appointements lui permettaient ce luxe, et on ne sait jamais ce qui peut arriver : il est bon d'avoir un asile. Elle avait proposé à Warthaus d'amener la bonne dame à Thulé, comme chaperon ; mais celui-ci avait fait ressortir l'inutilité de ce déplacement, puisque Zoby serait logée au château.

– Si vous plaisez, dit-il...

Il reçut en plein visage un regard qui lui fit recommencer sa phrase.

– Si Leurs Altesses s'accoutument à vos talents, au point de désirer se les attacher définitivement, reprit-il, vous pourrez amener M^me votre grand-mère à Treubourg, car, là, vous seriez obligée de vous loger dans la ville. Mais c'est encore loin.

– Pas si loin, répliqua M^lle Zinovia. Trois ou quatre mois.

Après le dîner, M^me Verboom fit avec sa protégée une dernière promenade qui se dirigea, comme par hasard, vers la poste. Dans la bouche du minotaure, toujours ouverte, Zoby laissa tomber quelques enveloppes.

– Qu'est-ce que c'est ? demanda M^me Verboom.

– Oh ! rien ! seulement mon courrier.

## XXVII

Le lundi matin, avant que Tarragone fût levé, M^me^ Claudia s'occupait du déjeuner, les enfants étaient déjà partis en classe, la maison recommençait à fonctionner par tous ses rouages ; le facteur sonna, puis disparut après avoir mis les lettres dans la boîte. M^me^ Claudia alla prendre le courrier ; c'était elle, le plus souvent, qui se chargeait de ce soin.

Elle rentra, en examinant les enveloppes, dans la salle, ouverte de tous côtés à la fraîcheur du matin. Aucune ne portait le nom de son mari, et, pourtant, elle connaissait cette écriture menue, pour ainsi dire économe, qui tant de fois avait fait gronder en elle le plus légitime des orages intérieurs. Cette écriture-là s'adressait toujours à M. Tarragone ; aujourd'hui c'était à M^me^ Claudia Tarragone et le timbre portait Spa.

Avec un malaise très explicable, la mère de famille tourna et retourna l'enveloppe sans l'ouvrir. Est-ce que par hasard – ou par malice – Zoby se serait trompée en écrivant l'adresse ? En ce cas, que convenait-il de faire ? Donner la lettre à José, comme par mégarde, ou bien courir tous les risques en la lisant elle-même ?

Elsa entrait, sa mère lui montra le papier plié, aussi dangereux qu'une cartouche de dynamite.

– Qu'est-ce que tu ferais, toi ? lui demanda-t-elle.

– Si la lettre m'était adressée, je la lirais, répondit la jeune fille sans hésitation.

M^me^ Claudia fit sauter l'enveloppe et lut :

« CHÈRE ET HONORÉE MADAME,

« Ne vous étonnez pas si c'est à vous que je communique d'abord une nouvelle qui ne saurait manquer de vous être agréable, étant donné l'intérêt que vous avez toujours daigné me porter. Leurs Altesses Sérénissimes le prince et la princesse de Treubourg ont bien voulu s'intéresser à mon art et m'engager à les suivre dans leur résidence estivale de Thulé. Thulé est une île sur les côtes de Norvège, exclusivement habitée par la Cour. J'espère que l'indulgence de Leurs Altesses pour moi se prolongera bien au delà de ce séjour d'été, et que je pourrai les suivre à Treubourg, où je me ferai, s'il plaît à Dieu, une belle et solide carrière artistique.

« Vous vous rappellerez peut-être qu'un jour M. le maître de chapelle, en parlant de mes faibles mérites, avait bien voulu dire que, grâce à la multiplicité de mes talents, je pourrais trouver à m'employer dans une cour princière ; l'évènement vient de réaliser cette prophétie, qui n'était jamais sortie de ma mémoire.

« Quand vous recevrez cette lettre, nous aurons quitté Spa, et, le lendemain soir, nous serons à Thulé ; tout cela s'est décidé si vite que je n'ai pas eu le temps de vous consulter, ni de vous faire une visite d'adieux. Je ne sais à présent quand les hasards de la destinée me ramèneront à Gand ; peut-être jamais ; je serais une grande misérable pourtant si j'oubliais un jour toute la bonté que vous et M. le maître de chapelle avez témoignée à l'orpheline. Veuillez le dire au maître et partager avec lui l'hommage de ma profonde reconnaissance.

« ZINOVIA ZORN. »

– Elsa, fit M^me^ Claudia en déposant la lettre, elle est partie... pour toujours...

La jeune fille lut attentivement la missive, puis releva son regard plein de terreur.

– Tu n'es pas contente ? il me semble qu'un monde est tombé de mes épaules ! fit la mère indécise.

– Comment le dire au père ? murmura Elsa. Oh ! maman, quel coup pour lui. Qui osera le lui porter ?

Les deux femmes détournèrent les yeux l'une de l'autre. Dans l'allégement de la délivrance l'épouse n'avait pas songé à cela.

– Maman, reprit Elsa, il faut voir M. Bockaërt tout de suite, si l'on peut parler avec lui, et que le père ne lise pas les journaux, car la nouvelle y est déjà, bien sûr, ou cela y sera demain ! Et elle n'a pas seulement pris la peine de lui écrire à lui-même ! Il faut que ce soit nous qui lui fassions ce chagrin !

Les traits de la jeune fille étaient devenus rigides ; une poussée de colère, un besoin de vengeance, durcissaient ses beaux yeux bleus jadis si doux. Une ombre passa devant la fenêtre.

– Voici M. Bockaërt, dit Elsa en courant lui ouvrir avant qu'il eût sonné.

L'organiste était essoufflé ; d'une main qui tremblait, il tira de sa poche deux enveloppes : l'une fermée, sans timbre ; l'autre timbrée, ouverte.

– Je vois qu'elle vous a écrit aussi, dit-il sans préambule. Comment allons-nous annoncer cela à José ?

Interdite, apeurée, M^me^ Claudia regardait autour d'elle ; était-ce vraiment si grave ?

Depuis que Zoby était venue chez elle à Pâques, elle n'avait plus trouvé la chose aussi importante ; une séparation s'était faite : José n'en paraissait pas inquiet, à vrai dire... Est-ce que ce n'était pas à moitié fini d'avance, cette sotte aventure ? Tarragone avait été toute sa vie un homme de jugement et d'équité : l'ingratitude de cette fille lui serait cruelle sans doute ; mais c'était un mal pour un bien, s'il rentrait dans le droit sentier...

Les yeux de l'épouse exprimaient ces pensées confuses ; Bockaërt les saisit au passage.

– Vous rappelez-vous, dit-il tout bas, ce que vous avez éprouvé le soir du télégramme ? Eh bien, ce n'était rien, rien ! vous dis-je, auprès de la commotion que va ressentir le malheureux...

On entendit une porte se fermer au premier. L'organiste regarda ces deux femmes si faibles, si incapables de supporter la lutte.

– Le voici qui descend, dit-il : laissez-moi avec lui. J'ai une lettre d'elle... Je ne sais pas ce qu'il y a dedans. Cela peut lui faire du bien ou du mal... Dans tous les cas, vous ne devez pas être ici quand il la lira. Passez à côté et ne vous éloignez pas.

Il les poussa, tremblantes, vers le salon, referma la porte et revint à la table, où gisait la lettre à M^me^ Claudia, qu'il lut rapidement.

« Un chef-d'œuvre ! murmura-t-il entre ses dents ;

mais elle ne fait que des chefs-d'œuvre dans ce genre-là ! »

José entra, pâle, les yeux rougis par le travail de la nuit, l'air las et dolent.

– Vous voilà ? fit-il. Il n'y a donc pas de femmes dans la maison pour nous donner une tasse de café ?

– Tarragone, dit Bockaërt, il ne s'agit pas de café. J'ai reçu des nouvelles...

– Elle est malade ? s'écria José.

– Plût à Dieu ! et qu'elle fût morte ! répliqua brutalement l'organiste. Elle se porte très bien. Vous êtes un homme, mon ami, capable de supporter un choc...

– Ce n'est pas Urbain ? gémit le père devenu livide.

– Dieu merci, non ! s'écria Bockaërt avec ferveur en levant les mains au ciel. La famille est épargnée. C'est bien d'elle qu'il s'agit.

Tarragone s'assit. Dans une âme d'amoureux il y a toujours une âme de jaloux ; il songea au quatuor inconnu, à Léopold Verboom, à tout ce qu'il ignorait d'elle, et s'aperçut, en un éclair de raison, qu'il ignorait presque tout. Avec un calme qui l'étonnait lui-même, il demanda :

– Elle veut se marier ?

Bockaërt se tint presque humilié d'avoir eu si peur, alors que la victime se montrait si résignée.

– Cela viendra probablement plus tard ; pour le moment, c'est plus simple : elle a accepté un engagement à Thulé, vous savez bien, chez les Treubourg de Thulé.

Un engagement ? Ce n'était que cela ? José respira profondément. Ne fallait-il pas inventer quelque chose pour qu'ils pussent se rejoindre ? Seulement elle aurait dû le prévenir d'abord.

– Comment le savez-vous ? s'avisa-t-il de demander.

– Elle m'a écrit ; voici sa lettre, dit Bockaërt.

José prit le billet d'une main ferme. Zoby remerciait M. l'organiste des bontés qu'il lui avait témoignées, lui annonçait son départ pour Thulé et le priait de remettre au cher maître la lettre ci-incluse.

Sans étonnement, il étendit la main vers cette lettre, à lui adressée, et la décacheta :

« Mon maître honoré, écrivait Zoby, j'ai vécu dans le rêve, il me faut rentrer dans la réalité. Votre affection fidèle et désintéressée se réjouira de me savoir désormais à l'abri des hasards de la vie. Aimez toujours un peu votre

« ZOBY. »

José regarda Bockaërt.

– Ce n'est pas tout, dit-il ; cette lettre-là, c'est pour tout le monde. Où est l'autre, la mienne, celle qui explique ?

Avant que son ami eût pu répondre, il avait saisi la lettre à Claudia et la lisait avidement. Quand il fut à la signature, il écrasa sur la lettre ses deux poings fermés.

– Et c'est tout ? dit-il entre ses dents serrées. Elle me rejette, comme un verre brisé, un objet sans valeur, une échelle cassée... Cela ne se peut pas, Bockaërt ; c'est un complot contre elle ; vous avez imité son écriture.

L'organiste haussa les épaules.

– Vous savez bien que c'est la vérité, dit-il un peu

rudement. Plût à Dieu qu'elle n'eût pas fait cette chose-là sans nous prévenir, qu'elle eût agi loyalement...

– Cela ne se peut pas, c'est absurde, fit posément José ; nous devons nous rejoindre définitivement dès que mon fils sera revenu, nous rejoindre pour ne plus nous quitter.

Il regardait Bockaërt d'un air de défi. C'était bon, pourtant, de jeter le masque et de proclamer tout haut son droit au bonheur ! Au moins, il n'avait plus l'air d'un hypocrite. Son ami se sentit couvert de sueur froide à la pensée de ce qui allait survenir.

– José, dit-il, comprenez-moi bien : si elle vous a promis une chose pareille, elle vous a trompé ; elle n'a jamais eu l'intention de le faire. Lisez sa lettre à votre femme ; tout y est, tout ce qui doit y être, du moins, et c'est clair.

Tarragone repoussa le papier qu'il lui tendait.

– C'est une feinte, dit-il. Pourquoi m'aurait-elle trompé ? Je faisais tout ce qui lui plaisait ! C'est elle qui m'a promis, librement, d'être mienne dès qu'elle aurait donné son premier concert. Elle le donnera à Thulé, voilà tout, si seulement elle y va ; car il est encore possible qu'il n'y ait pas un mot de vrai dans toute cette histoire. Les lettres viennent de Spa, dites-vous ? Je cours au télégraphe.

– J'y vais avec vous, dit Bockaërt, et jusqu'à ce que vous ayez compris, je ne vous quitte plus.

Les jambes de Tarragone n'étaient pas sûres ; il monta avec son ami dans la première voiture qu'il rencontra ; ils n'échangèrent pas un mot ni au guichet, d'où José expédia une dépêche, avec accusé de réception, à Mlle Zorn, à Spa, ni au retour.

– Ne le faites pas manger, chuchota l'organiste à sa femme, lorsqu'il les vit apparaître dans le vestibule à leur retour. Ayez de la patience, il en faudra.

Une, deux, trois heures s'écoulèrent ainsi. Bockaërt avait pris des livres qu'il ne lisait guère ; la famille s'était réunie pour le repas, hors de la présence de son chef ; une tristesse morne et lourde planait sur toute la maison, comme aux pires heures d'une maladie mortelle. Enfin, la dépêche arriva. Mlle Zorn avait quitté Spa pour une destination inconnue.

Le chiffon de papier tremblait dans les mains de José, que son ami regardait, les yeux pleins de larmes. Jamais son âme honnête n'avait contemplé semblable détresse : toutes les misères qu'il avait connues étaient avouables et, par conséquent, susceptibles de quelque consolation ; mais que dire à cet homme dont l'esprit dévoyé ne comprenait plus aucun argument raisonnable ?

– Alors, fit Tarragone d'un ton désespéré, vous croyez que c'est vrai ?... Qu'elle ne m'aime plus ?... Qu'elle s'est jouée de moi ?

Il mettait un silence entre chaque question, et son ami ne répondait pas.

– Vous croyez qu'elle n'a vu en moi qu'un instrument de ses fantaisies, et que... Je ne peux plus penser... je ne peux plus parler... aidez-moi ! cria-t-il avec une inexprimable angoisse.

Les jambes molles fondirent sous lui et il tomba sur le tapis, la main à sa gorge, comme pour arracher la corde qui l'asphyxiait.

Les femmes entrèrent ; on courut chercher un médecin qui vint sur-le-champ. Tout ce qui était possible fut tenté ; mais qu'y avait-il de possible pour arracher à la paralysie ce pauvre cerveau surmené ? Lorsque les premières étoiles se montrèrent au ciel, le maître de chapelle gisait sur son lit, presque insensible. A la même heure, sur le pont du yacht à vapeur *Thulé*, Zoby chantait pour ses nouveaux maîtres les *Astres* de Schubert.

## XXVIII

Une semaine s'écoula sans apporter d'amélioration dans l'état de Tarragone. Ce choc effroyable sur un cerveau brûlé, surmené depuis longtemps, aurait tué du coup un homme moins robuste : celui-ci résistait à la mort ; mais il ne pouvait revenir à la vie. Vainement Claudia, assise près de lui tout le jour, essayait de réchauffer dans les siennes ses pauvres mains inertes et flasques ; vainement elle priait toute la nuit à genoux près du grand lit conjugal où elle avait jadis dormi de si doux sommeils, confiante dans l'aube du lendemain. Personne n'écoutait les prières de M^me^ Claudia, qui se retrouvait au jour plus vieillie, plus harassée, plus découragée.

– S'il pouvait mourir, seulement, dit-elle un soir à sa fille aînée, je demanderais à Dieu de me reprendre aussi, et maintenant je n'en ai pas le droit !

Urbain arriva enfin. Son retour dans la maison paternelle ne fut salué par aucune manifestation joyeuse, et pourtant chacun sentit qu'une sorte de paix et de protection était entrée avec lui.

En moins d'une année, il avait beaucoup changé : le

jeune homme hésitant et timide avait fait place à un être résolu, presque dur à lui-même comme aux autres ; il s'était infligé une discipline de fer et semblait assez disposé à l'imposer à autrui. Dans la solitude, ou plutôt dans l'isolement moral de cette terre d'Afrique, où chacun lutte et travaille contre tout, pour tout et particulièrement pour la conservation de son existence ; dans cet exil volontaire où tout est effort, parce que tout est danger, il avait vu la vie avec un recul formidable. Il l'avait vue telle qu'elle était, il s'était vu et jugé lui-même, et aussi, par ce qu'il savait d'elle, il avait jugé Zoby.

En deux mots, Bockaërt lui avait raconté comment le coup avait frappé son père. « Surprise de l'ingratitude ? » avait naïvement demandé le jeune homme. L'organiste avait renvoyé ses explications à plus tard.

Lorsqu'il eut baisé les pauvres mains molles, sans éveiller dans les yeux ternes un éclair de mémoire ou de tendresse ; quand il eut échangé avec sa mère une de ces étreintes où il semble que le cœur va se briser, Urbain emmena son vieil ami dans la pièce qui avait été le cabinet de Tarragone, et s'assit à la place où le maître avait jadis remis à la petite musicienne ambulante la recette de son premier concert. Les murailles ne parlent pas ; sans quoi Urbain eût senti dès l'abord monter sa colère filiale. Au grand étonnement des deux hommes, Elsa les suivit et s'assit auprès d'eux.

– J'ai aussi quelque chose à dire, fit-elle en réponse à leur surprise, et je vous apprendrai des détails que personne ne sait.

Lentement, avec infiniment de précautions tendres et délicates, l'organiste raconta à ces enfants ce qui avait été la folie de leur père ; il les épargna de son mieux, il épargna de même le pauvre débris humain qui gisait tout près ; mais il ne leur cacha rien de ce qu'il avait appris de Zoby elle-même ; car, celle-là, il n'avait pas à la ménager. Quand il eut tout dit, jusqu'à leur dernière rencontre, Urbain leva les yeux.

– Ainsi, dit-il, elle m'a imposé une démarche qu'elle savait devoir être odieuse à mon père, afin de me faire chasser par lui. Quel était son but ?

– Se débarrasser d'un témoin clairvoyant dans l'entreprise qu'elle avait commencée.

– Je le comprends ; mais que voulait-elle ?

– Se faire donner le plus de bien-être et d'argent possible. Elle vous a dépouillés. Comme fils aîné, majeur, tu deviens le chef de la famille, par suite de l'état de ton père, Urbain ; tu verras combien cet hiver à Liège vous a coûté. Il y a dans un tiroir une liasse de factures... de quoi doter une honnête fille. Et si j'osais être immoral, une fois dans ma vie, je dirais qu'elle est encore plus odieuse de l'avoir joué que si elle l'avait pris dans un vulgaire piège comme tout le monde. En ce moment, mes enfants, vous ne pouvez pas me comprendre ; vous comprendrez plus tard.

– Et pourquoi l'avoir appelé le jour des noces d'argent ? demanda Urbain.

– Pour affliger ta mère, pour faire montre de son pouvoir, que sais-je ? On était heureux ici, en famille ; elle s'ennuyait seule là-bas ; il n'en fallait pas plus.

Urbain frissonna. A son âge, il est dur d'être plongé tout à coup dans un tel abîme de vilenie humaine.

– Et nous ne savons pas tout, conclut Bockaërt ; il a dû se passer des choses plus cruelles, plus inutiles encore.

– J'en connais, moi, dit Elsa jusqu'alors silencieuse.

Tu te souviens, Urbain, d'un jour où elle vous a parlé, à Léopold Verboom et à toi, de la nécessité d'être ambitieux, de ne pas se marier jeune et d'autres choses du même genre ? Je n'ai entendu que la fin de ce discours ; mais il a duré longtemps, je crois. T'en souviens-tu ?

– Je m'en souviens, répondit son frère.

– Ce jour-là, c'était la fin d'un siège entrepris en règle pour détacher de moi ce jeune homme.

Bockaërt soupira.

– Il t'aimait ? demanda Urbain.

– Il m'avait aimée comme on aime quand on est très jeune, et je pense qu'il m'aurait aimée toujours, autant qu'il est capable de le faire, si elle ne s'était pas jetée à la traverse.

– Mais pourquoi ? fit le jeune homme : elle n'avait pas envie de l'épouser !

– Pour mal faire, d'abord, et puis, parce que je lui étais utile dans la maison et que, moi mariée, elle n'y pouvait guère rester.

– Mais elle en est sortie presque aussitôt ! s'écria Urbain.

– C'est qu'elle bâtit ses plans au jour le jour, vaquant au plus pressé, défaisant à mesure, si c'est nécessaire. C'est pourquoi, derrière elle, elle laissera toujours des ruines.

– Et Léopold... demanda le frère à sa sœur, tu l'aurais épousé ?

– Je l'ai aimé désespérément, répondit-elle, tout son sang lui montant à la face. Il ne le méritait pas, je le sais ; mais, maintenant, je ne puis plus aimer personne, je suis dégoûtée d'aimer.

Elle se tut. Les trois amis restèrent graves.

– Je ne suis pas méchant, déclara Urbain après un long silence, mais, si je puis jamais la rencontrer en face, elle nous payera sa dette.

– Ces choses-là n'arrivent pas ! fit Bockaërt en secouant tristement sa tête, depuis peu blanchie par le souci. A la maîtrise, Urbain, sois le digne fils du grand artiste que fut ton père, et console ton admirable mère. Tes épaules sont jeunes pour cette tâche, mais si tu es courageux...

– Je le serai, fit le jeune homme frémissant de colère concentrée.

# XXIX

L'été fut délicieux à Thulé ; nombre de parents, très hauts et très puissants, rendirent de petites visites aux châtelains, et Mlle Zinovia sut faire apprécier ses talents par une bonne partie de ce que l'almanach de Gotha compte d'amateurs de musique, sans parler des mélomanes appartenant à des familles souveraines étrangères.

Elle s'habillait très bien ; Mlle Zinovia soignait spécialement son linge, ne portait pas de bijoux, sauf ceux que lui donnait de temps en temps la princesse, fort généreuse. Celle-ci s'amusait de sa « boite à musique » comme d'un vrai joujou, lui permettant de s'asseoir à ses pieds, sur un coussin, avec une mandoline, par exemple, ou une guitare, car Mlle Zorn jouait d'une foule d'instruments très peu appréciés et qui permettent un accompagnement discret.

La bonne dame, qui avait toujours aimé les scènes romantiques, transformait par les yeux de son imagination Zoby en page, et cela faisait très bien sur le balcon, où traînait le plus souvent, quand il faisait beau, un grand tapis de velours rouge lourdement frangé d'or.

Sur les balustres des terrasses, toujours quand il faisait beau, on voyait des festons d'étoffes orientales ; cela ne faisait de mal à personne et c'était joli à l'œil.

Une fois même, se sentant encouragée à quelque petite folie, car on était très gai à Thulé, M^lle^ Zinovia suggéra qu'on pourrait se procurer un costume de page et que, si Son Altesse Sérénissime le désirait, elle le revêtirait pour chanter sur le coussin, à ses pieds. La proposition ne coûtait pas grand-chose à l'enfant de chœur de Münster, mais, après quelques hésitations, la princesse, non sans regret, déclara que ce serait un précédent tant soit peu dangereux, et M^lle^ Zinovia resta dans ses robes.

Son engagement portait qu'elle ne saurait se refuser à rien de ce qui touchait son art : elle n'en avait guère envie ; bien mieux, elle se prêtait de bonne grâce à une quantité de divertissements qui s'en éloignaient plus ou moins. Si elle consentit à jouer du piano à quatre mains avec le duc héritier, que les leçons traditionnelles ennuyaient et qui préférait de beaucoup écrémer les partitions au petit bonheur avec cette infatigable partenaire, elle ne se refusa pas davantage à organiser des marionnettes, puis des ombres chinoises, puis un théâtre de société, où elle joua complaisamment le rôle du souffleur.

Toujours vêtue de robes collantes et sombres, elle allait et venait dans les corridors du château, presque pareille elle-même à une des ombres qu'elle s'entendait si bien à faire défiler. Bref, au 1^er^ septembre, personne à Thulé ne pouvait plus se passer d'elle. Son peu d'éclat, son indifférence pour sa personne, lui avaient attiré la faveur des femmes ; son invariable froideur, qui faisait songer à ces épaisses cendres blanches amassées sur les bûches de cœur de chêne, alors qu'on ne sait jamais si le feu le plus ardent ne couve pas au-dessous, lui valait l'attention de tous les hommes. Mlle Zorn n'était absolument rien ni personne, et la cour de Treubourg n'eût plus été sans elle qu'une ombre grise et terne.

Quelques-uns la courtisaient, personne ouvertement ; un soir, après le souper, ayant entendu quelques galanteries plus risquées d'un groupe de jeunes seigneurs très *chic*, mais un peu las de l'éternelle vertu de cette île gothique, Zoby se retourna et, comme on dit, fit face à la meute.

– Je vous préviens, messieurs, dit-elle de sa voix claire, que, n'ayant aucun moyen de me défendre de vos gracieusetés, j'ai pris un parti irrévocable, dont personne ne pourra me blâmer. Quel que soit celui qui dépasserait avec moi ce qu'il s'imposerait comme devoir de convenance vis-à-vis d'une des dames de la cour, je prendrais pour confidente et protectrice... Son Altesse Sérénissime, Mme la princesse Hedwige.

Ces mots jetèrent un froid dans le groupe. C'est qu'elle était parfaitement capable de le faire comme elle le disait. La voix du duc Otto se fit entendre.

– Et moi aussi, mademoiselle ? demandait-il de ce ton gamin qui permet tant de choses.

– Vous aussi, Monseigneur, n'en doutez pas... quand vous aurez l'âge !

Otto se recula en mâchonnant quelque chose de désagréable. Rien ne lui déplaisait plus que de se voir traiter en enfant. Il se promit bien d'avoir sa revanche.

Peu de jours après, par un temps pluvieux, il se trouvait, avec quelques jeunes gens de son âge, dans une galerie vitrée où le prince avait fait placer des appareils de gymnastique. Sur son ordre, on avait monté des barres fixes qui se suivaient de manière à permettre de faire des sauts d'obstacle. Zoby, un livre à la main, comme toujours, s'était retirée dans une baie, pour faire place aux jouteurs. Comme elle s'ennuyait, elle prit tranquillement le chemin de sa chambre et se trouva croiser l'axe des sauts. Le duc Otto cligna des yeux à ses compagnons, prit son élan en comptant : une, deux, trois, quatre...

Zoby sentit deux mains robustes s'appuyer sur ses épaules et résista, solidement.

– Et cinq ! fit Otto en tombant devant elle par un saut de mouton irréprochable.

Les spectateurs riaient en battant des mains. Ce n'était ni très correct ni très chevaleresque, ce que venait de faire l'héritier ; mais ne l'avait-elle pas traité en enfant ? D'un enfant rien n'offense.

– Vous êtes très fort, Monseigneur, dit M^lle^ Zinovia en ramassant son livre, que la secousse avait fait tomber.

– Vous aussi, parbleu ! Vous avez à peine cédé, et pourtant vous ne vous y attendiez pas ! riposta le jeune duc.

– Oh ! moi, ma force est dans les mains ; vous êtes grand et robuste, Monseigneur ; cependant je crois que je vous ferais plier les bras.

– Essayez ! fit Otto d'un air orgueilleux, en tendant ses muscles d'adolescent bien entraîné, noyés dans les manches de sa chemise de flanelle.

Les yeux presque fermés, pour mieux se concentrer en elle-même, Zoby prit dans ses mains frêles les poignets où saillaient les veines sous la peau fine du blond jeune homme. Lentement, doucement, elle appuya, serrant toujours un peu plus, puis, comme une couleuvre, glissa ses doigts sous l'étoffe et gagna le haut de l'avant-bras, près de la saignée, comme si elle cherchait l'endroit vulnérable.

– Ce n'est pas de jeu, voulait-il dire ; soudain il rougit, puis pâlit, envahi par une faiblesse inconnue, se sentant défaillir, prêt à tomber en arrière.

Dextrement, elle le retint, noua ses doigts autour du bras et, pour tout de bon cette fois, pressa en tournant ; les yeux voilés, il ne savait de quelle défaite, il plia les deux genoux devant elle et resta ainsi, la tête baissée.

– Je suis vaincu, dit-il sans la regarder.

Les jeunes camarades applaudissaient en riant ; ils n'avaient rien vu, rien compris. Zoby laissa retomber le long de sa robe noire ses doigts à peine rosés par l'effort.

– Voilà ce que c'est que de jouer du piano et du violon, dit-elle. Croyez-moi, messieurs, je n'y ai pas grand mérite. J'espère, Monseigneur, que vous me pardonnez ? ajouta-t-elle en souriant à son adversaire.

Il s'était relevé et passait la main sur son front comme s'il se réveillait.

– C'est moi qui l'ai voulu, dit-il honteux et sans la regarder. Allons, messieurs, sautons !

Zoby sortit de la galerie ; appuyée au mur, dans le couloir extérieur, elle regarda quelque temps cette porte, derrière laquelle on entendait les jeunes nobles rire et crier comme des animaux de race en pleine liberté. Les yeux verts lancèrent une lueur sur le bois opaque.

– Ce n'est pas assez difficile, songea-t-elle, pour

être amusant, et puis, cela ne servirait pas à grand-chose...

La petite cour quitta Thulé le 10 septembre ; déjà, parfois, les vents d'équinoxe envoyaient de gros paquets de mer balayer les terrasses, d'où les étoffes chatoyantes avaient disparu. Le jour du départ se montra plus clément ; le soleil brillait sur les vagues sautillantes à peine crêtées de blanc, et le yacht, qui se comportait bien, ne roulait presque pas. La princesse Hedwige fit établir la tente au-dessus du spardeck et s'y installa avec la comtesse de Gersau, sa première dame d'honneur, en qui elle avait toute confiance.

Le duc Otto, vêtu d'un costume de marin, un béret sur sa belle tête blonde, grimpait comme un chat dans les cordages, s'amusant à la manœuvre et prenant au sérieux son rôle de mousse. La princesse le regardait faire en souriant.

– Cet enfant-là est délicieux, dit-elle à la comtesse ; si vous saviez quelle bonne petite nature ! ses sujets seront heureux sous sa domination ; car, comme dit le poète, rien d'humain ne lui est étranger. Il a bon cœur, et raisonnable avec cela ! Un jeune être droit, chaste, loyal !

– Vos Altesses l'ont admirablement élevé ! dit la dame d'honneur.

– Nous avons fait de notre mieux ; mais le fond y était ; autrement, vous savez, les âmes vicieuses... cela ne se guérit pas.

« Voyez-vous cela ! » fit en elle-même Zoby, couchée sur un paquet de cordages, au-dessous du spardeck, d'où les paroles tombaient sur elle comme une rosée.

– On s'est souvent moqué de la sévérité de mœurs

de notre cour, reprit la princesse ; nos parents, nos meilleurs amis nous ont raillés, prétendant que Thulé était un monastère, et que, même à Treubourg, nous étions d'un rigorisme exagéré... Mon Dieu ! il y avait peut-être du vrai. Autrefois, quand nous étions jeunes, le prince et moi, nous étions plus... comment dirai-je ? Nous permettions un peu plus de laisser-aller... Et puis, ce n'est pas parce que nous avons vieilli, non... Vous avez pu voir par vous-même, ma chère, que nous aimons la jeunesse et que nous nous prêtons volontiers aux amusements des autres ; mais quand cet enfant – le duc héritier – s'est trouvé orphelin, nous avons compris notre responsabilité devant Dieu et devant le peuple qui serait le sien ; c'est alors, vous me comprenez, ma très bonne, c'est alors que nous avons établi un cordon... comment appelle-t-on cela ? un cordon sanitaire autour d'Otto, pour qu'il arrivât pur de corps et d'âme à l'âge de sa majorité... Quand il sera un homme...

La vieille princesse soupira et passa une main sur ses yeux, puis continua :

– ... quand il sera un homme, la volonté de Dieu s'accomplira. Les princes sont majeurs trop tôt, ma bonne amie. Dix-huit ans, est-ce un âge pour régner ? On ne serait seulement pas capable de tenir une maison bourgeoise, et il faut conduire un peuple !

– Mais, Altesse, vous parlez comme si vous ne deviez pas vivre et régner encore très longtemps, pour le plus grand bien de Treubourg ? fit la comtesse, dont les yeux s'étaient mouillés de larmes.

– Nous sommes vieux, dit la princesse Hedwige, nous sommes las. Nous serions heureux de nous reposer. Le prince eût abdiqué depuis longtemps, si Otto n'était pas si jeune. Mais dès qu'il sera majeur nous prendrons notre retraite, et nous le marierons bientôt avec une belle et honnête fille.

L'objet de cet entretien faisait du trapèze sur une vergue ; une vague plus hardie l'éclaboussa d'écume ; le maître d'équipage prit sur lui d'interrompre ce dangereux passe-temps. Trempé de la tête aux pieds, le duc se suspendit à un cordage et se laissa glisser jusqu'au spardeck, où d'un bond il se trouva près de sa tante. Il était vraiment superbe, ayant grandi, s'étant développé de toutes façons pendant l'été. Peu de chose manquait pour transformer en homme le bel adolescent, plein déjà de grâce virile.

– Tu n'as pas honte ! fit sa tante en souriant. Tu es tellement mouillé que tu t'égouttes sur notre tapis.

– Je vais me sécher, répondit-il.

D'un geste noble et charmant il salua les deux femmes et se laissa glisser sur le pont, à l'aide de ses mains fixées aux barres du spardeck.

Quand il fut sur ses pieds, il se trouva en face de Zoby. Toujours roulée sur elle-même, elle n'avait pas bougé ni perdu un mot de ce qui s'était dit. La conversation mesurée continuait au-dessus de sa tête ; mais le vent et la manœuvre des voiles qu'on hissait ne permettaient plus de l'entendre. Le duc, surpris de voir si près du plancher une figure qu'il rencontrait ordinairement plus haut, proféra l'inévitable phrase :

– Tiens, vous êtes là !

– Il paraît, Monseigneur, répondit l'artiste sans remuer.

Il la regardait avec attention. Singulier, vraiment, ce petit corps souple, roulé comme s'il n'avait pas d'os ! Il en connaissait pourtant la force de résistance. Les yeux changeants l'examinaient aussi, et cela l'ennuyait un peu. De tous les êtres humains qu'il connaissait, Zoby était le seul qui ne parût pas savoir qu'il était le duc héritier de la principauté de Treubourg ; elle le regardait comme elle regardait tout le monde.

– Vous étudiez les vagues ? lui dit-il en secouant son béret ruisselant. Les vagues couleur de vos yeux et changeantes comme eux ?

– Vous avez remarqué cela, Monseigneur ? fit Zoby avec un de ces sourires qui eussent dégelé le pôle.

– Les vagues et les femmes se ressemblent, à ce que prétendent les poètes, dit Otto, gêné par ce sourire.

Il fit le salut militaire, tourna sur ses talons et s'en alla en sifflant *la Donna e mobile*.

« Si pur, se dit Zoby, si loyal ! Le Siegfried de Wagner, voilà ! Mais il y a eu Brunehild, et Siegfried est devenu comme les autres... C'est joli, un blond ; décidément, les blonds sont incomparablement supérieurs. »

Le souvenir de José traversa son esprit. Ce pauvre « maître », comment avait-il pris la chose ? Elle n'en savait rien. M^me^ Verboom lui avait écrit qu'il était malade ; mais être malade, c'est si vague ! Depuis un rhume de cerveau jusqu'à l'agonie, cela comprend tous les degrés et toutes les variétés imaginables. L'organiste n'avait rien écrit. Urbain devait être revenu.

Elle songea à Urbain avec un sourire. Urbain aussi était blond, et même très beau ; un peu trop pareil à son père, en moins bien. Mais ce serait plus tard un remarquable cavalier.

Zoby haussa les épaules. Que tous ces hommes étaient donc nigauds de s'en prendre à elle ! Le jour où elle trouverait quelqu'un à son gré, n'était-elle pas capable de s'en apercevoir ? Le trio des *Filles du Rhin* lui trottait dans la tête, avec les appels au jeune et brillant Siegfried ; elle se le chantait à elle-même, bercée – un peu violemment – par les coups de roulis qui commençaient à se multiplier, et l'image du jeune duc, grand, mince, blond, si pur, si loyal, se dessinait devant ses yeux fermés, sur le fond glauque de la mer du Nord, comme sur un écran.

Un bruit de voix, tout près, la tira de ses pensées. La princesse, décidément, se réfugiait dans le salon.

– Votre Altesse n'aurait pas dû rester si longtemps exposée à la vivacité de l'air ! fit respectueusement remarquer Warthaus, qui soutenait la vieille dame sous le coude, en marchant un peu de travers.

– Je le sais bien, dit-elle ; mais sur mer j'ai beaucoup de peine à me décider à rester enfermée : c'est ma seule crainte... Je suis assez brave ; mais j'ai une peur secrète des collisions... Là-haut, au moins, on les verrait venir...

Les voix s'éloignèrent, un irrévérent paquet de mer décoiffa Zoby, qui se déroula et alla rattacher ses cheveux noirs dans le salon des dames.

## XXX

– Claudia !...

M^me^ Claudia se leva terrifiée. Dans la chambre, elle était seule avec José, et, depuis bien des mois, il n'avait prononcé une parole distincte. Elle regarda le fauteuil enroulé de couvertures, où se perdait le corps maigre de son mari.

– Claudia ! firent les lèvres pâles.

Les yeux noirs la cherchaient avec une expression d'intense misère.

– José ! mon José !

Elle était devant lui, l'enveloppant de ses bras, n'osant le serrer sur son cœur d'épouse affolée, n'en croyant ni ses yeux, ni ses oreilles. Il parlait, il la reconnaissait. Est-ce que Dieu l'avait enfin écoutée ? Est-ce qu'il allait guérir ?

Il fit un tout petit mouvement : les bras le gênaient ; mais il continua de regarder les yeux.

– Claudia ! ... Je suis bien malade ?

Les paroles sortaient avec difficulté, mais elles étaient sensées. La joie suffoqua la pauvre femme.

– Tu as été malade, mon José, dit-elle en essuyant

ses yeux débordants de larmes ; mais tu vas mieux.

– Longtemps ? demanda la voix, une voix méconnaissable.

– Longtemps. Mais tu vas guérir.

Les yeux de José interrogeaient autour de lui.

– Urbain ? fit-il ; et elle...

– Elsa ? Ils sont là, ils vont venir, et les autres aussi. Lili est si grande, ajouta-t-elle, non sans crainte à l'idée des changements survenus depuis tant de mois en leurs enfants. Veux-tu les voir ?

Un souffle répondit : Oui. Mme Claudia sonna ; sur-le-champ, Urbain se présenta.

– Bonjour, dit José, comme s'ils s'étaient vus la veille.

Contenant une intense émotion, le jeune homme baisa la main, puis la joue creuse de son père, et, sur-le-champ, fit prévenir Bockaërt et le médecin. Les autres enfants entrèrent doucement.

– Elsa ? demanda le père en regardant sa seconde fille.

– Non, Lili, me voici, père ; c'est moi qui suis Elsa, répondit promptement l'aînée en venant à lui.

Il les examina tour à tour, ne les reconnaissant plus, sans pourtant les confondre. L'aînée ne ressemblait plus à celle qu'il avait connue, et la seconde était pareille à ce qu'avait été sa sœur, plusieurs années auparavant. C'était trop difficile ; il abaissa ses paupières en étendant ses doigts tremblants que Claudia prit dans les siens. Depuis si longtemps c'était leur place, le refuge où se blottissait ce qui restait de vivant en José Tarragone.

La neige tombait lentement, obscurcissant les vitres

de flocons larges et paresseux. Le maître rouvrit les yeux et regarda :

– C'était l'été, fit-il de cette voix singulière, impersonnelle, si pénible à entendre.

– C'est l'hiver, mon ami, c'est Noël, dit Mme Claudia.

Il poussa un soupir. Évidemment, il ne se souvenait que très peu. Le silence et l'immobilité emplissaient jusqu'à l'étouffement la chambre close. La mère fit un signe. Discrètement, sur la pointe du pied, les enfants disparurent. Ils avaient pris l'habitude de ces sorties furtives, dans cette maison jadis retentissante de bruits joyeux.

Le jour s'assombrissait, le médecin entra avec Urbain. Il examina, ausculta, percuta, interrogea. Les yeux de José semblaient le reconnaître et, à deux ou trois questions très simples, il répondit avec une sorte d'à-propos.

– C'est bon signe, n'est-ce pas, docteur, demanda anxieusement Urbain.

Bockaërt s'était glissé dans la chambre solennelle.

– Bon signe... je n'ose pas l'affirmer, répondit le médecin en regardant l'ami de la famille. Le maître est très déprimé ; ce réveil de l'activité cérébrale peut n'être qu'un leurre... et puis le temps est mauvais... Dans votre intérêt, je dois vous engager à ne pas entretenir d'espérances prématurées... Si le mieux se soutient, dans deux ou trois jours nous verrons. Je reviendrai ce soir.

Il indiqua un traitement, puis sortit avec l'organiste.

– Eh bien ? demanda celui-ci, par acquit de conscience, car il prévoyait la réponse.

– A moins d'un miracle, c'est l'avertissement de la

fin. Maintenez les siens autour de lui. Il ne souffrira probablement pas beaucoup.

– Et... se souviendra-t-il ?

– Tâchez qu'il ne se souvienne pas, dit gravement le vieux docteur. Que sa fin soit paisible, s'il plaît à Dieu !

On mit José dans son lit. Il ne voulait pas quitter la main de sa femme, comme si ces doigts tièdes et vaillants avaient été la bouée de sauvetage où se cramponnait son être prêt à sombrer. Il subit sans se plaindre le traitement barbare qu'inflige la science actuelle à ceux pour qui elle tente un dernier effort ; mais son âme était absente.

Vers minuit, le docteur était présent avec Bockaërt et les enfants. José ouvrit les yeux très grands.

– Tous là ? dit-il.

– Oui, tous, cher José, tous ceux que tu aimes, répondit M^me^ Claudia.

– Tous... pardon ! fit-il en refermant ses yeux, peut-être parce qu'ils venaient de se remplir de larmes.

– Tous, nous t'aimons, cher, reprit M^me^ Claudia, debout devant lui, les mains jointes. Tous, par toi, grâce à toi, mon mari, nous avons été très heureux, très honorés, très reconnaissants, toujours.

Le regard du mourant interrogeait les siens d'un air de doute. Ensemble, de la même haleine, les yeux fixés sur lui, les mains unies, ils répondirent :

– Toujours.

José referma les yeux ; un instant après, ses doigts se crispèrent sur ceux de sa femme, puis sa respiration se fit très forte, très lente, de plus en plus lente... et il mourut.

# XXXI

M^lle Zinovia jouait du violon pour un cercle restreint dans la salle de musique, à Treubourg. Si remarquable que fût le talent de M^lle Zinovia, la salle en valait la peine : c'était une de ces bonbonnières Louis XV que le goût français a semées çà et là en Allemagne, et les années, au lieu de le vieillir, avaient fait valoir tout ce que la frivolité apparente de cet art recouvrait de luxe solide et durable. Pas une écaille ne se détachait des stucs, pas une tache ne ternissait les ors, devenus simplement plus veloutés, plus assagis par le temps.

Tout en promenant son archet sur les cordes, M^lle Zinovia regardait un peu partout : les têtes d'Amours qui surgissaient derrière les guirlandes de fruits ou de fleurs, les colombes qui se becquetaient sur les anses des corbeilles, une draperie de velours rouge autour d'une colonne, les visages épanouis du prince et de la princesse, dans leurs fauteuils, au premier rang ; les faces béates ou ennuyées des personnages de la cour, suivant qu'ils aimaient ou n'aimaient pas la musique, et, tout au fond, appuyée au mur de la salle, près de la porte, la silhouette élégante du duc Otto, qui se tenait debout.

De temps en temps elle relevait l'archet, avec un geste du poignet nerveux et fin, qui semblait défier le monde, et ce geste pouvait tout aussi bien envoyer la note avec une caresse... où ? là-bas, près de la porte ? Mais Mlle Zinovia en faisant le geste ne regardait pas de ce côté-là.

L'hiver finissait avec le carême. On avait eu beaucoup de concerts, comme toujours en carême, et même un peu trop, – comme toujours. Zoby n'avait guère payé de sa personne ; toutes les fois qu'il était venu des artistes du dehors, elle s'était tenue tranquille et modeste comme une petite souris de six semaines ; tout au plus, quand les princes, ravis d'exhiber leur « boite à musique », lui demandaient de se faire entendre, – pour se faire juger, – s'exécutait-elle avec une douceur, une humilité touchantes.

Cette attitude irréprochable lui avait valu beaucoup de choses : d'abord, l'estime des princes, chose plus rare qu'on ne croit et dont toute autre que Zoby eût été fière à juste titre, car c'étaient des gens de bien, indépendamment de leur valeur sociale ; ensuite, plusieurs demandes en mariage, flatteuses à différents degrés, mais généralement honorables. Leur seul inconvénient à toutes était que, pour les accepter, Mlle Zorn eût dû renoncer à la carrière artistique. Or, aucune des positions offertes n'était à la hauteur des aptitudes de la jeune musicienne ; en exploitant son art, elle pouvait espérer de rencontrer mieux. Et puis, on ne se lie pas les pieds et les mains à vingt-deux ans, avait-elle expliqué un jour.

Elle était donc traitée favorablement par les maîtres,

enviée et dénigrée juste autant qu'il le faut par les comparses, désirée par quelques-uns et supportée par tout le monde, même les moins indulgents. Seuls, Warthaus et la première dame d'honneur la regardaient avec une méfiance instinctive, sans doute pour l'avoir rencontrée quelques petites fois de trop dans des endroits d'où l'on pouvait entendre des paroles destinées uniquement à des oreilles plus aristocratiques. De plus, Warthaus, qui adorait l'héritier, n'aimait pas pour celui-ci le voisinage, pourtant si correct, de M^lle^ Zinovia. Peut-être avait-il eu connaissance de l'incident du saut de mouton.

Quand Zoby eut terminé son morceau, elle abaissa son archet, fit une révérence plongeante et disparut par la porte des artistes. Le numéro suivant la remplaça.

Sans autre bruit que celui de sa robe de soie noire, elle contourna la salle extérieurement par le corridor garni d'un tapis, peu éclairé, car il était peu utilisé, et ralentit le pas en approchant de la porte : une cantatrice quelconque égrenait des vocalises sur l'estrade, car à Treubourg, sans dédaigner les modernes, on cultivait encore la musique italienne.

La porte s'ouvrit tout doucement, une fente à peine, et par cette fente se glissa le corps souple du duc Otto. M^lle^ Zinovia retint une légère exclamation.

– Vous m'avez fait presque peur, Monseigneur, dit-elle gaiement.

L'héritier regarda à droite et à gauche : ils étaient parfaitement seuls ; les valets de pied dormaient sur les banquettes du vestibule, derrière une autre porte capitonnée.

– Vous ne voulez pas me regarder quand vous jouez, dit-il d'un ton de reproche ; qu'est-ce que cela vous ferait, puisque vous m'avez dit que vous jouez pour moi seul ?

– Vous n'êtes pas raisonnable, Monseigneur, commença posément Zoby ; on s'en apercevrait. Il y a ici des gens qui ne m'aiment pas et qui m'espionnent.

– Qui se permettrait ?... fit Otto en colère.

Elle l'arrêta en posant sur son bras le bout délicat de son index.

– Vous n'êtes pas encore prince régnant, Monseigneur, dit-elle : vous ne serez majeur que dans six mois et régnant quand il plaira à Dieu. Donc, nous devons nous soumettre à ce que, etc., etc. Bonsoir, Monseigneur.

Elle ébauchait une révérence, il lui prit la main, qui n'était pas gantée : on ne joue pas du violon avec des gants.

– Mais quand je serai majeur, vous jouerez pour moi seul, fit-il en caressant cette main souple et frémissante.

– Quand vous serez majeur, on m'aura remerciée, et je ne serai plus à Treubourg, Monseigneur. Laissez-moi, je vous prie.

– Vous serez à Treubourg, ou vous n'y serez pas ; le monde est grand, répliqua-t-il ; Zinovia, est-ce que vous croyez... Il fit un grand effort et continua... Est-ce que vous croyez que je voudrais vous demander quelque chose de répréhensible ?

Elle ne put réussir à réprimer un sourire ; mais un sourire se corrige, et l'ironie de celui-là se changea en tendresse.

– Je vous crois incapable, Monseigneur, de tout ce qui ne serait pas parfaitement beau et loyal... Votre éducation et votre caractère s'y refuseraient également.

– Eh bien, alors, quel mal verriez-vous à me laisser causer avec vous, vous écouter, passer en votre compagnie des heures délicieuses ?...

– Les grands ne doivent fréquenter que leurs pairs, Monseigneur, ou bien ceux qui sont payés pour les amuser. Dans laquelle de ces deux catégories me rangeriez-vous ? demanda Zoby en enveloppant le jeune prince de toute la lumière de ses yeux.

Il se troubla à la fois du regard et de la question ; puis, se reprenant, car c'était un noble et chevaleresque enfant, il répondit, tenant toujours la main soyeuse :

– Je puis vous faire baronne, dit-il, c'est un droit que j'aurai. Et si je vous traite en égale, qui donc se permettra, chez moi, de le trouver mauvais ?

– A savoir !... dit la future baronne. En attendant, Monseigneur, je vous remercie et je m'en vais.

– Vous ne me croyez pas ? dit le duc un peu trop haut, faisant trois pas pour la rejoindre.

Elle s'arrêta et enfonça dans les yeux candides son regard résolu.

– Je crois et je croirai toujours en vos paroles, duc Otto, parce que vous êtes un loyal chevalier, dit-elle.

– Oh ! Zinovia, si vous saviez, murmura le jeune prince ; mais elle était déjà de l'autre côté de la porte de velours. Il resta immobile un instant, plein de pensées confuses ; puis le bruit des applaudissements le rappela à ses devoirs, et, sans bruit, il rentra dans la salle.

Zoby Zorn retourna chez elle, dans un petit appartement meublé qu'elle habitait avec sa décorative grand-mère. En Allemagne, on se procure sans peine la nourriture et le logement chez des gens respectables ; une veuve, dont la demeure se trouvait trop grande pour elle seule, avait volontiers loué le rez-de-chaussée de sa maison à la jeune artiste, favorite des princes. Cela donnait à Zoby en même temps plus et moins de liberté qu'à Thulé ; car, n'habitant pas le château, elle devait s'y rendre escortée par un pompeux domestique du palais ou bien en voiture, et seulement lorsqu'elle y était mandée.

Peu lui importait : Zoby ne tenait pas à sa liberté, n'en ayant point l'usage. Elle avait accepté les charges comme les avantages de sa nouvelle position, et semblait n'avoir fait que cela toute son existence, une de ses particularités étant de se mouler avec une facilité extrême sur les formes extérieures de la vie.

Enfermée dans sa chambre, en se déshabillant, elle examina tous les côtés de l'affaire ; quoi que ce fût, c'était toujours une affaire pour elle.

Bien des choses s'étaient passées, depuis un an, depuis qu'elle avait rendu visite à M^me^ Claudia, le dimanche après Pâques. Le départ pour Paris, puis Spa, puis Thulé, puis la mort de José... Elle s'arrêta un instant à cette pensée, qui ne lui offrait pourtant rien d'agréable.

Un simple faire-part, avec l'écriture de Bockaërt sur l'enveloppe, expédié à Treubourg, où les princes lui avaient offert de sincères condoléances au sujet de la mort de son vieux maître. En avait-elle joué, de son vieux maître ! Elle avait même porté du noir exclusivement pendant une quinzaine, jusqu'au jour où la première dame d'honneur lui avait insinué que le noir est une couleur triste, dont il ne faut pas abuser, sauf en temps de deuil de cour, où chacun l'arbore suivant son rang et pas davantage.

Zoby n'était pas très contente : le duc Otto allait trop vite, ou pas assez. Loyal et pur, en vérité ! C'était un obstacle ; moins pur et moins loyal, les cinq mois d'attente jusqu'à sa majorité eussent compté pour peu de chose, et maintenant voici qu'il se montrait impatient, parce qu'il était épris, impatient de regarder plus près sa Chimère, incapable cependant de ruser et de mentir pour l'atteindre...

Ruser, mentir... il en viendrait là pourtant ; car elle ne le tiendrait pas cinq mois entre ciel et terre, comme elle le faisait depuis quelques semaines ; le difficile serait de l'y décider. Et puis, dans ce château où toutes les portes étaient doublées d'un valet de pied, ruser et mentir n'étaient pas déjà si commode. Enfin, on verrait ; la maxime de Zoby n'était-elle pas : Au jour le jour ?

Dans cinq mois, mettons six, M^lle^ Zinovia Zorn serait baronne ; baronne de quelque chose, avec une dotation, c'est cela qui ferait un joli scandale ! Les vieux princes, là-haut, dans leur palais, en trépigneraient de rage ! Bah ! Elle ou une autre, qu'importait ? Et elle préférait que ce fût elle.

Baronne, avec une belle dotation, et probablement épouse morganatique ; c'est ici que la loyauté et la pureté du duc Otto seraient de grand service. Un jeune homme si bien élevé ne croirait pas déchoir en contractant un tel mariage, alors qu'autrement... fi donc !

Ces mariages-là se cassent avec une extrême facilité ; – c'est même une des raisons qui permettent de les contracter. Mais ceci n'offrait pas d'importance ; cassé, annulé, qu'importe ? Zoby n'en aurait pas moins touché aux marches du trône, le vieux trône couvert d'une housse grise dans la grande salle, là-haut.

Et Zoby ne put s'empêcher de rire.

Mais comment s'y prendre pour maintenir pendant

cinq mois le duc Otto dans l'expectative : il était d'une imprudence rare, ce jouvenceau ; il se ferait prendre une fois ou l'autre, et alors Zoby serait honteusement chassée. Garderait-elle son prestige, une fois renvoyée de la cour ? L'héritier ne se rendrait-il pas compte alors de la distance infranchissable qui les séparait ?

Zoby resta pensive un bon moment, les sourcils froncés, regardant en elle-même... Puis son visage se détendit. Si on les surprenait, elle aurait le beau rôle, et la jeune passion d'Otto n'en serait qu'exaspérée, quelque mesure qu'on prît pour les séparer. Son plan était arrêté ; elle alla se coucher et dormit d'un sommeil rafraîchissant.

Les concerts privés, dans la petite salle rococo, avaient lieu deux fois par semaine. Entre temps, Mlle Zinovia passait le plus souvent la soirée au château ; mais ses talents n'étaient pas toujours mis en réquisition ; elle se tenait alors dans un salon à l'usage des artistes, où quelques messieurs de la cour venaient la rejoindre ; les dames aussi quelquefois, car, par sa tenue irréprochable et sa vie au-dessus de tout soupçon, elle s'était acquis désormais la protection bienveillante de presque tous. Ce n'était pas ces jours-là que le duc Otto pouvait espérer un entretien particulier. A deux ou trois reprises, – car, en dépit de lui-même, il avait appris certaines règles de prudence, – il passait dans le salon, échangeait des paroles banales avec sa Chimère, évitait de la regarder et s'en allait. Les jours de concert, il avait pris, au contraire, l'habitude de la saisir au vol, dans les couloirs, et c'était là qu'il lui disait, bien naïvement, bien timidement, des paroles qu'il jugeait effroyablement audacieuses. Jamais encore il n'avait osé prononcer

cer le mot « amour » ; ce mot paraissait à son âme chevaleresque un de ceux qui engagent l'honneur et la vie. Or, pouvait-il promettre l'honneur et la vie d'un Treubourg à une petite chanteuse hongroise ? L'œuvre de Zoby n'était pas encore faite, le duc Otto avait des scrupules ; pour les dissiper, il faudrait de bien autres entretiens que ceux du couloir : trois minutes à la fois le mardi et le vendredi, pour détruire le travail de vertu, de devoir et de conscience qu'avaient accompli en dix années les vénérables et tendres âmes du prince Wilfried et de la princesse Hedwige. A Thulé, ce serait plus facile, pourvu que Zoby fût engagée à Thulé ; mais il n'était pas encore question des projets d'été.

Ce mardi soir, l'air de printemps rôdait autour du château comme un voleur qui cherche une entrée ; tout sentait bon ; des genêts fleuris peut-être sur les landes lointaines, ou des violettes sauvages aux creux des ravins... ou peut-être tout simplement les giroflées que le jardinier en chef venait de faire placer dans des corbeilles, sous les fenêtres. Quelques châssis restaient ouverts dans le haut des galeries, faisant trembloter les flammes ternes des lampes et brûler haut les papillons du gaz. Les robes des dames du palais semblaient un peu plus échancrées que de coutume, les yeux des nobles seigneurs un peu plus brillants ; en fait de remarques, on se communiquait, non sans étonnement, que, dans les escaliers et les corridors, cela sentait la poussière. Or, tout le monde sait que cette odeur de poussière se fait remarquer seulement aux approches de la belle saison, quand l'air du dehors est très pur ou très parfumé de senteurs naturelles.

La cour était réunie dans la salle, sauf deux ou trois

personnes, dont Warthaus et le duc Otto. Le piano résonna, attaqué par des mains sûres, et l'ennui s'enroula autour des guirlandes, sur les Amours des corniches rococo. Les beaux soirs de printemps, quand il ferait si bon se promener en voiture, sur les routes ou sous les allées des parcs princiers, sans lune, à la lueur frissonnante des étoiles, rien n'est plus cruel que de recevoir une douche de piano, surtout quand l'artiste est ordinaire et le morceau rebattu.

Zoby chantait ce soir-là, et en troisième numéro. Elle franchit lentement le seuil de la porte capitonnée ; dans le couloir, devant elle, se trouvait le duc.

– Chère mademoiselle, chantez pour moi, ce soir, dit-il tout frémissant. Je ne sais ce que j'ai, je suis triste à pleurer... Je voudrais... Oh ! je voudrais...

– Être un peu plus vieux ? interrogea Zoby sans sourire, avec un regard de ses yeux profonds.

– Oui... Comme vous me comprenez ! Pour moi, n'est-ce pas ?

Elle chuchota un oui rapide et se hâta vers le salon des artistes, car elle avait cru entendre s'ouvrir une porte à l'extrémité opposée. Sa robe disparaissait au détour du couloir au moment où Warthaus parut par la gauche, l'œil inquiet.

– J'espère, dit-il, Monseigneur, que vous n'êtes pas souffrant ? La princesse demandait où vous étiez.

– Ma tante est trop bonne, fit le jeune homme avec un peu d'humeur. Je ne suis pas souffrant ; mais on étouffe ce soir dans la salle, et au premier rang, à côté de mes excellents parents, sous les torchères brûlantes, si vous croyez qu'il n'y a pas de quoi attraper la migraine ! Et puis ce programme...

Warthaus convint que le programme n'était pas fort attrayant et que la salle en revanche était plus chaude que de coutume. On n'avait pas décommandé le calorifère, et le thermomètre...

– Plus tard, interrompit l'héritier, pensez-vous, Warthaus, que, pour l'étiquette, le maintien de ces concerts serait nécessaire ? Je veux dire : que je serais forcé de payer de ma personne en y assistant ? J'en ai tout à fait assez, je vous assure.

– Il en sera absolument ce que voudra Votre Altesse, dit le baron Warthaus sans méfiance. En ce moment le prince et la princesse regretteraient...

– Je sais, je sais, fit le duc. Entrons ; seulement, je me tiendrai près de la porte, afin de pouvoir respirer de temps en temps. Vous pouvez aller rassurer ma tante.

Le chambellan fit ainsi qu'il lui était ordonné, et le jeune duc s'assit sur une chaise au fond de la salle. Le morceau de piano était fini, un air de flûte lui succédait ; Otto regarda autour de lui.

Comme tout était changé depuis peu ! Il avait vécu dix ans dans cette cour qui lui paraissait à présent étriquée et vieillotte, avec un cérémonial suranné, des surveillances importunes... Pauvre Otto ! Tout cela avait pourtant contribué à faire de lui l'être chevaleresque qu'il était devenu ; ces précautions, ces recommandations, cette étiquette ennuyeuse, tout cela avait eu pour but d'empêcher les germes morbides, les passions inférieures, les exemples malsains d'arriver à lui ; et, dans la limite du possible, ce résultat avait été obtenu. Seulement, personne n'avait pensé qu'en faisant de lui ce chevalier de cristal, élevé dans la pureté du cristal, on l'exposait à se briser au premier choc, dès que serait tombée la fragile barrière qui le séparait du monde extérieur.

Le solo de flûte se termina ; un froufrou de soie sur l'estrade, un petit mouvement dans la salle, ce léger remue-ménage des gens prévenus d'avance qu'ils vont avoir un régal et qui s'installent pour le savourer : Zoby, décolletée, vêtue de blanc, gantée de blanc jusqu'au coude, sa musique à la main, les yeux baissés, écoutait la ritournelle. Otto la regarda, pensant que jamais il ne l'avait vue à ce point mystérieuse. Dans tout ce blanc, elle eût dû avoir l'air d'une mouche dans du lait ; pas du tout, elle ressemblait à une perle noire, sertie de diamants ; son teint mat avait des reflets nacrés, et ses yeux, quand ils se relèveraient sur lui tout à l'heure, seraient-ils pareils à deux émeraudes ou à deux opales ?

La voix de Zoby s'éleva, cette voix qui avait perdu Tarragone, qui aurait pu perdre Urbain, qui en attirerait au gouffre bien d'autres, peut-être, et, sous son uniforme serré, le duc héritier sentit son cœur se gonfler comme s'il voulait aller rejoindre la chanteuse, là-bas, par-dessus le public choisi de cette salle élégante.

Si vous saviez comme l'on pleure...

Zoby chantait, avec un sanglot dans sa voix merveilleuse, et les yeux d'Otto se remplissaient de larmes. Elle chantait pour lui, comme elle l'avait promis, et soudain, dans ses yeux troublés par les pleurs, il reçut le regard des yeux verts, couleur d'aigue-marine, couleur de la mer, cette mer du Nord sur laquelle ils avaient vogué un jour ensemble,

En passant devant ma demeure,
Vous entreriez tout simplement !

Tant d'humble prière, de passion contenue dans la voix, et les yeux imploraient aussi... Quoi ?

La poitrine d'Otto se gonfla. Ce que demandaient les yeux, il fallait le leur donner, bien vite... Oubliant toute prudence, pendant qu'on applaudissait, il sortit et se dirigea vers la porte du couloir où elle allait apparaître.

Elle s'avança d'un pas pressé ; il l'entoura de ses bras ; c'était la première fois qu'il sentait une épaule de femme appuyée à son cœur.

– Laissez-moi, Monseigneur, dit-elle à voix basse, on nous suit...

Il n'entendit pas. Affolé, aveuglé, sans dénouer ses bras, il baisa l'épaule radieuse qui se détournait de lui.

– Oh ! Monseigneur, c'est mal ! dit M^lle Zinovia tout haut, d'un ton sévère. Laissez-moi, je vous en supplie. Je n'ai pas mérité...

Elle s'échappa, courut à la porte capitonnée et disparut. L'un à droite, l'autre à gauche, Warthaus et la comtesse de Gersau, comme deux anges exterminateurs, se trouvèrent près du jeune duc.

– Oh ! Monseigneur, c'est mal ! répéta la première dame avec un ton de reproche qui touchait à l'horreur.

Le jeune duc se redressa ; n'allait-il pas être majeur ? Serait-il tancé, réprimandé, tenu en laisse jusqu'à la dernière minute ?

– Je n'ai d'observations à recevoir de personne ici, dit-il d'un ton ferme.

Son esprit chevaleresque se réveilla tout d'un coup, lui montrant le danger que son incartade faisait courir à sa bien-aimée.

– Ce qui est mal, reprit-il avec plus de fierté encore

c'est d'avoir manqué de respect à une jeune fille sans défense. Cela, je le reconnais, et je lui en ferai mes excuses sur-le-champ.

Il ouvrit la porte capitonnée ; mais Zoby n'était pas dans le vestibule. Fort ennuyé, il revint à la salle de concert, où il passa l'heure la plus désagréable de son existence.

Le concert fini, la princesse rentrait dans ses appartements, l'esprit aussi tranquille que peut l'avoir une vénérable dame exempte de tout souci, lorsqu'elle vit dans son antichambre une mince figure emmitouflée se lever à son approche.

– Qu'est-ce ? demanda-t-elle non sans surprise.

– C'est Zinovia Zorn, répondit la visiteuse.

– Ici, à cette heure ? qu'est-ce que cela veut dire ? fit la princesse un peu choquée. Ce n'est pas l'heure de mes audiences, Mademoiselle...

La comtesse de Gersau, qui suivait à quelques pas, s'approcha, inquiète.

– Je prie Son Altesse Sérénissime de bien vouloir me pardonner la faute que je commets en ce moment, dit Zoby ; mais, si peu que ce soit, l'honneur d'une pauvre fille vaut pourtant quelque chose, et je ne puis laisser passer une heure de plus.

– Son honneur ? demanda la princesse en s'adressant à M^me^ de Gersau, qui soupira et regarda Zoby d'un air gêné, avec une pantomime qui lui enjoignait le silence.

– Mon honneur, reprit M^lle^ Zinovia d'une voix ferme. Tantôt, dans le couloir, après que j'ai eu chanté, Son Altesse Sérénissime le duc Otto...

– Elle est folle ! interrompit la princesse, s'adressant toujours à sa première dame.

– Non, Altesse, je vous demande humblement pardon, mais je jouis de toute ma raison, reprit Zoby. Dans le couloir, tantôt, le duc Otto, en plaisantant sans doute a bien voulu me faire l'honneur de me donner un baiser...

La princesse Edwige leva les mains au ciel ; sa dame d'honneur s'approcha pour la soutenir.

– C'est une plaisanterie innocente, sans doute, et qui ne tire pas à conséquence, continua Zoby sans se troubler ; mais, comme je n'ai personne pour me défendre contre la calomnie et que cette plaisanterie a eu des témoins...

Les bras de la princesse s'agitèrent, désespérés.

– ... alors, je suis venue le raconter à Votre Altesse Sérénissime, afin qu'elle ne pût pas croire que j'en voulais faire mystère ou que j'en étais complice. Et, maintenant, je serai reconnaissante à la bonté de Votre Altesse, si elle veut bien me permettre de quitter Treubourg sur-le-champ.

– Des témoins ? demanda la princesse. Qui ?

– M. de Warthaus et M^me^ la comtesse ici présente, qui peut le dire.

Les yeux de la souveraine interrogeaient la dame d'honneur.

– C'est vrai, fit celle-ci ; mais, ajouta-t-elle à demi-voix, il eût été préférable de n'en point parler.

Zoby lui décocha une flèche acérée entre ses longs cils noirs et se tint immobile.

– Il faut que je voie le prince, dit la princesse Hedwige. Retirez-vous, Mademoiselle, et attendez chez vous les ordres que j'y ferai porter.

Elle entra dans son appartement, plus perplexe et plus chagrine qu'elle ne l'avait été depuis bien des années.

Ce soir-là et le lendemain, eurent lieu deux conciliabules : le premier, d'ordre privé, entre les époux, le chambellan et la dame d'honneur ; le second, entre le prince et ses ministres.

Otto avait été mandé, interrogé, retourné dans tous les sens ; on n'avait rien pu obtenir de lui. Au mot « plaisanterie », prononcé avec dédain par son oncle, il avait tressailli et jeté un regard farouche sur ceux qui l'entouraient, puis s'était enfermé dans un mutisme absolu.

Si quelque chose pouvait blesser cette jeune âme sensitive et hautaine, c'était de voir traiter son pur amour comme une fantaisie passagère. D'autre part, l'avouer hautement, comme il bouillait de le faire, c'était s'exposer à des sermons sans fin, et peut-être à des dangers, sinon pour lui, au moins pour celle qu'il aimait. Chagriné, outragé, il ne répondit ni aux questions ni aux remontrances, fut mis aux arrêts par son oncle, exaspéré, et s'y rendit d'un pas ferme. En rentrant chez elle, le soir, Zoby avait trouvé un billet apporté par un valet dévoué ; – le duc était littéralement adoré de tout son peuple.

Le billet disait :

« Ne craignez rien : je ne renoncerai jamais à vous. Ayez patience et pardonnez à votre malheureux

« OTTO. »

Après avoir lu et relu le billet, Zoby le replia et le

mit dans un petit sac qu'en voyage elle portait à la ceinture : déjà s'y trouvaient ses papiers et tout l'argent qu'elle possédait ; une boucle fixait la lanière de cuir à la taille souple, et, dès lors, M^lle^ Zorn pouvait parcourir le monde, – aussi longtemps du moins que dureraient ses ressources. – Celles-ci n'étaient pas très brillantes : la cour de Treubourg payait exactement, mais les émoluments étaient peu élevés. Cependant, tout l'argent de Tarragone n'avait pas été dépensé, et ce qui restait à Liège valait bien aussi quelque chose. Zoby prit une résolution : en peu de mots, elle prévint sa grand-mère d'avoir à faire leurs malles et à partir le jour même pour la Belgique, sans bruit et sans autres apparences que celles d'une simple promenade. Si les évènements se précipitaient, la prudente fille aimerait à ne penser qu'à elle seule.

M^me^ Zorn était docile ; Liège n'était pas un endroit désagréable ; tout pays lui était bon, pourvu qu'elle y trouvât un gîte, la nourriture et des journaux illustrés. Elle partit aussitôt, laissant la jeune artiste libre de sa personne et de son temps, en apparence, mais, en réalité, aux arrêts dans son appartement meublé, tout comme l'était au château le duc héritier.

## XXXII

On croit avoir compté toutes ses cartes, et on en a oublié une, une seule, insignifiante ; c'est celle-là qui parfois vous fait perdre la partie. Zoby croyait avoir mis tous les atouts dans son jeu : elle avait oublié le Destin.

Le conseil des ministres qui succéda au conseil de famille fut absolument du même avis que ce dernier ; sans doute, l'incartade du duc Otto n'était d'aucune importance ; quel est le jeune homme qui, à cet âge, n'a jamais octroyé un baiser à quelque chambrière ? Cette question vivement posée par un vieux politicien plongea tout le conseil dans un profond silence, y compris le prince lui-même. Ce qui était grave, c'est que le duc n'en voulût pas convenir. Son mutisme dénonçait un état d'esprit bizarre, indéchiffrable, qui pouvait provoquer des craintes.

– Et puis, dit le prince, qui souffrait de voir crouler l'idéal qu'il s'était fait à juste titre en la personne de son neveu, à traiter la chose comme une babiole, ne courons-nous pas le risque de faire perdre au duc Otto le fruit de toute une éducation morale ?...

– Et cette jeune personne ? demanda le conseiller

aux affaires de l'intérieur, n'est-il pas à craindre qu'elle ait pris sur le duc une influence ?...

Tout le monde regarda Warthaus, qui semblait préoccupé.

– Je n'en sais rien, dit-il enfin. C'est peut-être un hasard, ou une coïncidence, ou peut-être n'y a-t-il rien du tout, que l'exubérance de la jeunesse. Dans tous les cas, je croirais imprudent de ne pas renvoyer la jeune personne. La démarche qu'elle a faite près de S. A. S. la princesse Hedwige est à son honneur, j'en conviens, à moins que...

– Que quoi ?... Warthaus, fit le prince, impatienté ; vous parlez en énigmes.

– ... que ce ne soit une manière habile de tirer son épingle du jeu, conclut le chambellan.

– C'est bon, fit le prince ; elle s'en ira.

– Et cela recommencera avec un autre, insista le conseiller. A l'âge du duc Otto, la vie de la cour est dangereuse. Si j'osais émettre un avis, je dirais qu'il faut le faire voyager.

La princesse Hedwige, qui assistait au conseil, sentit ses vieux yeux s'emplir de larmes : elle aimait ce bel enfant élevé par ses soins, et la séparation lui semblait une punition bien sévère, – pour elle surtout.

– Si dur que cela puisse nous sembler, dit le prince après l'avoir regardée, je crois que là est le vrai remède à la situation. Nos parents d'Écosse accueilleraient notre neveu avec joie : leur fils Arthur doit partir prochainement pour une croisière dans les mers de Chine ; si nous le demandons, il sera ravi, je n'en doute pas, d'avoir le duc Otto pour compagnon de voyage. On peut télégraphier.

La réponse ne se fit pas attendre. Avant le soir, la famille de Treubourg était assurée que le prince Arthur acceptait avec la plus grande joie l'idée d'emmener avec lui son jeune cousin dans sa lointaine expédition. Mais il fallait se hâter, le cuirassé devant quitter Edimbourg dans les premiers jours de la semaine suivante.

– Tout de suite, alors, décida le prince. En fait de séparation, il n'y a pas de demi-mesures. Warthaus ne quittera pas le duc ; ils partiront demain matin pour Hambourg, où notre yacht *Thulé* les attendra sous pression.

– Croyez-vous, demanda la princesse, que *Thulé* soit assez fort pour faire cette traversée ? La mer du Nord est parfois si mauvaise !

– Pas en cette saison, ma chère, et *Thulé* en a vu bien d'autres !

Otto fut mandé devant ses parents. Il reconnut qu'il avait eu tort de baiser l'épaule de Mlle Zorn, mais ne voulut donner aucune explication.

Il accepta son exil sans révolte et demanda seulement :

– Combien de temps cela va-t-il durer ?

Le prince et la princesse se regardèrent.

– Je suppose, dit l'oncle, attristé, que tu seras libre de revenir pour que Treubourg puisse fêter ta majorité... Le pays s'en réjouit d'avance. Tu auras fait un beau voyage, mon cher enfant...

Le jeune duc fut entouré de caresses et de soins par son oncle et sa tante ; s'il avait voulu dire un mot de regret, faire une simple promesse de retenue, il ne fût pas parti ; mais c'était une âme fière et passablement entêtée. Aussitôt que ses arrêts furent levés, il écrivit à Zoby une lettre où toute sa jeunesse assoiffée d'idéal et d'amour se répandait en longues phrases, une de ces lettres qui, vingt ans plus tard, si on les retrouve, vous font pleurer de douleur d'être devenu si dissemblable, souvent si inférieur à l'être d'ardeur et de tendresse qui fut capable de les écrire.

Dans cinq mois, il reviendrait, et alors Zoby verrait ce que peut un homme, maître d'autres hommes, – sous le régime, toutefois, d'une Constitution qu'il oubliait, mais la chose était ici sans importance, – lorsqu'il veut donner à une créature aimée le rang et les honneurs qu'elle mérite. Il lui envoyait une bague précieuse, un vieux cachet de famille ; et, pas un instant, il ne se demanda si elle avait besoin d'argent.

Il partit ; la cour, en larmes, l'accompagna à la gare, pavoisée pour la circonstance ; toutes les dames l'adoraient, ce blond Phœbus-Apollon, ce chérubin chaste, qui les respectait toutes et n'en aimait aucune ; ce preux tombé, pour ainsi dire, du ciel, comme Lohengrin. L'histoire commençait à courir la ville ; nul n'avait rien vu, sauf deux personnes qui n'avaient pas parlé, et le dernier des marmitons savait que le cher duc Otto s'en allait pour avoir embrassé une pécore qui s'en était plainte.

« Ah ! si ç'avait été moi, » soupiraient les jeunes filles sur le pas des portes et le seuil des boutiques.

Vainement, les matrones prêchaient la modestie ; au fond, tout le monde lui donnait raison. Zoby, en vingt-quatre heures, devint très impopulaire.

On la gardait à Treubourg quelques jours encore, jusqu'à ce que le télégraphe eût annoncé que le prince

Arthur et le duc Otto avaient quitté Edimbourg sur le grand cuirassé aux couleurs britanniques.

Le silence du jeune paladin faisait craindre qu'il n'eût comploté quelque ruse pour échapper au chambellan et rejoindre Zinovia dans un port, d'où ils s'en iraient n'importe où. Pauvre Otto ! C'était étrangement le calomnier ; mais ceux dont l'orgueil clôt la bouche sont exposés à de pareilles injustices.

On apprit avec joie à Treubourg, par le télégraphe et aussitôt par les gazettes, que le duc avait quitté Hambourg sur le yacht *Thulé*. La question de donner la liberté à Zoby fut agitée avec le maître de police ; mais on résolut de la retenir encore un peu : Otto pouvait s'échapper d'Edimbourg. Pourquoi ne pas fermer la cage quelques jours de plus sur la dangereuse colombe ?

Cependant, ce jour-là, la princesse envoya l'intendant des finances privées régler avec M^lle^ Zorn la question de salaires. On lui remit un chèque sur la Banque de Bruxelles, qui dépassait de beaucoup la somme convenue, et la princesse la fit assurer de sa bienveillance en la priant de rester jusqu'à ce qu'elle lui eût envoyé un dernier adieu.

## XXXIII

Le lendemain matin, Zoby, qui avait dormi longtemps, n'ayant rien à faire, fut réveillée par une rumeur brutale et menaçante tout à fait neuve pour ses oreilles. Ceux qui n'ont pas entendu la populace dans la rue, un jour d'émeute, un peu avant que passe un drapeau entouré de gens qui vont construire des barricades, ne peuvent avoir aucune idée de ce bruit particulier. Tous les jurons, toutes les grossièretés contenues en temps de paix, toutes les colères publiques ou privées semblent hurler dans un porte-voix dont le souffle vient battre les murailles. Zoby sauta à bas de son lit et sonna.

La propriétaire vint elle-même, les yeux rouges, l'air furieux.

– Que se passe-t-il donc ? demanda M^lle^ Zorn, accoutumée à plus de civilité.

– Ce qui se passe ? répondit la digne bourgeoise en toisant Zoby de tout son mépris. Vous dormez, vous, et puis vous demandez ce qui se passe ! Le yacht *Thulé* a été coupé en deux, cette nuit, par un vapeur de Hambourg, et le duc Otto a disparu avec tous les autres.

– Mon Dieu ! fit Zoby, devenant blême.

– Habillez-vous, dépêchez-vous ; s'*ils* viennent ici, *ils* démoliront ma maison. Vite, vite, allez-vous-en...

Elle jetait sur les épaules de Zoby un jupon, puis un autre ; elle l'aidait à enfiler son corsage, en répétant : « Mais, dépêchez-vous donc ! »

Zoby boucla à sa ceinture le petit sac qui contenait son avoir, avec les lettres et la bague d'Otto, puis saisit son chapeau et se mit devant la glace... Une pierre cassa la vitre, tout près de sa joue. Elle recula ; deux autres, dix autres pierres firent voler le verre en éclats. Elle poussa un cri et se précipita dans le vestibule.

Les bruits indistincts de la foule formaient un roulement continu pareil à celui du tonnerre ; des bâtons et des pavés frappèrent la porte.

– Je suis perdue ! murmura Zoby. Cachez-moi !

– Pas grande perte ! riposta son hôtesse. Ils vont vous tuer, vous savez ! Et je n'y peux rien. C'est qu'on l'aimait, notre jeune duc, notre trésor, notre joyau ! Et c'est vous... Pfoui !

Cette femme bien élevée cracha à terre dans son dégoût. Les projectiles redoublaient sur la porte, secouée par des mains furieuses, pendant que la rumeur croissante enveloppait la maison comme le rugissement des flammes dans un incendie.

– Débrouillez-vous ! fit l'hôtesse. Je m'en vais par derrière, si je peux ; vous vous expliquerez ; je n'ai pas envie d'être assassinée à cause de vous.

– Emmenez-moi, fit Zoby en se cramponnant à son bras. Je vous donnerai de l'argent.

– De l'argent ? Ni pour or ni pour argent ! Notre cher duc Otto, qui était si bon !...

La brave femme s'en alla en sanglotant.

Zoby allait la suivre, lorsqu'elle se sentit saisir par une main rude ; son autre bras fut pareillement empoigné ; mais, rien qu'au toucher, elle comprit que ce n'était pas la foule. Elle regarda et vit deux agents de police.

– Venez par ici, dit le chef ; il y a une voiture dans une petite rue derrière : nous avons ordre de vous conduire à la gare. Vous ne pourriez pas faire trois pas dans la rue sans être mise en pièces.

Ils l'entraînèrent à travers la cuisine ; une petite échelle leur servit à descendre par la fenêtre dans la rue en contre-bas. Elle se laissait porter plutôt qu'elle n'agissait. La voiture prit le grand trot dès qu'elle y fut. L'un des hommes était sur le siège, l'autre auprès d'elle.

– C'est le prince qui a pensé à nous envoyer, dit-il sévèrement. Il est trop bon, vous ne l'avez pas mérité.

Les lèvres pincées, Zoby recommençait à songer. Le bruit de la foule diminuait derrière elle. Soudain la rumeur reprit un ton plus haut et sembla se rapprocher.

– Ils se sont aperçus de votre fuite, dit l'homme. Pourvu que nous arrivions à la gare avant eux !

La voiture roulait à briser ses essieux. Ils s'arrêtèrent enfin devant le hall vitré et firent descendre la voyageuse. Le chef de gare, aussi pâle que Zoby, vint au-devant d'elle.

– Il n'y a pas de train avant une heure, dit-il ; dans une heure, ils auront tout démoli. La gare n'est pas faite pour subir un siège.

– Vous avez bien une locomotive et une voie de libres ? demanda le chef de police. Eh bien, téléphonez au château. Nous allons traverser les voies.

Cinq minutes après, Zoby se trouvait sur une locomotive, assise sur un tas de charbon de terre, à côté du chauffeur, qui jetait du combustible dans le foyer en la regardant d'un air haineux. La grande voix de la foule arrivait à ses oreilles par-dessus le grondement et la trépidation de la machine. On agita un chiffon rouge, la locomotive démarra, secouant terriblement les entrailles de Zoby, puis accéléra sa vitesse.

– Gare ! dit le mécanicien, s'ils vous voient, nous allons recevoir des pierres...

Une rue pavée de têtes humaines longeait la voie sur une longueur de cinquante mètres. La locomotive siffla, cracha de la vapeur, quelques cailloux rebondirent sur les tôles ou les cuivres, et, soudain, Zoby se trouva en rase campagne, la respiration coupée par la rapidité de la course. Elle regarda autour d'elle. Loin déjà était le château, et, au lieu de la grande oriflamme aux joyeuses couleurs princières flottant à la tête du mât, le drapeau entièrement voilé de crêpe noir pendait en berne...

– Est-ce bien vrai ? demanda Zoby, étourdie, assommée.

– Qu'il est mort, notre cher duc Otto ? dit le mécanicien. Aussi vrai que c'est vous qui en êtes la cause, et que, si je n'étais pas un ancien soldat qui connaît sa consigne, pour ce que vous avez fait là, je vous flanquerais dans la rivière que voilà, vous et la machine, et nous aussi, pas vrai, chauffeur ?

Le chauffeur répondit par un signe énergique.

Zoby regarda autour d'elle ; pas d'autre asile que le tas de charbon. Elle ferma les yeux, croisa les bras sur son petit sac et se tut. Au prochain garage, les hommes la descendirent comme un paquet, noire de fumée, brisée de courbature.

Ceux qui étaient là connaissaient son histoire. Avec

des regards de fureur ou de mépris, on la laissa sortir. Une heure après, lavée, nettoyée, rafraîchie dans une petite auberge voisine, elle prit le train pour Bruxelles.

## XXXIV

Le premier soin de Zoby, en arrivant à Bruxelles, fut d'aller toucher son chèque ; quoi qu'on pût dire, cet argent-là était à elle, et puis elle en avait besoin. Sa seconde préoccupation fut de se faire envoyer de Liège par sa grand-mère une petite malle toujours préparée en cas de voyage imprévu, et qui contenait le nécessaire pour quelques semaines. Le troisième de ses soins, après avoir lu une certaine quantité de journaux, fut d'aller voir M^me^ Verboom.

Introduite sans difficulté, elle trouva cette bienveillante personne en train de prendre la tasse de café qui suivait son second déjeuner.

– Comment, c'est vous ? s'écria la dame. Vous arrivez à propos ! Qu'y a-t-il de vrai dans tous ces potins ? Cette épouvantable histoire ?

– La catastrophe est vraie, hélas ! répondit Zoby en s'asseyant sur une chaise très modestement. Pour le reste, je ne sais pas ce que vous appelez des potins.

– Les journaux prétendent que le jeune duc était puni pour avoir courtisé une fille au-dessous de lui, dont on craignait l'influence...

– Et puis ? demanda Zoby, les yeux fixés sur son hôtesse.

– Et puis qu'il y a eu une émeute, on a cassé des vitres, on voulait tuer la fille...

– Où ça ? fit l'artiste, toujours impassible.

– A Treubourg ! Voyons, y étiez-vous ou n'y étiez-vous pas ?

– J'avais quitté Treubourg, dit tranquillement la musicienne. Mon engagement était fini ; sitôt après mon dernier concert, j'ai envoyé ma grand-mère à Liège et je suis partie par le train suivant.

– Alors, vous ne savez rien ?

– Sauf ce que disent les journaux, et ce sont de si grands menteurs, ces journaux !

D'un air indifférent, Zoby secoua un grain de poussière sur sa robe grise.

– Mais, enfin, cela a dû vous émouvoir. Je vous admire d'être si tranquille ! Cela me fait de la peine, à moi, qui ne le connaissais pas.

– Qui ?

– Le duc Otto ! Il était gentil, n'est-ce pas ?

– Très gentil ! répondit M^lle^ Zinovia en caressant du doigt le maroquin de son petit sac, où dormait le vieux cachet ancestral de Treubourg.

– Et cela ne vous a pas donné un coup, d'apprendre qu'il avait été noyé comme cela, ce pauvre garçon ?

– Oh ! si. Cela m'a donné un coup, bien sûr ! répliqua véridiquement Zoby. Mais ces collisions sont épouvantables, toujours. Il y avait trente personnes sur le yacht, je crois ?

– Vingt-neuf, rectifia M^me^ Verboom, et pas un n'a survécu. C'était la nuit. On n'a su le nom du yacht que par un canot qui a surnagé. C'est épouvantable ! Ces pauvres Treubourg ! Cela fend le cœur ! Ils l'aimaient, dites ?

– Le duc héritier ? Oui, ils l'aimaient beaucoup.

– C'est singulier, fit Mme Verboom après un silence, cela n'a pas l'air de vous affliger, et vous avez pourtant vécu avec eux depuis près d'une année...

– Chère madame, les grands de ce monde sont d'une essence si différente de la nôtre ! On a quelque peine à se figurer qu'ils puissent ressentir les mêmes joies.

– Il y a du vrai là dedans, dit la bonne dame en méditant. A propos, ce pauvre maître de chapelle, il est mort bien vite !

– Bien vite ? Je croyais qu'il avait été malade assez longtemps...

– Oui ; mais il était encore jeune. Enfin, à y bien songer, c'est encore un bonheur, sinon pour lui, du moins pour la famille. Il n'avait jamais repris sa connaissance.

– Depuis quand ? demanda Zoby, dont les yeux s'éveillèrent.

– Depuis... Tenez, c'était au moment de votre départ pour Thulé ; il a eu une attaque à ce moment là, et ne s'en est jamais remis. Urbain est revenu.

– Je sais, fit Zoby, ou du moins M. Bockaërt m'avait dit qu'il reviendrait.

– Il a pris la maîtrise pendant la maladie de son pèse, et il l'a gardée : un peu jeune pour ses fonctions, mais si sérieux ! Il est étonnant, ce garçon-là. On ne se figure pas combien son voyage en Afrique l'a mûri. Et puis les événements.

– Oui, fit Zoby, les événements mûrissent... Votre

fils va bien ?

– Il travaille à Paris, répondit M^me^ Verboom avec un geste vague. Il fait moins de progrès que je n'aurais cru dans un milieu aussi artistique... Enfin, il faut le temps !

– Oui, il faut le temps ! dit Zoby en écho.

– Et vous, dit sa protectrice, qu'est-ce que vous allez faire ? La cour est en deuil, votre engagement ne sera pas renouvelé ?

– Je ne crois pas qu'on fasse jamais plus beaucoup de musique à la cour de Treubourg, répliqua Zoby d'un ton dégagé. Mais je suis connue, à présent : je n'aurai pas de peine à trouver des occupations. Je donnerai des concerts.

Mme Verboom exprima par une moue que Bruxelles était saturé de concerts pour le moment.

– Plus tard, ajouta Zoby. En ce moment, j'ai besoin d'un peu de vacances. Je vais aller à Gand.

– Voir Mme Claudia ? demanda innocemment l'imprudente.

– Elle... et les autres. Gand, vous savez, c'est comme une patrie pour moi. J'ai envie de revoir la vieille cathédrale...

– Vous avez raison.

Après un silence, Mme Verboom ajouta, sans enthousiasme :

– Je suis toujours à votre disposition, bien entendu ; mais n'est-ce pas singulier que vous soyez si peu renseignée sur ce qui s'est passé à Treubourg ? Je me figurais que vous alliez me raconter le fin du fin !

– La famille régnante ne me faisait pas de confidences, répondit Mlle Zinovia avec son sourire énigmatique.

– Et vous n'avez aucune idée, aucune, de ce que pouvait être cette jeune fille qui a été cause – au fond – de la mort de ce pauvre garçon ?

– Comment le saurais-je ? fit Zoby en serrant les lèvres. Et puis, est-ce elle qui en a été la cause ? Ce n'est pas elle qui tenait la barre du *Thulé* ni celle du vapeur qui l'a coupé en deux. On met parfois en cause des gens qui n'y sont pour rien... Si le duc l'aimait, croyez qu'elle a perdu plus que n'importe qui.

– Excepté lui ! releva M^me^ Verboom avec une ombre de soupçon.

– Bien entendu !

Zoby prit congé, d'assez méchante humeur. Pourquoi n'avait-elle pas su tenir sa langue tout à l'heure ? Pour défendre une anonyme ? C'était imprudent ; en règle générale, il ne faut jamais défendre personne, excepté soi-même, et elle n'était pas directement attaquée. Elle se promit d'être plus circonspecte à l'avenir.

Quoiqu'elle en eût, son esprit était inquiet ; elle revoyait, sans le vouloir, ces vagues glauques de la mer du Nord, pareilles à ses yeux, avait dit Otto ; les vagues qui avaient roulé, heurté, brisé contre la coque du grand vapeur le corps charmant du beau jeune homme blond, réveillé pour mourir, peut-être pendant qu'il rêvait d'elle...

« C'est insupportable ! dit Zoby en se secouant. Je ne veux pas songer à ces vilaines choses. D'abord, ce n'est pas ma faute, – et puis, j'y perds assez ! »

Dans l'après-midi, ayant repris sa malle, elle fit une jolie toilette et partit pour Gand. Une chambre tranquille au second étage, dans un bon hôtel de second ordre, était juste ce qui lui convenait : elle l'eût bientôt trouvée et s'y installa.

L'air de Gand chassait les idées de Treubourg, mais il ramenait celles de Gand ; la pensée de Tarragone, sans être intolérable, était obsédante. Zoby eût voulu savoir ce qu'il avait dit, ce qui s'était passé, si son nom avait été prononcé, comment était venue l'attaque de paralysie.

Son esprit clair lui démontrait qu'elle en était la cause directe ou indirecte ; mais, entre ces deux mots, il y a un gouffre : celui qui sépare le mot *exprès* du mot *par hasard*, et elle aurait voulu savoir.

Un vieil aphorisme prétend que le coupable revient toujours au lieu de son crime ; en effet, n'est-il pas naturel, très légitime, qu'on désire savoir, toute culpabilité à part, comment se sont passées des choses dont le résultat seul vous est connu ? Zoby frissonnait de temps en temps au souvenir de l'émeute de Treubourg ; la nuit, elle se réveillait en sursaut, rêvant que des bouches humaines, rangées le long d'une palissade, hurlaient des injures à son adresse, pendant que des bras levés lui jetaient des pierres : elle s'éveillait alors avec la trépidation de la locomotive dans tout son corps endolori, et quelques minutes lui étaient nécessaires pour retrouver son calme, parfois une heure ou plus avant de reprendre son sommeil. Gand n'allait pas lui procurer des sensations aussi déplaisantes. Elle était d'ailleurs résolue à les fuir. Elle irait n'importe où, jusqu'à ce que le nom de Tarragone, les faces de l'émeute et le souvenir des vagues roulant le corps d'Otto fussent effacés de sa mémoire.

Elle se réveilla au matin, le soleil dans les yeux, et courut ouvrir sa fenêtre ; il faisait beau, la ville déroulait son animation paisible, Zoby se sentit tout à coup très jeune, beaucoup plus qu'elle ne l'avait été depuis longtemps. Les bruits connus évoquaient tout un cortège de pensées anciennes et reposantes. Elle se revit faisant elle-même ses chapeaux, à la table où griffonnait son frère Léon... Encore un disparu... Mais elle n'y voulait pas songer non plus.

« Je suis jeune, dit-elle ; il fait beau ; le printemps de l'année et de la vie est devant moi ; je n'ai pas encore aimé ; c'est cela qui sera la fête de mon existence. Les autres m'ont aimée : c'est à mon tour. Et je voudrais bien savoir *qui* ne m'aimerait pas, si je le veux ? »

Elle regarda dans la glace ses yeux profonds, son teint ambré, ses lèvres rouges et menues.

« Je n'ai pas vingt-deux ans, se dit-elle, et déjà j'ai touché les marches d'un trône... touché seulement... »

Un petit sourire de dédain crispa ses lèvres minces.

« Pour un commencement, ce n'est pas déjà si mal ! » conclut Zoby en achevant sa toilette.

Ne tenant pas précisément à être remarquée, elle avait renoncé aux grands chapeaux qui ombrageaient son visage ; une petite toque, enserrée d'une fine voilette, la transformait assez pour qu'une personne non prévenue de sa présence ne pût la reconnaître au premier coup d'œil. Délibérément, elle gagna le portail de Saint-Bavon et réjouit ses yeux du soleil sur la place avant d'entrer.

A quelques pas d'elle, un grand, beau jeune homme, mince et pourtant large d'épaules, lui tournait le dos, causant avec un autre. Le profil, qu'elle voyait se découper sur la lumière de la place, était fin, net et fier ; les cheveux taillés en brosse, la barbe courte, en pointe, étaient d'un blond doré, pareil aux chaumes très mûrs.

« Qu'il est beau ! se dit Zoby, fixée sur la place. Non, vraiment rien ne peut être aussi beau qu'un blond. Mais celui-ci est un homme, » ajouta sa pensée, avec une nuance de dédaigneuse pitié pour les mânes du duc Otto.

Le visage du beau jeune homme se tourna un peu de son côté, illuminé d'une expression délicieuse ; la main se porta au chapeau ; un sourire enchanteur entrouvrit la bouche parfaitement régulière, et le tout s'adressa à quelqu'un qui passait derrière Zoby. Elle se retourna brusquement ; la personne saluée était entrée dans l'église.

Zoby sentit un coup au cœur ; jamais elle n'avait imaginé semblable émotion. C'était un appel de tout son être vers les yeux bleus du jeune blond ; elle eût donné son petit sac, avec le contenu, pour voir un pareil regard s'arrêter sur elle.

« Mon Dieu ! se dit-elle, délicieusement angoissée et terrifiée, est-ce là ce qu'on nomme le coup de foudre ? Est-ce que je vais devenir amoureuse de ce garçon que je ne connais pas ? »

A ce moment l'objet de son admiration quitta son interlocuteur, venant à elle ; elle l'examinait sans trouble ; car elle examinait tout, même dans ses plus fortes émotions.

« Mais, pensa-t-elle, je connais ces yeux, ce nez... cette couleur de barbe et de cheveux... C'est... ce n'est pas possible !... C'est Urbain Tarragone. »

Pétrifiée, elle barrait le passage devant la porte étroite ; le jeune homme fit un léger détour avec un geste de politesse et entra dans la cathédrale. Elle le suivit.

L'instant d'après, il était dans le jubé ; son bâton court dirigeait les chœurs avec une élégance juvénile qui faisait passer des éblouissements dans la tête de Zoby.

« Ce n'est pas possible ! disait-elle. J'aurai attrapé un coup de soleil sur la place... C'est bien lui ! comme il est devenu beau ! bien plus beau que son père ! Et cette élégance, et ces yeux... C'est absurde, c'est ridicule, je m'en vais. »

Elle sortit en effet, non sans scandaliser quelques âmes pieuses ; mais elle avait bien souci des âmes pieuses ! Quand elle fut dehors, le soleil et le coup de foudre l'aveuglèrent encore davantage.

« Il faut que je le revoie, se dit-elle, et cela va passer. »

Elle rentra, se tapit dans un coin obscur et attendit la sortie.

Lorsque Urbain reparut au grand jour, Zoby se sentit défaillir.

« Ce n'est plus le même, pensait-elle, – autant que son cerveau désorganisé pouvait penser. Ce n'est pas le garçon honteux, timide, maladroit, qui me faisait une cour si gauche... »

Le cœur de Zoby, – son cœur ! – lui fit reproche. Non, Urbain n'avait été ni gauche ni maladroit. Timide, oui. Et cela se comprend, peur ce qu'elle l'encourageait !

Un grand besoin de réparer sa méchanceté passée, de combler Urbain de tout ce qu'elle lui avait autrefois refusé : les chauds regards, les tendres paroles, les promesses infinies du bonheur qu'elle se sentait capable de lui apporter, toute une floraison magnifique, exubérante comme une éclosion de plantes tropicales, surgit de l'âme de Zoby. Elle eut l'impression qu'elle avait toujours été prisonnière et que pour la première fois elle était délivrée ; que le hideux passé tombait comme une guenille à ses pieds et que le présent montait, montait dans le ciel bleu, enlacé à cet être radieux qu'elle n'avait jamais ni compris ni réellement vu. Elle ne savait plus qu'une chose, ayant oublié tout le reste : il l'avait aimée, et maintenant elle l'aimait.

Elle le regarda disparaître à l'angle de la place... Que de fois il avait pris ce chemin pour rentrer chez lui, lorsqu'elle, aveugle, imbécile, ne se souciait pas de lui ! Il était alors un peu voûté par sa croissance rapide, sa barbe fine était encore rare, ses yeux, doux et timides, étaient hésitants lorsqu'ils la cherchaient à la dérobée...

Une flamme ardente lécha l'intérieur de la poitrine de Zoby comme un poison rapide, et elle sentit que ses pieds avaient des ailes. Mais où la porteraient-ils ?

« Qu'est-ce que je vais faire jusqu'à ce que je le revoie ? » se demanda-t-elle.

Son plan fut bientôt arrêté : un pèlerinage d'amour à tous les endroits où il avait parlé, où ses gaucheries d'étudiant avaient provoqué des rires moqueurs ; toute pleine de sa pensée, elle effacerait coin par coin, rue par rue, la trace de ses anciens mépris. Puis elle reviendrait à la cathédrale ; peut-être, le soir, ferait-il répéter le chœur.

Zoby ne résistait jamais à ses impulsions, quand elle pouvaient lui procurer quelque agrément. Tout le jour, elle se baigna dans la mémoire du passé, repentante de ses duretés, tendre à en pleurer pour la belle affection gâchée, et prête à un renouveau d'amour. A la nuit tombante, elle retourna dans la nef mystérieuse et, comme autrefois, regarda le jubé, éclairé par les petites bougies éparpillées.

La voix d'Urbain retentit sous les voûtes ; il indiqua le mouvement en chantant les premières mesures d'un motet, et le cœur de Zoby battit à se rompre. C'était une voix sonore et douce, une de ces voix de ténor, cristallines et robustes, fondantes comme un beau fruit mûr.

« C'est fini, pensa Zoby. Je l'adore. Qu'est-ce que je vais devenir ? »

Toute la nuit, elle tourna et retourna cette question dans sa tête ; car l'aveuglement de sa passion toute neuve n'allait pas jusqu'à l'empêcher de sentir qu'un obstacle plus gros que la cathédrale s'élevait entre elle et son ancien amoureux. Cependant, elle était tenace et ne se dit point : « C'est impossible. » Elle se dit seulement : « C'est difficile, et je le veux. »

Le lendemain venu, dépourvue de toute gêne, elle sonna à la porte de Bockaërt. L'organiste la reçut sans la reconnaître, et, l'ayant reconnue, demeura stupéfait.

– C'est pourtant moi, monsieur, et vous ne m'offrez pas une chaise ?

– Ma foi non, répondit-il sèchement. Je n'ai rien à vous dire, et ce que vous avez de mieux à faire est de repasser le seuil que vous venez de franchir.

– Non pas ! répondit Zoby, debout, en se campant sur la poignée de son ombrelle, fixée sur le parquet. J'ai des choses à vous demander et vous devez me les dire.

– Soit, dit Bockaërt avec un geste résolu. Vous voulez savoir si c'est bien vous qui avez tué mon ami Tarragone ? N'ayez aucun doute sur ce point. Votre lettre à sa femme l'a assommé net. Il n'a retrouvé la parole et un peu de sens qu'à sa dernière heure, où nous lui avons tous assuré que jamais il n'avait fait de peine ni causé de mal à personne. Il est mort dans la paix, et Dieu a reçu son âme, car ce fut un martyr. Qu'est-ce que vous voulez de plus ?

Zoby l'avait écouté, très pâle, les yeux étincelants de colère ; elle dit tranquillement :

– Et la famille ?

– La famille va très bien. M$^{me}$ Claudia, qui est une sainte, s'occupe de ses enfants.

– Et... Urbain ?

Le vieux musicien chercha sous les paupières de Zoby le motif de la très courte hésitation qui avait accompagné ce nom. Une prudence instinctive le retint au moment de flageller l'impudente. Qui sait si la Providence n'avait pas eu ses vues secrètes en l'amenant à Gand ?

– C'est Elsa que vous vouliez me dire ? fit-il. Elle va à merveille. Tous les autres aussi. A mon tour. Qu'est-ce que vous avez fait à Thulé, à Treubourg ? En ai-je eu des remords, de vous avoir aidée ! J'en aurai jusqu'à mon dernier souffle.

– Ce n'est pas la peine, monsieur Bockaërt, dit Zoby d'une voix singulièrement amollie : c'était écrit. Ce qui est écrit est écrit, et nous ne pouvons pas l'empêcher.

– Tiens ! vous êtes devenue fataliste ? Est-ce que le destin vous aurait aussi touchée de son aile ?

Cela viendra, soyez-en sûre. Tout se paye, le mal comme le bien ; vous aurez un terrible compte à régler. Je me plais à espérer que ce sera en ce monde et que j'en aurai connaissance. Je ne vous retiens pas, mademoiselle Zorn. Bonjour.

Il l'avait poliment conduite jusqu'au seuil, il poussa

la porte et elle se trouva dehors.

« Ça ne fait rien, pensa Zoby. Il va dire à Urbain et à Elsa que je suis dans la ville ; ce sera bien un miracle si je ne rencontre pas celui-là face à face, et alors... Après tout, il ne peut pas être plus fort que n'était son père ! »

Une singulière poursuite s'engagea alors dans les rues de Gand, qui ne s'en doutait pas. Partout où devait passer le jeune homme, se trouvait Zoby, prête à rencontrer son regard. Aux endroits les plus écartés comme au milieu des foules les plus serrées, ils se trouvaient vis-à-vis, coude à coude, et pas une fois le regard des yeux bleus ne croisa celui des yeux verts. Pendant dix jours ce combat bizarre se prolongea sans résultat. Une rougeur fébrile montait désormais aux pommettes du jeune homme quand il apercevait Zoby, mais il ne la regardait pas, malgré l'appel des yeux de sirène. Il y mettait toute sa force, toute sa puissance de volonté, et la victoire lui restait.

Zoby se sentait devenir folle. Elle ne savait plus si elle aimait Urbain ou si elle le haïssait ; mais elle le voulait : elle voulait ses yeux, ses paroles, ses sourires ; peu à peu, elle cessa d'espérer le sourire ; alors la volonté d'obtenir une parole devint une obsession plus violente encore. Zoby avait connu la misère, mais c'était une misère matérielle ; elle avait manqué de pain, mais elle avait toujours agi à sa tête, faisant, quand c'était indispensable, plier son vouloir devant la nécessité. Aujourd'hui son vouloir ne pouvait plus plier, et la nécessité commandait impérieusement.

De son côté, Urbain semblait plus agité que de coutume. Un jour, un peu avant le dîner, sa mère le surprit rêveur, une main soutenant son menton, les yeux perdus dans l'espace invisible. Ses traits étaient durs et son sourire presque méchant.

– A quoi songes-tu, mon fils ? demanda la veuve en appuyant sa main sur l'épaule robuste de son premier-né, si pareil au père. Elle avait toujours un peu de crainte : si la ressemblance allait être morale aussi bien qu'extérieure ? A cette pensée, elle frissonnait et cachait son visage pâli dans ses pauvres mains amaigries.

– Moi ? fit-il en tressaillant. A rien ! Si, mère, à quelque chose, – qui vous fera plaisir... à Elsa aussi.

Il enveloppa la mère aimée, devenue fragile et délicate, de ses bras forts et respectueux, lui donna un tendre baiser et l'emmena dans la salle rejoindre les autres enfants de Tarragone.

Ce soir-là, précisément, après le repas, l'air était mystérieux, intime et doux comme un aveu d'amour ; Zoby se sentait plus inquiète encore : elle fut attendre au coin d'une rue qu'elle connaissait bien. Presque tous les jours, Urbain y passait, pour aller dans une maison de bonne apparence où il restait une heure environ ; elle pensait qu'il devait s'y rendre pour une séance de musique.

Dans le gris estompé du soir, il arriva sans hâte, le front haut, l'air heureux. L'âme altérée de Zoby n'y put tenir : elle voulait une goutte de rosée, – ou bien briser le vase, – mais non plus rester en contemplation devant la coupe qui pouvait, qui devait lui verser l'ambroisie. Elle lui barra le passage.

– Urbain, dit-elle, est-il possible que vous m'ayez oubliée ?

– Oubliée ? fit-il en reculant : vous oublier, vous ?

Dieu m'en garde ! Croyez-vous que ce soit possible, en vérité ?

Il y avait dans le ton une ombre de cruelle raillerie qui fit frémir l'artiste.

– Non, je ne crois pas, dit-elle en hésitant. Je suis venue, Urbain, pour vous proposer la paix.

Cette fois, il la regarda avec un mépris tellement glacial qu'à son tour elle recula.

– La paix ? fit-il. La paix ! après que vous avez tué mon père et fait une ruine de notre maison ?

– Cependant, Urbain, reprit-elle, car elle n'était pas de ceux que déconcerte une rebuffade, je croyais que mon repentir et mon... mon amitié...

Il éclata de rire, et l'écho de la rue déserte répéta le bruit insultant.

– Votre amitié ? Le mot est faible ! Je vous ai vue, mademoiselle, depuis que vous me recherchez et que je vous évite ; j'ai compris ce que vous voulez ; car je ne suis plus le naïf d'autrefois ; vous m'avez envoyé à une école où l'on s'instruit promptement. Vous me trouvez à votre goût, maintenant : il vous plairait d'achever votre œuvre de destruction. Eh bien ! il faut y renoncer ; car je suis sous la protection d'un ange gardien. Malgré mon deuil, et parce que ma mère le désire, dans quinze jours je serai marié à une jeune fille honnête et pure, que j'adore, vous entendez ? Que j'adore !

Par habitude de courtoisie, il souleva son chapeau en passant devant elle et sonna à la porte de la maison de sa fiancée, où il entra.

Zoby demeurait immobile, foudroyée, au coin de la rue. Un océan de sentiments et de sensations confus semblait la secouer et la battre, la jetant contre quelque chose de dur, qui était le Destin. Elle pensa au duc Otto, jeté par les vagues contre le grand vapeur, et songea vaguement qu'il avait dû avoir très mal à la tête. Sans s'en apercevoir, elle prit, dans l'ombre croissante, le chemin de l'hôtel qu'elle habitait. Lorsqu'elle fut seule dans sa chambre, avec une bougie, elle regarda le logis inhospitalier, et le désir lui vint de s'en aller au plus vite. Mais où ?

« Quel ennui ! pensa-t-elle tout haut ; il va falloir recommencer ma vie ! »

Elle rangea sa malle et la ferma en hâte, puis partit pour la gare afin de fuir tout de suite, bien loin.

Achevé d'imprimer par Corlet Numérique - 14110 Condé-sur-Noireau
N° d'Imprimeur : 17112 - Dépôt légal : mai 2004 - *Imprimé en France*